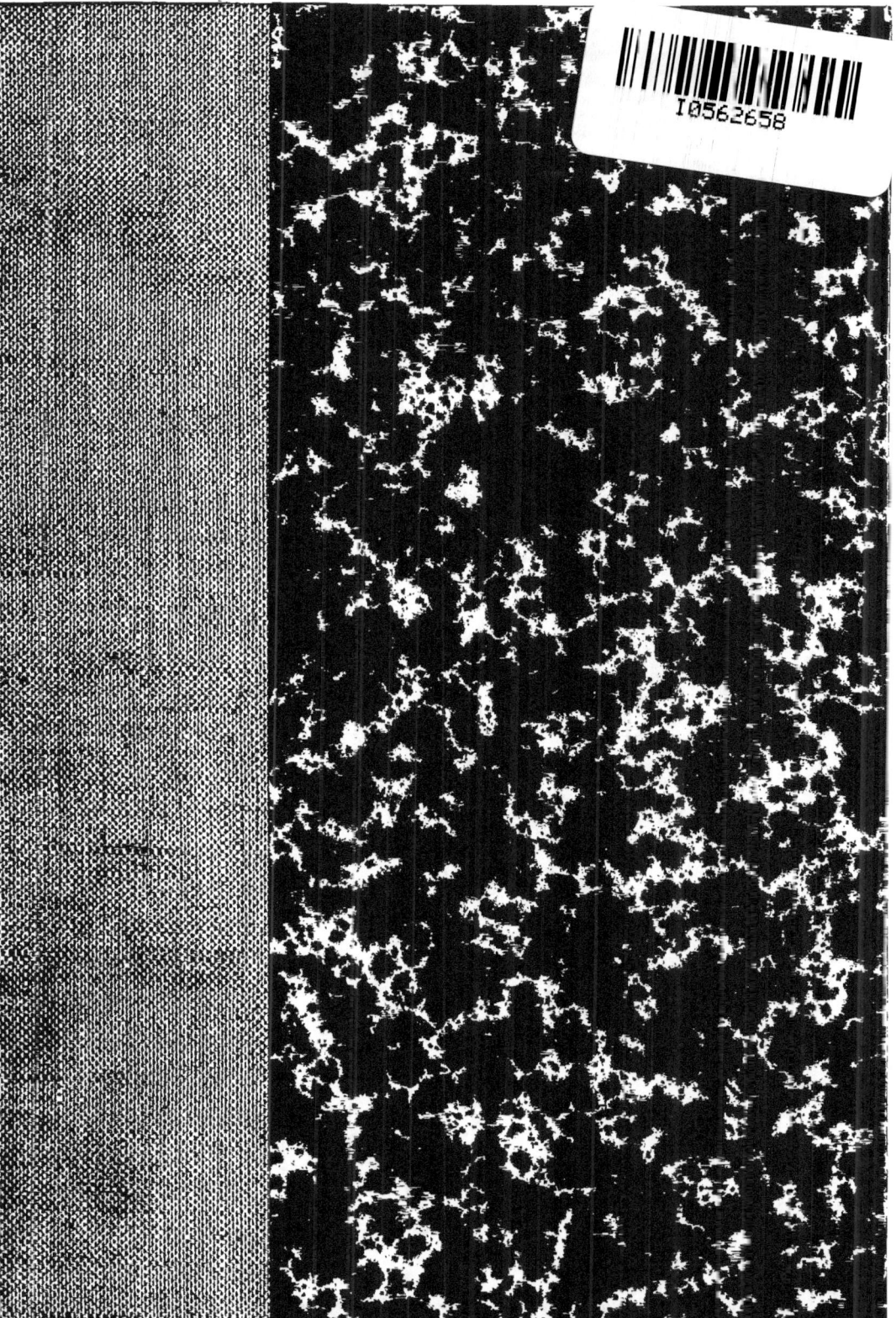

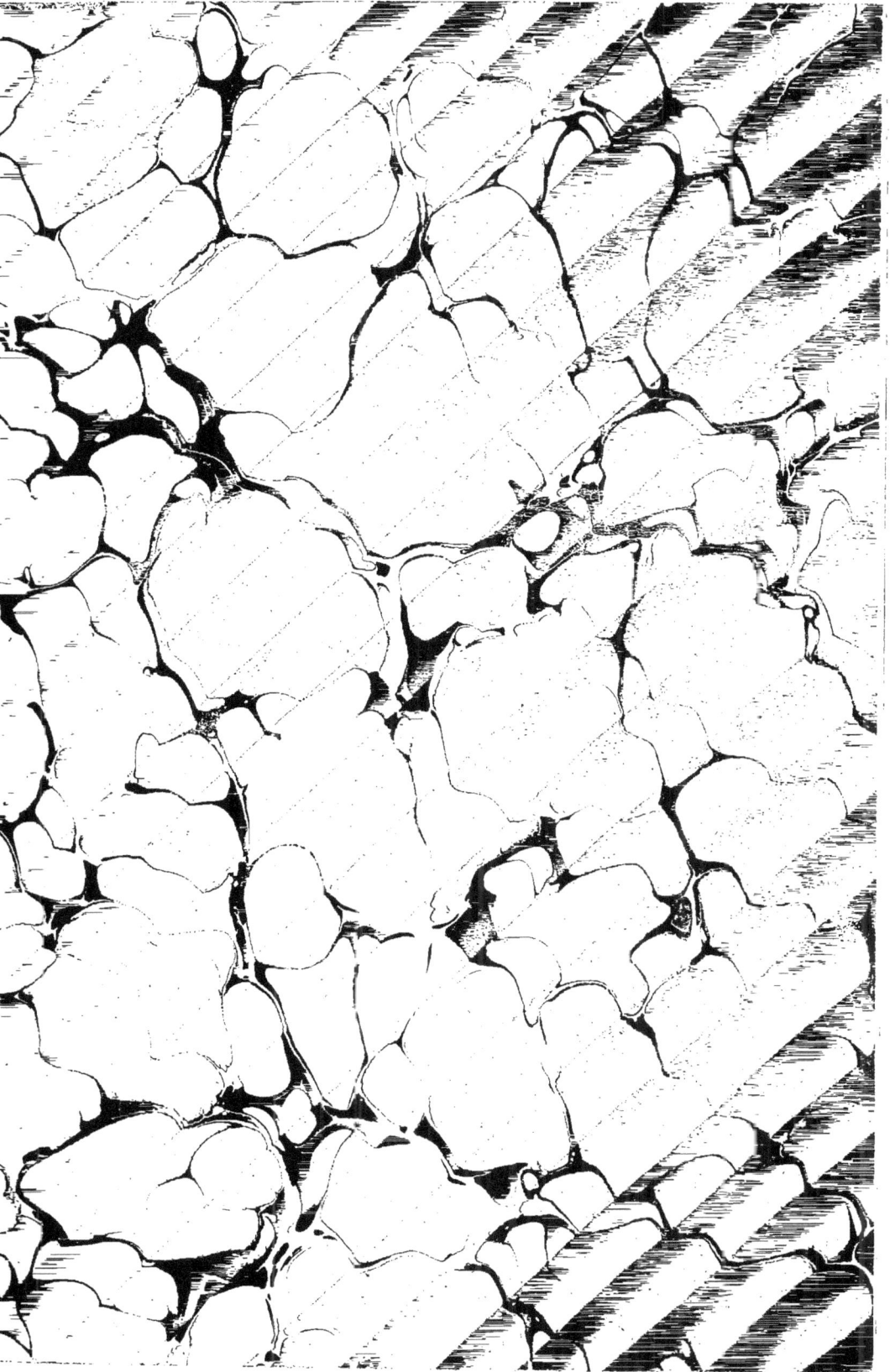

CHASSAING

SOCIÉTÉ DE STATISTIQUE DE PARIS

La

Société de Statistique

NOTES SUR PARIS

*A l'occasion du Cinquantenaire de la Société et de la XIIe session
de l'Institut international de Statistique*

NANCY

IMPRIMERIE BERGER-LEVRAULT ET Cie

1909

8367

La

Société de Statistique

NOTES SUR PARIS

SOCIÉTÉ DE STATISTIQUE DE PARIS

La

Société de Statistique

NOTES SUR PARIS

*A l'occasion du Cinquantenaire de la Société et de la XIIᵉ session
de l'Institut international de Statistique*

NANCY

IMPRIMERIE BERGER-LEVRAULT ET Cⁱᵉ

1909

LA SOCIÉTÉ DE STATISTIQUE

DE PARIS

LA SOCIÉTÉ DE STATISTIQUE DE PARIS

LES PRÉCURSEURS

A Société de Statistique de Paris n'appartient pas encore à l'histoire. Elle est de date trop récente, puisqu'elle compte cinquante ans à peine et que cinquante ans sont peu de chose, pour une collectivité, dans nos vieux pays d'Europe. Mais ce qui relève certainement de l'histoire, ce sont ses antécédents. C'est la longue lignée des écrivains qui ont été, dans le passé, les prédécesseurs directs et incontestables des statisticiens qui la composent et la soutiennent aujourd'hui. Ce sont tous les hommes dont les efforts ont eu pour but la réalisation du programme si heureusement tracé par ses fondateurs, en 1860 : « Mettre en honneur les recherches statistiques et les populariser, afin de faciliter les enquêtes administratives en éclairant les masses sur l'utilité de ces enquêtes, en les disposant à les accueillir comme des mesures essentiellement favorables à leurs intérêts (¹). »

(¹) Voir les considérants et les statuts votés par la Société de Statistique de Paris dans sa séance d'installation, le 5 juin 1860 (*Journal de la Société de Statistique de Paris*, 1860, p. 7-8).

C'est là justement l'objet de l'étude qui nous a été confiée, sous le titre : Les Précurseurs.

Mais qu'on juge de notre embarras. L'histoire des travaux des écrivains français qui se sont appliqués à « mettre en honneur les recherches statistiques », qui ont cru à leur utilité et qui ont essayé de la prouver par l'usage même qu'ils ont fait des chiffres, cette histoire est restée jusqu'ici tellement insuffisante et incomplète, qu'il est permis de dire qu'elle n'existe pas.

Or, comment imaginer que nous puissions la retracer, dans le petit nombre de pages que comporte la publication offerte par les membres de la Société de Statistique de Paris à leurs confrères étrangers ? Comment oserions-nous prétendre combler, en quelques lignes, les lacunes que l'on trouve dans de volumineux ouvrages ? Force nous sera, sans doute, de donner, à notre tour, des indications beaucoup trop sommaires et de demander que l'on veuille nous faire crédit.

Il suffit de parcourir les différents ouvrages allemands, italiens et même français, qui traitent de l'histoire générale de la statistique ([1]), pour être frappé de l'exiguïté de la place qu'y tient la France jusque vers le milieu du dix-huitième siècle. On dirait qu'elle n'a pu s'élever d'elle-même à la conception du rôle et de la nécessité des dénombrements, et que ses démographes du dix-huitième siècle, les Deparcieux et les Expilly, les Messance et les Montyon (Moheau), ont attendu, pour entre-

---

([1]) Voir X. Heuschling, *Bibliographie historique de la Statistique en France*, 1851 ; — Maurice Block, *Traité théorique et pratique de Statistique*, liv. I, p. 1-84 ; — Levasseur, *La Population française*, 1889, t. I, Introduction, ch. III : « Histoire sommaire de la Statistique », p. 47-73 ; — Meitzen, *Histoire, théorie et technique de la Statistique* ; — Gabaglio, *Teoria generale della Statistica*, 2ᵉ édit., t. I ; — G. von Mayr et Salvioni, *La Statistica e la vita sociale*, Introduction, p. XV-LXXXI ; — F. Virgilii, *Statistica*, p. 19-33 ; — Nap. Colajanni, *Manuale di Statistica teorica*, 2ᵉ édit., p. 18-49.

prendre leurs travaux, l'impulsion venue du dehors, l'impulsion anglaise notamment.

C'est là une grande erreur. Nos écrivains français sont en nombre respectable qui ont admirablement compris l'utilité de la statistique, qui l'ont proclamée et qui ont contribué à la faire admettre autour d'eux, bien avant d'avoir été touchés par les doctrines anglaises ou allemandes. Il y a une conception purement française de la statistique. Il y a, sur le rôle et sur l'emploi de la statistique, une véritable doctrine nationale ; elle s'est élaborée spontanément dans notre pays et elle forme comme un rameau distinct et vigoureux des théories politiques qui ont vu le jour à partir de la fin du seizième siècle. Voilà ce que nous voudrions essayer de montrer. Les titres de quelques-uns de nos plus illustres ancêtres sont injustement oubliés. Nous voudrions les rappeler ici.

Nous distinguerons deux choses que, bien à tort, l'on confond presque toujours : l'histoire des doctrines sur la statistique et l'histoire de la statistique elle-même, de la statistique en action, de son organisation et de son fonctionnement. Et c'est à l'histoire des doctrines que nous nous bornerons strictement dans cette courte notice.

La nécessité d'être bref nous en fait une obligation. Car, si la doctrine et la pratique sont tout à fait distinctes en matière de statistique, de même qu'en matière économique, elles sont, en même temps, reliées l'une à l'autre d'une façon étroite et l'évolution de l'une ne se peut expliquer pleinement, si l'on ne connait bien celle de l'autre.

Il y a plus de vingt siècles que des nations civilisées ont commencé à pratiquer les dénombrements. Il y en a dix, au moins, que nous pouvons suivre, en France, la trace de dénombrements plus ou moins étendus et plus ou moins exacts opérés par l'autorité publique. Il y a trois siècles à peine que l'on a commencé à réfléchir sur ce moyen d'information et d'observation, sur les méthodes qui conviennent à son application et à son utilisation. Mais c'est un laps de temps assez long pour que nous puissions y suivre l'action des causes multiples qui ont contribué à l'éclosion des théories savantes dont la statistique est l'objet aujourd'hui. Et quoi que certains en puissent penser, il est peu de recherches plus intéressantes et plus profitables à la fois que celles qui nous font assister au lent travail par lequel cette éclosion s'est préparée.

De la fin du seizième siècle au commencement du dix-huitième, on trouve au moins six écrivains français, Jean Bodin, de Montchrétien, Fénelon, Vauban, l'abbé de Saint-Pierre et d'Argenson, ayant exprimé sur la statistique des vues qui méritent d'être rappelées et retenues. Ce sont des précurseurs dont les statisticiens d'aujourd'hui doivent garder fidèlement le souvenir. Un seul d'entre eux, VAUBAN, a triomphé de l'oubli. On peut, sans diminuer le mérite et la gloire du grand ingénieur, rendre justice aux autres.

Jean BODIN, dans son admirable ouvrage, *Les six livres de la République* (1577), ne s'est pas borné à user de chiffres nombreux, comme il l'a fait notamment dans le chapitre qu'il a consacré aux Finances (¹). Il est le premier (²) qui ait tenté

(¹) Voir chap. II, liv. VI, p. 898-956.

(²) On attribue quelquefois à Jacques Cœur un livre intitulé : *Le Dénombrement de la valeur et du revenu de la France ; des mémoires et instructions pour policer l'État et même tout le royaume.* Mais ce livre a disparu sans laisser la moindre trace (Voir ARNOULD, *Histoire générale des finances de la France*, p. 124-125).

systématiquement de démontrer la nécessité des dénombrements pour la bonne administration d'un État. Il l'a fait avec
une force et avec une abondance d'arguments véritablement
extraordinaires ([1]).

Après avoir supérieurement décrit la censure et caractérisé
son rôle dans les républiques anciennes, Bodin s'attache à
énumérer « les utilités qu'on peut recueillir du dénombrement
des sujets ». Ces utilités, suivant lui, sont « infinies ». Voici
les principales : assurer la bonne organisation de la défense du
pays et le peuplement des colonies ; rendre plus sûre la condition juridique des personnes en supprimant les erreurs, les
fraudes et les procès qui la troublent si fréquemment ; permettre de « chasser des républiques les vagabonds, les fainéants,
les voleurs, les pipeurs, les rufiens qui sont au milieu des gens
de bien comme les loups entre les brebis ». Et quant au
dénombrement des fortunes, il y voit une source de bienfaits
pour la république romaine et il ajoute : « Combien est-il plus
nécessaire à présent où il y a mille sortes d'impôts que les
anciens n'ont jamais connues ! »

Il est infiniment probable que les idées de Bodin ([2]) ont
inspiré Sully, quand le grand ministre d'Henri IV chercha
très consciemment, dès son arrivée au contrôle des finances,
en 1595, à faire usage des inventaires et des dénombrements
pour mettre fin aux dilapidations inouïes dont souffraient les
finances de la France.

([1]) Voir chap. 1, liv. VI, De la Censure.

([2]) Nous nous refusons à placer à côté de Bodin l'écrivain inconnu qui, sous
le nom de Nicolas FROUMENTEAU, publia, en 1581 : Le Secret des Finances de la
France. Ce livre est un pamphlet bourré de chiffres fantaisistes. Il nous paraît
impossible d'y découvrir « un des premiers travaux de statistique que la France
ait à citer ». Nous avons le regret de nous séparer, sur ce point, de nos maîtres
BAUDRILLART, Jean Bodin et son temps, p. 8- et LEVASSEUR, La Population française, t. I, p. 55.

C'est dans le livre IV de son *Traité d'économie politique* publié en 1615 et dédié au Roi et à la Reine-mère que DE MONT-CHRÉTIEN expose, en quelques pages, ses vues sur les dénombrements. Dans son excellente *Histoire des doctrines économiques* ([¹]), M. Espinas reproche à Montchrétien d'avoir usé des chiffres « avec discrétion, en littérateur ». M. Espinas a raison. Mais pourquoi n'a-t-il pas relevé et cité les pages 347 à 352 du livre IV ? M. Funck-Brentano, l'éditeur de Montchrétien, les a remarquées et voici ce qu'il en dit fort justement dans une note, page 349 : « Ce fut en réalité moins la censure que la statistique et le dénombrement des ressources du royaume que Montchrétien demandait sous ce nom. Bien avant Vauban il en comprit l'importance. » Cela est exact. Mais c'est incomplet. La vérité est que les développements de Montchrétien sur la censure sont la reproduction, souvent textuelle, de passages empruntés à Bodin dans le chapitre dont nous venons de parler. Aucune citation ne nous en avertit. Mais on sait que tel était l'usage à cette époque.

Si Jean Bodin a inspiré Sully, il est permis de croire que Montchrétien a dû inspirer Colbert, quand celui-ci a pris les mesures que l'on sait en vue d'étendre la pratique de la statistique au commerce, aux manufactures et aux actes de l'état civil.

Il est peut-être plus probable encore que FÉNELON devait être inspiré à la fois par Bodin et par Montchrétien quand il enseignait au duc de Bourgogne l'utilité des dénombrements, comme il parait certain que l'enseignement de Fénelon a inspiré le questionnaire préparé par le duc de Beauvillier et,

---

([¹]) Voir p. 166.

partant, ces mémoires rédigés par les intendants, entre 1697 et 1700, qui constituent le premier document officiel de statistique générale de la France.

C'est d'abord dans les *Aventures de Télémaque* (¹) que Fénelon fait exposer par Mentor s'adressant au roi Idoménée tout un programme de statistique générale. Et dans ses *Directions pour la conscience d'un roi* (²), voici comment il s'exprime : « Il ne suffit pas de savoir le passé, il faut connaitre le présent. Savez-vous le nombre d'hommes qui composent votre nation; combien d'hommes, combien de femmes, combien de laboureurs, combien d'artisans, combien de praticiens, combien de commerçants, combien de prêtres et de religieux, combien de nobles et de militaires? Que dirait-on d'un berger qui ne saurait pas le nombre de son troupeau ? Il est aussi facile à un roi de savoir le nombre de son peuple. Il n'a qu'à le vouloir. »

On nous permettra de citer ici le nom d'un homme qui, sans avoir jamais formulé une doctrine sur son utilité, nous a donné, dans les dernières années du dix-septième siècle, un exemple curieux d'un goût extraordinairement marqué pour la statistique. Nous voulons parler de l'abbé DE DANGEAU, de celui que M. de Boislisle n'a pas craint d'appeler « ce précurseur de la statistique(³) ». Qui sait si l'abbé de Dangeau n'était pas un disciple de Bodin, de Montchrétien ou peut-être de Fénelon ? Toujours est-il qu'il aimait à réunir sur toutes sortes de sujets, politiques, économiques, administratifs, démo-

(¹) *Télémaque,* liv. XII.
(²) Voir art. 1, § IX.
(³) Voir MÉMOIRES DES INTENDANTS, t. I. *La Généralité de Paris.* Introduction, p. LVII.

graphiques surtout, une masse énorme de chiffres, ainsi qu'en témoignent les volumineux manuscrits que nous possédons de lui à la Bibliothèque nationale ([1]).

VAUBAN est, non seulement pour son siècle mais pour tous les temps, l'un des plus nobles serviteurs de la France. Nul n'a jamais eu, à un plus haut degré que lui, le souci constant et désintéressé de la justice et du bien public. Les pages qu'il a consacrées à la statistique offrent, à coup sûr, un intérêt exceptionnel ([2]). Ce n'est pas une raison suffisante, toutefois, pour dire avec Léon Say qu'il a « *créé*, en quelque sorte, la statistique ([3]) » ou avec G. Michel et André Liesse qu'il « fit presque de toutes pièces la science de la statistique ([4]) ». Ces formules sont trop absolues. Elles sont injustes à l'égard de Bodin et de Montchrétien, dans le domaine des idées, à l'égard de Sully et de Colbert, dans le domaine de l'application. Il n'est guère admissible que Vauban ait ignoré ce qui avait été écrit ou fait avant lui à propos des dénombrements. Tout ce qu'on peut dire, c'est qu'il est supérieur à ceux qui l'ont précédé. Il leur est supérieur notamment par la fermeté et la précision de ses projets touchant l'organisation des dénombrements. Cela tient sans doute à ce que Vauban était un homme d'action en même temps qu'un théoricien, et à ce qu'il avait eu l'occasion de réfléchir sur les dénombrements en les pratiquant, durant sa longue carrière d'ingénieur, à travers la

---

[1] Voir Bibl. Nat. (Manuscrits français) les t. 22593 à 22817, qui ne sont qu'une partie des 600 portefeuilles qu'on trouva à la mort de l'abbé.

[2] Voir surtout la *Dîme royale*, petite édit. Guillaumin, p. 138-159 et 175-189. Voir aussi les *Oisivetés*, t. 1, p. 160 et sq. et la lettre à M. de Caligny du 9 mars 1698 dans les *Mémoires* publiés par M. AUGOYAT.

[3] Voir *Solutions démocratiques de l'impôt*, t. I, p. 81.

[4] Voir *Vauban économiste*, par G. MICHEL et ANDRÉ LIESSE, p. 13-15 et 108-109.

France tout entière ([1]). Ce qui n'empêche que l'on trouve un léger grain d'utopie dans le mécanisme administratif qu'il avait imaginé et qui devait, suivant lui, permettre d'exécuter, « sans confusion et avec aisance », « en deux fois vingt-quatre heures », « tous les dénombrements qu'il plairait au Roi de faire de son peuple ([2]) ».

En regrettant de ne pouvoir reproduire ici toutes les observations et explications de Vauban lui-même, nous nous bornerons à résumer d'un mot sa doctrine sur l'utilité de la statistique. Pour lui, le but exclusif des dénombrements est d'éclairer le Roi et de lui permettre, en connaissant mieux ses sujets, d'en augmenter le nombre et de leur faire le plus de bien possible.

Le nom de l'abbé DE SAINT-PIERRE n'est cité, à notre connaissance, dans aucun des livres écrits, à notre époque, sur l'histoire de la statistique. Cette omission s'explique sans doute par la réputation d'utopiste et d'écrivain peu soucieux de la forme dont souffre l'excellent abbé. Elle n'en est pas moins tout à fait injuste et regrettable.

L'abbé de Saint-Pierre est assurément un pur théoricien. Mais il est bien loin d'être le pur utopiste que se plaisent à trouver en lui ceux qui ont renoncé à entreprendre sa lecture. Son mémoire sur l'*Utilité des dénombrements* ([3]) suffirait à nous

---

([1]) Voir, en particulier, sur le rôle de Vauban dans la préparation du Mémoire de l'intendant de la généralité de Paris, DE BOISLISLE, *Introduction* au *Mémoire de la généralité de Paris,* p. IV et V.

([2]) Voir *Dime royale,* p. 176 et 178. C'est ainsi encore que Vauban a, bien avant la Constituante, inventé le *Juge de paix,* en se figurant qu'on pourrait confier aux lieutenants chargés de dénombrer les groupes de cinquante maisons, la mission « d'apaiser les querelles qui arriveront dans ces cinquante maisons ou ménages et de les empêcher de se plaider les uns contre les autres ».

([3]) Voir *Œuvres complètes,* édit. de Rotterdam, 1733, t. IV, p. 235-246. A quelle date fut rédigé ce mémoire ? Nous l'ignorons. Mais il est certainement postérieur à la *Dime royale,* publiée en 1707.

en donner la preuve. Il a d'abord très nettement aperçu, après Bodin et Vauban, dans la statistique, un instrument nécessaire d'administration et de gouvernement. Mais il est allé plus loin. Il y a vu aussi une méthode d'observation des faits devant servir à l'élaboration de ce qu'il appelait la *Science politique*. « Nous avons grand intérêt, dit-il, à avoir dans cette science un grand nombre de démonstrations. Or, nous ne pouvons les avoir solides qu'en réduisant toutes les preuves à la simple arithmétique fondée sur les dénombrements. » Il était, d'ailleurs, fort au courant des diverses données statistiques que l'on possédait de son temps. Il connaissait les dénombrements de la population de Paris exécutés en 1682 et 1684 et ceux de la ville de Breslau qui fournirent à Halley les éléments de sa table de mortalité. Il connaissait aussi les Mémoires des Intendants, ainsi qu'en témoigne l'étude qu'il a consacrée aux moyens « d'avoir de meilleurs mémoires des intendances que ceux qui furent envoyés à la Cour par les intendants en 1698 et 1699 [1] ».

Quant à l'exécution des dénombrements, l'abbé de Saint-Pierre avait un système moins étudié et moins original peut-être, mais plus pratique assurément que celui de Vauban. Il voulait, lui aussi, des recensements annuels, mais il laissait aux divers ministères le soin de les publier tous les cinq ans. Il réclamait ici l'intervention de son *Académie politique* ; le rôle qu'il lui confiait en matière de dénombrements se réduisait, en somme, à celui des commissions centrales ou des conseils supérieurs de statistique qui existent aujourd'hui dans tous les pays civilisés.

---

[1] Voir « Mémoire sur le Gouvernement intérieur de l'État », *Œuvres complètes*, t. VII, p. 259.

Le marquis D'ARGENSON a exprimé d'une façon sommaire mais très explicite la croyance à la nécessité des dénombrements, dans son livre : *Considérations sur le Gouvernement ancien et présent de la France comparé avec celui des autres États, suivies d'un nouveau plan d'administration.* Ce livre a été publié seulement en 1784 à Amsterdam ; mais il a été écrit en 1720. Il faut lire l'article IV de l'ordonnance royale imaginaire sous la forme de laquelle l'auteur présente le « plan d'une nouvelle administration proposée pour la France ».

* * *

Nous arrivons à une époque (de 1720 à 1750) où, en dépit de Saugrain et Boulainvilliers, dont nous parlerons dans un instant, les doctrines sur la statistique et l'utilisation méthodique de ses données subissent une sorte d'éclipse, où leur évolution semble arrêtée. C'est pourtant l'époque où les travaux des arithméticiens politiques anglais, de cette école de statisticiens dont William Petty fut le chef (1665-1687), commencent à être connus en France. Mais leur action est tout d'abord très effacée, presque nulle. Quesnay, par exemple, et la plupart de ses disciples immédiats [1], y échappent complètement. Montesquieu, dans l'*Esprit des Lois*, y résiste expressément [2], quand il écrit, en parlant de l'Angleterre : « ... on verrait des gens qui passeraient leur vie à calculer des événements qui, vu la nature des choses et le caprice de la fortune, c'est-à-dire des hommes, ne sont guère soumis au calcul ». Et

---

[1] Les physiocrates parlent beaucoup de calcul. Mais ils s'y livrent sur des chiffres hypothétiques et ils sont parfaitement indifférents à la pratique des dénombrements.

[2] Voir le célèbre chapitre XXVII du livre XIX de l'*Esprit des Lois*, où Montesquieu décrit les mœurs et les institutions anglaises (Édit. Didot, p. 270).

c'est aussi dans la fraction la plus éclairée de la bourgeoisie et de la noblesse françaises qu'une réaction, due aux abus de la fiscalité, se produit contre la pratique des dénombrements. On en trouve la trace saisissante sous la plume de Saint-Simon, dans le curieux passage de ses *Mémoires* où il s'élève avec violence contre « ces dénombrements impies qui ont toujours indigné le Créateur » (Voir nouvelle édit. des *Mémoires,* DE BOISLISLE, t. XX (1908), p. 167 et 574).

*
* *

En revanche, VOLTAIRE et les ENCYCLOPÉDISTES ont très certainement subi l'influence anglaise et ont contribué à la répandre autour d'eux.

Voltaire et les Encyclopédistes ont droit à une grande place, si surprenant que cela puisse paraître pour Voltaire, dans l'histoire des doctrines sur la statistique au dix-huitième siècle. Ils furent, à cette époque, de grands vulgarisateurs de la statistique.

Que Voltaire ait connu les idées de Vauban et de l'abbé de Saint-Pierre sur la statistique, ce n'est guère douteux. Mais ce qui ne l'est pas davantage, c'est qu'il ait connu les écrits de W. Petty, de Graunt et de Davenant, durant les trois années qu'il passa en Angleterre, de 1726 à 1729. C'est dans le *Dictionnaire Philosophique,* publié en 1764, que Voltaire s'est spécialement occupé de statistique. Il faut lire, en particulier, à ce sujet, les pages qu'il a écrites sur les mots : *Age, Dénombrement* et *Population.* On verra au mot *Age,* qu'il connaît fort bien les calculs de Deparcieux, de Dupré de Saint-Maur et de Buffon sur la durée moyenne de la vie humaine, qu'il évaluait à vingt-deux ou vingt-trois ans.

Tous les développements consacrés à la statistique dans

« l'Encyclopédie ou Dictionnaire raisonné des sciences, des arts et des métiers » dont la publication, sous la direction de Diderot et de d'Alembert, commença en 1751, offrent un intérêt plus grand encore. Nous citerons notamment ceux que l'on trouve sur les mots : *Arithmétique politique, Absent, Probabilité* et *Vie.* Quelle fut, dans leur préparation, le rôle de Diderot et de d'Alembert ? A notre connaissance, rien ne permet de le dire. Ce que nous savons de d'Alembert nous autorise toutefois à penser que cet illustre mathématicien devait être peu enclin à faire usage des chiffres fournis par les dénombrements et, par suite, à s'intéresser à ces derniers. Ce n'est pas seulement à propos du « problème de Saint-Pétersbourg » qu'il fut en désaccord avec Daniel Bernouilli. C'est aussi, d'une manière plus générale, à propos du calcul des probabilités, dont il repoussa toujours les principes et l'application ([1]).

De l'*Encyclopédie* il convient de rapprocher un autre dictionnaire publié un peu après elle, en 1778, et qui a largement contribué à populariser la statistique. C'est le *Dictionnaire universel des Sciences morales, économiques, politiques et diplomatiques, ou Bibliothèque de l'homme d'État et du citoyen,* par Robinet, censeur royal, 30 volumes in-4.

On trouve dans le tome VI (p. 127-208), sur le mot *Arithmétique politique,* un exposé évidemment inspiré par celui de l'*Encyclopédie,* mais beaucoup plus étendu et qui constitue une sorte de petit traité. Les mots *Absent, Homme, Mortalité* et *Population* y sont également l'objet d'études qui méritent d'être mentionnées ici.

* * *

([1]) Voir *D'Alembert,* par Joseph BERTRAND, p. 49-53.

Pendant que Vauban et l'abbé de Saint-Pierre, les auteurs de l'*Encyclopédie* et du *Dictionnaire universel* faisaient la théorie de l'utilité des dénombrements et les mettaient en honneur, un certain nombre d'écrivains s'appliquaient à les mettre en usage, en divulguant leurs données, dans le but d'éclairer les gouvernements et l'opinion publique qui commençait à s'éveiller. Leur rôle n'est pas moins important que celui des premiers. Ils sont relativement nombreux. Nous nous bornerons à citer les principaux.

Le premier en date est SAUGRAIN, l'éditeur et peut-être aussi l'auteur d'un ouvrage publié, pour la première fois, en 1709 et réédité en 1720, sous le titre de : *Dénombrement du royaume par généralitez, élections, paroisses et feux.* Cet ouvrage est une simple compilation des chiffres et des détails relevés dans les Mémoires des intendants. L'auteur, peu modeste, nous l'annonce dans l'avertissement placé en tête comme « aussi utile que nouveau » et il ajoute qu'il est souhaité du public depuis si longtemps « que l'on se persuade en quelque façon qu'il en sera agréablement reçu ». Et il semble bien que ces prévisions optimistes n'aient pas été trompées. Car le même Saugrain, en publiant, en 1726, un *Dictionnaire universel de la France ancienne et moderne et de la nouvelle France, traitant de tout ce qui y a rapport,* en trois volumes in-folio, nous explique, au début du premier volume, que ce nouvel ouvrage lui a paru le complément nécessaire des deux éditions du « Dénombrement de la France » épuisées en « assez peu de temps ».

C'est aussi à la grande enquête demandée aux intendants, en 1697, que se rattache, plus étroitement encore que les ouvrages de Saugrain, l'*État de la France,* 3 volumes in-folio, publié par le comte DE BOULAINVILLIERS (1727-1728). L'*État de la France* n'est rien de plus que le résumé analytique suffisamment clair et complet de tous les mémoires rédigés à cette époque par les intendants. L'auteur se borne à agrémenter son résumé de critiques parfois sévères. On en jugera par ce qu'il dit du Mémoire de la généralité de Paris : « Son ennuyeuse prolixité, ses digressions inutiles et continuelles m'auraient apparemment dégoûté pour toujours de pareilles lectures, si je n'avais fait la réflexion que de ce chaos et de ses semblables il n'était pas impossible de tirer quelques connaissances qui, digérées d'autre façon, pourraient être d'une utilité incomparable tant à moi-même et aux miens qu'au public ».

Le dictionnaire (¹) de l'abbé EXPILLY, bien qu'inachevé, est beaucoup plus important pour nous que les publications de Saugrain. Il constitue, pour son époque, une sorte de statistique générale de la France. Les mots à propos desquels il y est fait l'usage le plus abondant des chiffres sont : *Feux, Forces* (²), *France, Nantes, Paris* (³) et *Population*. Mais Expilly ne se borne pas à employer les chiffres ; il s'occupe des dénombrements qui les procurent et des méthodes suivant lesquelles on doit les opérer. Il expose et discute longuement les méthodes proposées par Vauban et même celles attribuées aux

(¹) Voici son titre : *Dictionnaire géographique, historique et politique des Gaules et de la France, contenant, après l'histoire, la description de toutes les provinces, villes, bourgs, villages, paroisses et communautés du royaume, avec toutes les divisions et subdivisions administratives possibles*, par l'abbé EXPILLY, trésorier du chapitre royal de Sainte-Marthe de Tarascon, de la Société royale des sciences et belles-lettres de Nancy, etc., 6 vol. in-fol. 1761-1768.

(²) On trouve sous ce mot une statistique détaillée de nos forces de terre et de mer en 1762 et 1763.

(³) L'étude démographique qu'il nous donne sur Paris est une des plus complètes qui existent à cette époque. A remarquer notamment le dénombrement de toutes les catégories de fonctionnaires, pendant les années 1760 à 1768.

Chinois par les pères jésuites Le Comte et du Halde. Il adhère, en fin de compte, aux conceptions de l'auteur de la *Dîme royale* (¹). Il insiste cependant un peu plus que celui-ci sur l'utilité du dénombrement des individus par profession. Le dénombrement des terres par l'établissement d'un livre terrier ou cadastre ne lui paraît pas moins nécessaire que celui des hommes, et il entre, à ce sujet, dans de très intéressants détails (²). Mais c'est à propos du mot *Registres* qu'il trace avec une grande netteté le programme de la statistique générale de la France. Ce programme est encore plus étendu et plus complet que celui de Vauban dans la *Dîme royale*. C'est ainsi qu'il y fait entrer distinctement les observations météorologiques et les observations nosologiques.

Les livres signés des noms de MESSANCE et de MOHEAU ont des traits communs assez curieux.

Ils portent l'un et l'autre à peu près exclusivement, d'une part, sur la population de la France, sur son état, ses mouvements, ses variations et, d'autre part, sur les méthodes à l'aide desquelles on peut en déterminer approximativement le chiffre, en l'absence de dénombrements généraux et tête par tête que tout le monde, à cette époque, jugeait impossibles. Ils sont plus limités quant à leur objet, mais aussi plus approfondis et plus personnels que les compilations de Saugrain et d'Expilly.

Leurs auteurs véritables sont de hauts fonctionnaires de la monarchie (ils furent intendants l'un et l'autre), qui ont également jugé utile de s'abriter derrière le nom de secrétaires obscurs. Ajoutons qu'ils ont l'un et l'autre la bonne fortune

---

(¹) Voir le mot *France*, t. III, p. 356 et sq.
(²) Voir le mot *Population*, t. V, p. 787-817.

d'être justement appréciés aujourd'hui, ce qui nous permettra de nous borner, sans trop de regret, en ce qui les concerne, à une simple mention.

Voici le titre du livre de Messance : *Recherches sur la population des généralités d'Auvergne, de Lyon, de Rouen et de quelques provinces et villes du royaume, avec des réflexions sur la valeur du bled tant en France qu'en Angleterre de 1674 à 1764.* Il est daté de 1766. Mais il était écrit au début de 1765, puisque l'approbation royale dont il est revêtu est du 15 mars 1765. Le nom de Messance est suivi du titre de : receveur des tailles de l'élection de Saint-Étienne. On s'accorde à penser que ledit Messance fut simplement le secrétaire et le prête-nom de l'intendant de La Michodière ([1]).

Le titre du livre de Moheau est plus général : *Recherches et considérations sur la population de la France.* Mais son objet ne l'est pas davantage. En réalité, les données statistiques qui y sont utilisées sont également spéciales à quelques provinces.

Le livre porte la date de 1778, bien qu'il ait été composé en 1774, si l'on en juge par la date de « l'épitre à un roi » qui le précède et qui est du 12 novembre 1774.

Quant à Moheau, c'est un personnage plus mystérieux encore que Messance. Aucun dictionnaire biographique ne le mentionne. On pouvait, jusqu'à ces derniers temps, se croire autorisé à ne voir en lui qu'un personnage imaginaire. Mais on sait aujourd'hui, par des notes trouvées dans les papiers de M. de Montyon ([2]), que ce fut le secrétaire de ce dernier. Ce qui est certain, dans tous les cas, c'est que le véritable

---

([1]) Legoyt attribue le livre de Messance à M. de Montyon (Voir *Journal de la Société de Statistique de Paris,* septembre 1860, p. 136). On ne s'explique guère une pareille erreur.

([2]) Voir Labour, *M. de Montyon, d'après des documents inédits* (Ouvrage couronné par l'Académie française. Paris, 1880, p. 183 et 184).

auteur du livre est M. de Montyon. Sans parler du témoignage de Lalande, dans une notice publiée par le *Journal des
Savants,* en avril 1779, en voici une preuve, entre beaucoup
d'autres, que l'on peut tirer du livre lui-même. On sait que
M. de Montyon fut successivement intendant de Provence,
d'Auvergne et du pays d'Aunis entre 1767 et 1774. Or, les
chiffres dont il est fait usage dans les *Recherches et considérations* s'appliquent tous à la population de ces provinces. Et
voici comment s'exprime l'auteur dans l' « Avis au lecteur »,
page v : « Des devoirs d'État m'ont obligé à faire ou diriger
des recherches qu'a ordonnées le gouvernement ; mon goût
m'a porté à les étendre. » Ce n'est pas là, on en conviendra,
le langage d'un secrétaire inconnu.

L'ouvrage de M. de Montyon est composé de deux parties
tout à fait distinctes. La première, celle qui est consacrée aux
Recherches, relève seule de l'histoire de la statistique. La
seconde est un exposé de vues politiques et économiques sur
la population.

Comme de La Michodière et de Montyon, Necker est un
grand administrateur dont les vues théoriques sur les dénombrements ont été singulièrement fortifiées par le maniement
des affaires publiques. Il nous appartient à plus d'un titre. Il
nous appartient par son célèbre *Compte rendu* de 1781 et par
la publicité qu'il a réussi à donner à ce document de statistique financière. Il nous appartient par le large et judicieux
emploi qu'il a su faire de toutes les données statistiques dont
on disposait de son temps, dans son beau livre : *De l'Administration des finances de la France* (¹). Il nous appartient

---

(¹) Trois volumes in-8 sans nom d'imprimeur ni de lieu. Nous signalerons tout
spécialement, dans le tome I, les chapitres i, iii, viii, xi et xiii ; tome II, les
chapitres ix, xi et xii ; tome III, les chapitres viii, ix, xv, xvi, xix et xx.

enfin, et à un plus haut degré encore, par les vues doctrinales qu'il a exposées dans le chapitre intitulé : « Idée sur l'établissement d'un bureau de recherches et de renseignements » ([1]). Tout ce chapitre serait à citer. Ceux qui voudront s'y reporter ne le regretteront pas.

*
* *

Nous signalerons ici, dans un seul paragraphe, une série d'écrivains de second rang, qui tous ont fait, entre 1765 et 1795, un usage raisonné de la statistique. La plupart sont peu connus. Quelques-uns ne le sont pas du tout. Mais à qui la faute ? Ce n'est point à eux assurément. Ne serait-ce pas plutôt aux historiens de la statistique en France qui n'ont pas pris la peine de retrouver et d'examiner leurs écrits ? La notoriété des écrivains importe peu. Ce qui importe, c'est la nature de leurs travaux, c'est la place qu'ils y donnent à la statistique dans leurs descriptions et leurs études. Il y a là comme une végétation un peu confuse et désordonnée, mais qui laissera des traces et qui prépare la période plus féconde que nous rencontrerons bientôt.

1º Goyon de La Plombanie, *La France agricole et marchande*, Avignon, 1762. 2 volumes in-8. On trouve dans le tome II, pages 219-232, un chapitre XXVI où l'auteur essaie de faire le « calcul politique des revenus du royaume tels qu'ils étaient avant la dernière guerre », c'est-à-dire vers 1755. La méthode qu'il emploie offre de frappantes analogies avec celle dont usera Lavoisier vingt-cinq ou trente ans plus tard;

2º De Beausobre, *Introduction générale à l'étude de la politique, des finances et du commerce*, 2 volumes, nouvelle édition,

---

([1]) Voir t. III, chap. xxviii, p. 355-362.

Amsterdam, 1765. — Le tome I ([1]) contient d'assez nombreux et intéressants développements sur le dénombrement des habitants d'un pays, sur celui des naissances, mariages et décès, sur le chiffre de la population des principaux pays d'Europe et sur les revenus de l'État que l'auteur trouve trop difficiles à connaitre exactement;

3° PUGET DE SAINT-PIERRE, *Précis national ou Tableau de la Société dans ses détails*, Paris, 1771, in-folio. — On trouve dans ce livre trois séries de tableaux proposés comme pouvant former le cadre d'une bonne statistique nationale. La première série est formée par les tableaux relatifs à une paroisse — ou commune — en général. La seconde est formée par les tableaux relatifs à Paris. Et la troisième par ceux relatifs à une ville maritime, Le Havre;

4° BEAUFORT, employé ci-devant dans les missions des cours étrangères, *Le Grand Portefeuille politique, à l'usage des princes et des ministres, des ambassadeurs, hommes de loi, etc., enfin de tous ceux qui suivent la carrière politique ou qui s'y destinent* (imprimé avec l'agrément et l'approbation du ministère des affaires étrangères de France), 1789, in-folio (Prix : 30 livres). — C'est une énorme compilation, à caractère semi-officiel, qui comprend 19 tableaux de 22 colonnes chacun. On y trouve, pour tous les pays, une masse de chiffres concernant la population, les recettes, les dépenses et les dettes publiques, les religions, les sciences et arts, l'administration, l'agriculture, le commerce, les monnaies;

5° Le chevalier DES POMMELLES, lieutenant-colonel du 5e régiment d'état-major, *Tableau de la population de toutes les provinces de France; Mémoire sur les milices.* Paris, 1789,

---

([1]) Voir notamment p. 5 et sq, p. 435, 437, 438, 446 et sq, 491 et sq.

in-4°, 68 pages. Le mémoire sur les milices est fort curieux ;
mais la statistique y joue un rôle secondaire. Il en est autre-
ment des « Notes et observations sur la population de la
France ». C'est un travail où dominent la statistique et l'in-
terprétation de ses données. L'auteur nous dit bien (p. 53)
l'avoir entrepris à l'occasion de ses recherches sur les milices.
Mais il ajoute qu'il l'a continué pour satisfaire sa curiosité et
qu'il l'a publié, parce que des « personnes instruites l'ont
assuré qu'une pareille collection pourrait être utile non seulement à l'administration, mais encore aux progrès des sciences ».
Le grand tableau qui se trouve à la fin de l'ouvrage est un des
plus complets et des plus instructifs que nous possédions sur
la population de la France vers 1789.

6° Jurisconsulte et économiste par son éducation première,
ARNOULD fut aussi un statisticien très consciencieux. C'est
grâce à ses fonctions de chef du « bureau de la balance du
commerce » qu'il occupait au début de la Révolution et qu'il
conserva jusqu'en 1794, qu'il a pu écrire l'ouvrage suivant :
*De la Balance du commerce et des relations commerciales exté-
rieures de la France dans toutes les parties du globe, à la fin du
règne de Louis XIV et au moment de la Révolution.* 1re édition,
1791 ; 2e édition, 1795, 2 volumes in-8 plus un atlas grand
in-folio. Le tome I et une partie du tome II sont remplis par
un exposé doctrinal. Mais sous le titre « Pièces justificatives »,
on trouve dans le tome II, pages 109-276, une collection pré-
cieuse de chiffres non seulement sur le commerce, mais sur la
population, sur les finances, sur « la valeur du produit territorial
et de l'industrie de la France à l'époque de la Révolution ». Les
seize tableaux contenus dans l'*Atlas* sont consacrés au commerce
français en 1716 et en 1787.

*
* *

A partir du milieu du dix-huitième siècle, un grand nombre de savants français, mathématiciens, naturalistes, chimistes, se sont tournés vers la statistique et ont cherché à faire un usage méthodique de ses données. Leur intervention marque une date décisive dans l'évolution des doctrines statistiques en France. Mais la plupart d'entre eux sont bien connus. Il nous suffira de les citer pour marquer leur place dans l'arbre généalogique des statisticiens français.

C'est DEPARCIEUX qui le premier, en France, a construit ce que Cournot appelle le travail le plus difficile et comme le chef-d'œuvre de la statistique, des tables de mortalité. Les éléments lui en ont été fournis par les décès survenus dans des tontines autorisées sous le règne de Louis XIV et parmi les membres des trois communautés religieuses de Saint-Maur, des Bénédictins et de Sainte-Geneviève. Il a exposé sa méthode avec beaucoup de clarté dans deux livres qui sont restés classiques. Le premier, publié en 1746, sous le titre : *Essai sur les probabilités de la durée de la vie humaine,* et approuvé par l'Académie des sciences sur un rapport favorable de Nicolle et de Buffon. Le second, moins important, publié en 1760, sous le titre : *Additions à l'Essai sur les probabilités.*

C'est le naturaliste et le philosophe qui ont été conduits, chez BUFFON, à user de la statistique. Comme philosophe, il a écrit un *Essai d'Arithmétique morale* ([1]), qui peut se lire encore avec profit. Comme naturaliste, ayant à étudier la naissance et la mort des êtres vivants, la durée de leur vie, il fut amené à emprunter aux statisticiens les données numériques par les-

---

([1]) Voir *Œuvres complètes,* édition de la Société bibliophile, t. IV, p. 260-292.

quelles se mesurent ces phénomènes. Il ne s'est point risqué
à construire une table de mortalité. Mais il s'est servi de toutes
celles qui étaient en usage de son temps et qu'il connaissait à
merveille. C'est lui qui a publié, en 1767, la table de DUPRÉ
DE SAINT-MAUR, calculée non pas seulement sur la mortalité
des rentiers, mais sur la mortalité générale relevée, en 1749,
dans trois paroisses de Paris et dans douze paroisses de la campagne ([1]). Il a aussi très minutieusement exposé et interprété
la statistique des décès, des naissances et des mariages à Paris
de 1709 à 1766 et dans quelques communes de la Bourgogne,
notamment à Montbard, sa ville natale ([2]).

DUPRÉ DE SAINT-MAUR était un maitre des comptes et un
académicien très versé à la fois dans la littérature anglaise et
dans tout ce qui touchait à l'histoire des monnaies et des prix.
Par son livre : *Essai sur les monnaies ou Réflexions sur les
rapports entre l'argent et les denrées,* publié en 1746, comme
par la table de mortalité qu'il semble avoir établie pour son
confrère Buffon, il mérite que nous gardions ici son souvenir.

CONDORCET est à la fois un économiste et un financier
consommé, disciple des physiocrates et de Turgot, un mathématicien profond, un philosophe résolument attaché à la
méthode d'observation. Homme d'étude et théoricien avant
tout, mais homme d'action aussi par ses fonctions d'inspecteur
général des monnaies d'abord, de 1774 à 1783, par celles de
membre du Comité de la Trésorerie, en 1790, et par le rôle
extrêmement important qu'il joua dans l'œuvre financière de

([1]) Voir t. IV, p. 116 et sq. et p. 293 et sq.
([2]) Voir t. IV, p. 333-358.

la Révolution, sous la Constituante et la Législative ([1]), il doit être compté parmi ceux qui, à cette époque, ont admirablement·compris à la fois l'utilité pratique et l'utilité scientifique de la statistique. Voici, à cet égard, un remarquable passage du beau discours préliminaire qu'il a placé en tête de son *Essai sur l'application de l'analyse à la probabilité des décisions rendues à la pluralité des voix* (1785) (Voir p. 94-99).

> Le calcul a du moins l'avantage, dit-il, de rendre (en matière politique) la marche de la raison plus certaine, de lui offrir des armes plus fortes contre les subtilités et les sophismes..... On se tromperait, si on regardait ses applications comme nécessairement bornées à un petit nombre d'objets. La connaissance précise de tout ce qui regarde la durée de la vie des hommes, de l'influence qu'ont sur cette durée, le climat, les habitudes, la nourriture, la manière de vivre, les différentes professions, les lois même et les Gouvernements, une connaissance non moins exacte de tous les détails relatifs aux productions de la terre et à la consommation des hommes, une évaluation non arbitraire de l'utilité réelle des travaux publics, des établissements nationaux, des effets salutaires ou funestes d'une grande partie des lois d'administration, la méthode de s'assurer par le calcul de la précision des résultats, d'en déduire les conséquences certaines, de connaître par ce moyen la vérité ou la fausseté d'un grand nombre d'opinions, les ressources qu'on peut tirer de ces applications pour pénétrer plus avant dans la connaissance de l'homme physique ou de l'homme moral ; tous ces objets ont à la fois la plus grande importance et la plus grande étendue ([2]).

Entre LAVOISIER et Condorcet il existe des ressemblances vraiment singulières. Nés tous les deux en 1743, ils meurent,

---

([1]) Voir *Condorcet et la Révolution française*, par Léon CAHEN, p. 9, et ALENGRY, *Condorcet*, p. 27, 71, 76, 77 et 642. Ces deux savants auteurs ne sont d'accord ni sur la date de la nomination de Condorcet au poste d'inspecteur général des monnaies, ni sur la date de la suppression de ce poste.

([2]) On retrouve la même idée, exprimée presque dans les mêmes termes, en 1794, dans l'*Esquisse d'un tableau historique des progrès de l'esprit humain* (Voir *Œuvres complètes de Condorcet*, édition Arago, t. VI, p. 221, et petite édition de la *Bibliothèque nationale*, t. II, p. 42-43).

à quelques semaines d'intervalle, en 1794, victimes de l'une des erreurs les plus inexcusables de la Révolution. Ils ont mis l'un et l'autre au service de celle-ci, et tout particulièrement en matière financière, leurs incomparables facultés de savants fortifiées par l'expérience acquise dans de hautes fonctions publiques (¹). Et il se trouve que Lavoisier a exprimé, et presque à la même date, les mêmes pensées que Condorcet sur le rôle des chiffres, au double point de vue de la science économique et de l'action gouvernementale. Voici le titre de celui de ses ouvrages qui appartient, à tant d'égards, à l'histoire de la statistique : *Résultats extraits d'un ouvrage intitulé : De la Richesse territoriale du royaume de France, dont la rédaction n'est point encore achevée, remis au Comité de l'imposition* par M. LAVOISIER, *de l'Académie des sciences, député supplémentaire à l'Assemblée nationale, et commissaire de la Trésorerie.* — Imprimé par ordre de l'Assemblée nationale, 1791.

Le but de Lavoisier dans cet ouvrage est, avant tout, « de trouver des méthodes pour calculer les consommations et les productions, comme on en a trouvé pour calculer la population ». Mais si ingénieux que soient les procédés qu'il a imaginés, il est obligé de reconnaitre que ses évaluations reposent sur des hypothèses plutôt que sur des faits bien observés et il se plaint amèrement de l'absence de toute information sûre, fournie aux représentants de la nation. Aussi bien, voici comment il s'exprime en s'adressant à ces derniers :

Il ne tiendra qu'à eux, dit-il, de fonder pour l'avenir un établissement public où viendront se confondre les résultats de la balance de l'Agri-

---

(¹) Lavoisier fut fermier général à partir de 1769 et membre du *Comité d'Agriculture* de 1786 à 1787 ; il fut le collègue de Condorcet au *Comité de la Trésorerie et à la Commission de comptabilité.*

culture, du Commerce et de la Population ; où la situation du royaume, sa richesse en hommes, en productions, en industries, en capitaux accumulés viendront se peindre comme dans un tableau raccourci. Pour former ce grand établissement qui n'existe dans aucune autre nation, qui ne peut exister qu'en France, l'Assemblée nationale n'a qu'à le désirer et le vouloir. L'organisation actuelle du royaume semble avoir été disposée d'avance pour se prêter à toutes ses recherches.

Le vœu de Lavoisier ne devait être réalisé que beaucoup plus tard, par la création du Bureau de la Statistique générale et par la publication de l'*Annuaire statistique de la France.*

Il est impossible de ne pas citer ici, à côté de Lavoisier, son ami, le grand géomètre LAGRANGE, et à côté des *Résultats extraits,* le petit *Essai d'arithmétique politique sur les premiers besoins de l'intérieur de la République,* écrit par Lagrange en 1796 et que Rœderer appelait, en le publiant : « un témoignage d'estime donné à l'un des plus grands savants calculateurs politiques de France par un des premiers géomètres d'Europe (¹) ».

A la différence de Lavoisier et de Lagrange, l'illustre mathématicien LAPLACE s'est très peu occupé de la statistique proprement économique, de la statistique de la production et de la consommation. Mais il a, de bonne heure, manifesté un goût très marqué pour les études démographiques. Dès 1782 et 1783, il avait publié, dans le *Journal de l'Académie des sciences,* un mémoire sur les naissances, mariages et morts à Paris, et un autre sur la détermination de la population de la France. Et il ne s'en est pas tenu là. Dans la magistrale introduction qui précède son grand ouvrage : *Théorie analytique des probabi-*

(¹) Voir *Collection des Principaux Économistes,* t. XIV, p. 608-614.

lités (¹), on trouve une sorte de traité de statistique démographique. On y trouve aussi — ce qui touche à la statistique, mais à un point de vue plus général — de très importants développements sur l'application du calcul des probabilités aux sciences sociales (²). On pourrait résumer d'un mot la pensée de Laplace sur la statistique au double point de vue scientifique et pratique : c'est la statistique qui fournit à l'observateur des phénomènes sociaux, ces grands nombres qui semblent avoir la merveilleuse vertu d'éliminer le hasard dans les événements humains.

On sait que Laplace fut appelé, en novembre 1799, après le coup d'État de brumaire, au ministère de l'intérieur qui était alors le ministère de la statistique en France. Mais il y resta six semaines environ et il n'eut guère le loisir de s'y occuper de statistique.

La même aventure était arrivée, quelques années auparavant, en 1792, à MOURGUE, l'un des prédécesseurs de Laplace au ministère de l'intérieur. Ce n'est pas au ministère que cet ancien directeur des travaux du port de Brest trouva l'occasion de révéler son goût pour la statistique. C'est seulement en 1801 qu'il publia un livre intitulé : *Essai de Statistique* (in-8, 70 p.). Sous ce titre un peu général, il s'agit d'un mémoire consacré exclusivement à l'étude des naissances, mariages et décès relevés à Montpellier, ville natale de l'auteur, entre 1772 et 1792 et à la détermination de la durée moyenne de la vie, d'après les données fournies par la statistique, à Montpellier.

(¹) Voir 3ᵉ édition 1820. Introduction, p. 1-142. Les idées maîtresses de cette introduction avaient été exposées dans des conférences faites à l'École normale en 1795.

(²) Voir Introduction, p. 70-102

Ce livre est complètement oublié aujourd'hui. Il reçut pourtant un très favorable accueil de l'Institut en 1801 et il eut le grand honneur, un peu plus tard, d'être adressé aux préfets du Consulat par le ministre de l'intérieur Chaptal, qui citait en lui « un modèle que l'on ne peut trop recommander à l'attention de ceux qui se livrent à ce travail ».

C'est vers cette époque, 1800-1801, que le mot *Statistique* entre définitivement dans le vocabulaire français. Et c'est seulement vers 1835 qu'il a été accepté par l'Académie française (Voir *Dictionnaire général de la Langue française*, Hatzfeld et Darmesteter, v° *Statistique*). A quelle date et par qui a-t-il été employé pour la première fois ? La question n'est pas facile à résoudre et elle est sans intérêt. Ce qui est certain, c'est que le mot *Statistique* était usité en Allemagne vers le milieu du dix-huitième siècle, qu'il est, en France, de provenance allemande et qu'il y a pénétré entre 1785 et 1800.

Plus heureux que Mourgue et que Laplace, FRANÇOIS DE NEUFCHATEAU et CHAPTAL ont pu, en traversant, eux aussi, le ministère de l'intérieur, le premier pendant un peu plus d'un an, en 1798 et 1799, le second pendant près de trois ans et demi, de 1801 à 1804, y faire largement œuvre de statisticiens. Ils ont pu y mettre au service de la statistique toute l'autorité dont ils disposaient. Il suffit de parcourir la vaste collection de leurs lettres et circulaires ministérielles, pour y voir s'affirmer une sorte de passion pour les dénombrements. Rien ne serait plus instructif que la lecture de ces documents non seulement pour nos confrères, les membres actuels de la Société de Statistique de Paris, mais pour les ministres qui remplissent aujourd'hui les fonctions de Neufchâteau et de Chaptal. Malheureusement ce n'est pas vingt-cinq lignes, mais vingt-cinq pages, qu'il nous faudrait pour en donner seulement les plus remarquables extraits.

De François de Neufchâteau ([¹]) nous nous bornerons à signaler :

1° La circulaire du 15 fructidor an VI, relative aux *Tableaux de population* et qui se terminait ainsi :

> Vous devez vous attacher à ne me transmettre que des résultats d'une rigoureuse exactitude. C'est le premier mérite de ce travail..... Il ne paraîtra minutieux et fastidieux qu'à ceux qui n'auront pas saisi ses rapports avec le bien général de l'État. L'arithmétique politique se fonde sur ces éléments ; et c'est une belle science que celle dont les opérations ont pour but des recherches utiles à l'art de gouverner ([²]).

2° La circulaire du 30 frimaire an VII, relative aux *Comptes annuels des départements* et qui constitue le *premier document officiel* où nous trouvions tracé le cadre de la *Statistique générale de la France.*

> Les comptes des départements, y lisons-nous, mettront, tous les ans, sous les yeux des citoyens français, la peinture fidèle de tout ce qui a trait à l'économie politique, dans toutes les divisions de cet immense territoire. La description des provinces, ébauchée par les intendants pour un fils de Louis XIV et restée en manuscrit, n'était qu'une esquisse imparfaite du tableau dont je vous envoie aujourd'hui le dessin..... Le despotisme faisait un mystère des affaires de la nation ; elles n'étaient à ses yeux que les affaires d'un seul homme, le peuple était compté pour rien. Il n'appartenait qu'à une République de soumettre les opérations de son gouvernement à l'examen de ses administrés, de leur faire connaître annuellement l'emploi des deniers publics, d'appeler tous les citoyens à la discussion des intérêts de leur pays ([³]).

([¹]) Voir *Recueil des lettres, circulaires, instructions, programmes, discours et autres actes publics émanés du citoyen Francois de Neufchâteau pendant ses deux exercices du ministère de l'intérieur,* Paris, imprimerie de la République, an VII, 2 vol. in-4.

([²]) Voir t. I, *loc. cit.,* p. 139 et sq. Ainsi que le prouvent les mentions en tête de ces circulaires, la Statistique de la population et la Statistique générale étaient rattachées au septième bureau de la première division du ministère de l'intérieur.

([³]) Voir t. I, *loc. cit.,* p. 363 et 368.

C'est à Chaptal, plus encore qu'à Lucien Bonaparte, que devait revenir l'honneur de réaliser en partie les beaux projets de François de Neufchâteau. On ne peut guère se faire une idée de la prodigieuse activité que l'illustre chimiste déploya dans ce but, si l'on ne prend la peine de parcourir les énormes in-folio ([1]) qui contiennent toutes les lettres qu'il faisait écrire, en 1801, 1802 et en 1803, aux préfets par le Bureau de la Statistique générale établi, suivant Peuchet, par Lucien Bonaparte à son arrivée au ministère de l'intérieur et dont la direction avait été confiée à Duquesnoy ([2]). Mais telle est la masse de ces lettres que nous devons renoncer à en extraire la moindre citation. On pourra juger des dispositions de Chaptal à l'égard des statisticiens et de la statistique, si nous rappelons qu'il envoyait aux préfets le livre de Mourgue ainsi que le petit traité de John Sinclair publié à Londres, en 1802, sous le titre : « Observations sur la nature et les principes des recherches statistiques et sur les avantages qu'on en peut retirer », et que l'auteur lui avait dédié ([3]). On en jugera mieux encore par la lettre qu'il adressait à Ballois, le 21 ventôse an X :

> Je vois avec plaisir, écrivait-il, que vous avez l'intention de publier des *Annales de Statistique*. Les écrits de ce genre, en mettant sous les yeux de tous les faits les plus simples et les plus communs, éclairent chaque individu sur ses propres intérêts ; ils fortifient le patriotisme ; ils inspirent un noble orgueil en exposant toutes les richesses de la France,

---

([1]) Voir aux *Archives nationales*. Série F, 20. Statistique : t. I, Lettres de l'an IX et l'an X ; t. II, Lettres de l'an XI.

([2]) Voir *Statistique générale et particulière de la France et de ses colonies,* par HERBIN avec sept collaborateurs dont PEUCHET (Paris, an XII-1803, 7 vol. in-8). T. I. *Discours Préliminaire* (PEUCHET), p. 48-50. C'est Peuchet, dont l'autorité n'est pas contestable, qui nous apprend que Duquesnoy fut le premier chef du Bureau de la Statistique générale. Mais il est contredit par l'*Almanach national* de cette époque, qui donne ce titre à Deferrière.

([3]) Voir *Annales de Statistique* de BALLOIS, t. II, p. 296.

ses moyens et ses ressources. Je donne ordre à mon Bureau de Statistique de vous communiquer les faits et les renseignements qui lui parviennent et je l'autorise à vous adresser ce que je ferai publier. Je suis persuadé que votre travail sera utile et je le seconderai avec intérêt ; vous pouvez y compter.

Ajoutons que Chaptal a publié en 1819, sous le titre : *L'Industrie française de 1789 à 1819,* un ouvrage de statistique qui est resté classique pour cette période.

Parmi les collaborateurs de Chaptal, dans son œuvre statistique, il n'est que juste de citer un autre illustre savant français, LAMARCK, le précurseur de Darwin. C'est sur sa proposition que fut instituée par Chaptal, en 1802, la Statistique météorologique, à titre de branche distincte du Bureau de la Statistique générale de la France. Il en a exposé lui-même la théorie et les résultats à plusieurs reprises, dans les *Annales de Statistique* de Ballois. « Si la statistique terrestre et économique d'un pays est un objet d'un grand intérêt, écrivait-il en 1803, elle est entièrement dépendante de la statistique météorologique du même pays ([1]). »

*
* *

Les savants et les ministres dont nous venons de parler sont bien loin d'être les seuls qui aient contribué au progrès de la statistique, durant la période si exceptionnellement féconde comprise entre 1789 et 1805. On trouve à côté d'eux une foule de collaborateurs dont l'œuvre moins éclatante et le rôle plus subalterne n'en offrent pas moins pour nous un grand intérêt. Si brève qu'elle soit, une mention est due à quel-

---

([1]) Voir *Annales,* t. IV, p. 132. Voir aussi t. I, p. 123-129, et t. III, p. 58, 64, 300 et 312.

ques-uns d'entre eux dans l'histoire sommaire que nous présentons ici. Nous mentionnerons seulement Duvillard et Peuchet, Leblanc et Bottin, Donnant et Ballois.

Duvillard avait été attaché au contrôle général sous Turgot. Nous le trouvons chargé de la Statistique de la population, au ministère de l'intérieur, en 1805. Il avait présenté, en 1798, à l'Académie des sciences un mémoire intitulé : *Analyse et tableaux de l'influence de la petite vérole sur la mortalité à chaque âge et de celle qu'un préservatif tel que la vaccine peut avoir sur la population et la longévité.* Ce mémoire, publié en 1806, contient, page 161, la table de mortalité qui a suffi à sauver de l'oubli le nom de son auteur.

Comme Duvillard, Peuchet a servi en qualité de fonctionnaire l'ancienne Monarchie et l'Empire. Collaborateur de Calonne en 1789, il devint, en 1801, celui de Chaptal en qualité de membre du conseil du commerce et des arts. Il est un de ceux qui ont le plus écrit sur la statistique à cette époque, et dont les compilations volumineuses ont le plus habilement utilisé les documents officiels. Deux de ses travaux méritent une mention. C'est d'abord son *Vocabulaire des termes de commerce, banque, manufactures, etc.*, Paris, 1801, à la suite duquel on trouve (p. 323-364) un excellent *Essai d'une statistique générale de la France,* que Chaptal avait demandé à Peuchet et que celui-ci publia « sur la remarque, dit-il, que quelques personnes m'ont faite que ce travail pourrait être utile aux jeunes gens qui se destinent à l'étude de l'économie politique. » C'est, en second lieu, le *Discours préliminaire* qui précède la *Statistique générale et particulière de la France et de ses colonies,* en 7 volumes in-8, que nous citons plus haut (p. xxxvi, note 2) et où l'on trouve une histoire et une bibliographie assez complètes de la statistique jusqu'à la fin du dix-huitième siècle.

G. LEBLANC est un écrivain fort obscur, malgré les titres de défenseur officieux et de membre de la Société des belles-lettres de Paris dont il fait suivre son nom, qui a publié, en 1801, une *Introduction à la Science de l'Économie politique et de la Statistique générale*. Le livre dans son ensemble est sans valeur. Mais on y trouve une quinzaine de pages offrant quelque intérêt pour l'historien de la statistique (p. 3-4 et 9-24).

Sébastien BOTTIN était un modeste secrétaire général de la préfecture du Bas-Rhin, grand amateur de documentation précise et très versé dans la statistique. Il eut le premier l'idée, en 1799, d'en faire usage pour la confection d'un *Annuaire politique et économique* de son département. « Son annuaire, dit François de Neufchâteau (¹), est le premier ouvrage vraiment statistique de cette nature que nous ayons eu en France », et il ajoutait : « Je ne désespère pas de le voir attacher tellement son nom à cette sorte d'ouvrage, qu'un jour on dise le BOTTIN (²) d'un département, pour désigner d'un mot un annuaire statistique instructif et complet, comme on dit un Barrème pour exprimer des comptes

---

(¹) Voir *Annales de Statistique*, 1802, t. I, p. 231 et 356.

(²) Les volumes formidables qui portent aujourd'hui le nom de *Bottin* sont oin de constituer l'œuvre purement statistique qu'entrevoyait de Neufchâteau. Ils ne sont point cependant sans réaliser sa prévision dans une certaine mesure tout au moins. S. Bottin fut associé, en 1818, à J. de la Tynna, l'un des fondateurs (1797) de l'*Almanach du Commerce de la ville de Paris*. L'Annuaire de 1819, élargi et « mis dans un meilleur ordre », porte sa signature suivie de la mention d'une foule de titres parmi lesquels on lit : « Auteur du premier *Annuaire Statistique* qui ait été publié en France. » L'entreprise passa aux mains de la maison Firmin Didot en 1840. Mais Bottin y resta attaché jusqu'à sa mort (1858).

iaits. » « C'est la première statistique départementale que nous
connaissions, dit également Peuchet en parlant de l'*Annuaire*
de Bottin ; c'est un modèle de précision, de savoir et de talent
pour ces matières. » (*Discours préliminaire*, p. xlvi.)

François Donnant, de l'Athénée des Arts, ci-devant interprète dans les États-Unis d'Amérique, comme il s'intitule
modestement, est, avant tout, un traducteur d'ouvrages de
statistique.

Il a traduit deux ouvrages anglais et un ouvrage allemand.
Voici leurs titres : 1° *Éléments de statistique où l'on démontre
d'après un principe entièrement neuf les ressources de chaque
royaume, État et république de l'Europe, orné de* CARTES COLO-
RIÉES *représentant d'un coup d'œil les forces physiques de toutes
les nations de l'Europe*, par William Playfair, 1802 ; 2° *Observations sur la nature et les principes des recherches statistiques et
sur les avantages qu'on en peut retirer*, par John Sinclair, 1802 ;
3° *Introduction à la Science de la statistique*, d'après l'allemand, de
M. de Schlœtzer, professeur à l'Université de Göttingue, 1805.

Les deux premiers sont dédiés à Chaptal, le troisième à
Cambacérès. Tous les trois offraient vraiment un grand intérêt. Le livre de Schlœtzer faisait connaître au public français,
qui les ignorait, les doctrines exposées sur la statistique, dans
les universités allemandes, depuis un demi-siècle environ.
Les *Observations* de John Sinclair, le célèbre auteur des *Recherches statistiques sur l'Écosse*, décrivaient la méthode et les principaux résultats de ces *Recherches*. Et quant aux *Éléments de
statistique* de William Playfair, ils faisaient suite à ses *Tableaux d'arithmétique linéaire* publiés à Londres en 1788 et
traduits à Paris, dès 1789, par un certain Jansen dont la per-
sonnalité nous est totalement inconnue. C'est dans ces *Ta-*

bleaux qu'il est fait, pour la première fois, un usage méthodique des diagrammes[1].

Mais ce n'est pas seulement par ses traductions, c'est aussi par les idées qu'il développe dans les lettres et préfaces qui les précèdent, que Donnant a contribué à l'élaboration des doctrines sur la statistique en France. Il a beau élargir à l'excès le rôle de la statistique ; il exprime avec force et une singulière chaleur de conviction un certain nombre de vues utiles.

BALLOIS nous intéresse beaucoup moins par ses écrits, qui ne sont pourtant pas dénués de valeur, que par les deux créations dues à sa remarquable activité et dont il nous faut dire un mot : 1° Les *Annales de Statistique, ou Journal général de l'Économie politique, industrielle et commerciale, de géographie, d'histoire naturelle, d'agriculture, de physique, d'hygiène et de littérature* ont été fondées par Ballois, au milieu de 1802. C'était une publication trimestrielle. La mort prématurée de leur fondateur amena leur disparition vers la fin de 1803. Leur collection forme six volumes correspondant à six trimestres ; deux portent la date de 1802 et quatre celle de 1803. Les quatre premiers sont de beaucoup les mieux remplis. A plus d'un siècle de distance, il y a plaisir et profit à les feuilleter. Cela tient sans doute, en partie du moins, à ce que le directeur des *Annales de Statistique,* suivant l'ordre de Chaptal, pouvait puiser à pleines mains dans les dossiers du Bureau de la Statistique au ministère de l'intérieur[2].

---

[1] W. Playfair est le véritable inventeur de la statistique graphique. Voir sur cette méthode alors nouvelle, dans un sens critique, PEUCHET, *Discours préliminaire, loc. cit.,* p. 58 ; dans un sens favorable, A. DE HUMBOLDT, *Essai politique sur le royaume de la Nouvelle-Espagne* (1811), t. I, p. 185-186.

[2] Les *Annales de Statistique* survécurent quelque temps à Ballois. Elles furent d'abord continuées, en 1803, par une *Société de gens de lettres* (Voir t. VII et VIII), et en 1804, par Alexandre DEFERRIÈRE (Voir t. IX).

2°. Une *Société de Statistique* fut fondée à Paris, à l'instiga-
tion de Ballois et sous la protection de Cambacérès, dans
les premiers mois de 1803. On en trouve la nouvelle dans le
n° 188 du *Journal officiel* de cette année. Sa première séance
eut lieu le 16 pluviôse an XI. Voici la composition de son
bureau : Président, le citoyen MENTELLE, professeur de géographie et d'histoire, de l'Institut ; vice-président, le médecin
en chef DESGENETTES ; secrétaire perpétuel, le citoyen BALLOIS ;
secrétaire temporaire, le citoyen FIRMIGIER ; trésorier, le
citoyen CHANLAIRE ([1]). Le but de la société nouvelle était
moins de contribuer à recueillir des faits que de « fixer d'une
manière positive les principes de la statistique et de réaliser
l'idée conçue par quelques bons esprits, de l'établissement
d'une chaire spéciale pour l'enseignement de cette science
dont chaque jour on apprécie davantage l'importance et l'utilité ([2]) ». Ces beaux projets ne devaient pas se réaliser. Il
semble que la Société de Statistique ait disparu à partir de
1804. La mort de Ballois survint trop tôt et le règne de Napoléon Ier était trop proche.

*   *
*

Il est facile d'apercevoir les causes diverses qui s'oppo-
saient, entre 1805 et 1815, au développement de la littérature
économique et statistique.

([1]) Pour mieux assurer l'efficacité de son travail la Société constitua, dès son
origine, six commissions de sept membres : 1° Commission de topographie ;
2° de météorologie et d'histoire naturelle ; 3° de population et de secours publics ;
4° d'agriculture et d'économie rurale ; 5° de l'industrie, du commerce et des travaux publics ; 6° de l'instruction publique et des beaux-arts.

([2]) Voir *Annales de Statistique*, t. IV, p. 315.

Napoléon aimait la statistique à la façon de Louis XIV. Il la demandait à ses préfets comme le grand Roi à ses intendants. On a beau lui prêter le mot célèbre prononcé, paraît-il, à Sainte-Hélène : « La statistique est le budget des choses, et sans budget point de salut. » On est obligé de reconnaître qu'il ne fut rien fait, sous son règne, ni pour le développement de la statistique, ni surtout pour la diffusion de ses données.

A peine y a-t-il place, durant cette période, pour la publication des statistiques départementales qui s'élaboraient lentement et silencieusement dans les bureaux des préfectures sous la poussée, malgré tout persistante, des instructions de Neufchâteau et de Chaptal, et pour un *Exposé de la situation de l'Empire,* du genre de celui qui fut présenté au Corps législatif, dans la séance du 25 février 1813, par DE MONTALIVET, ministre de l'intérieur. Cet exposé serait un document statistique de premier ordre par le nombre et la diversité des tableaux de chiffres qui l'accompagnent (138 pages in-4), s'il n'avait visiblement pour but unique de défendre l'administration impériale, en essayant de prouver, comme le dit son auteur lui-même, que, malgré les guerres incessantes, « la population a continué à s'accroitre ; que l'industrie a fait de nouveaux progrès ; que jamais les terres n'ont été mieux cultivées, les manufactures plus florissantes ; qu'à aucune époque de notre histoire, la richesse n'a été plus répandue dans les diverses classes de la société » !

Mais peu après 1815 et jusque vers 1850, s'ouvre pour la statistique une nouvelle période d'activité féconde. Et, comme dans les dernières années du dix-huitième siècle, ce sont les mathématiciens qui vont apporter encore les plus précieuses

contributions. Ils sont trop nombreux pour que nous puissions
les citer tous. Nous mentionnerons seulement, entre autres,
les huit noms suivants :

BENOISTON DE CHATEAUNEUF, de l'Académie des sciences,
a écrit de nombreux mémoires statistiques. L'un des plus intéressants est celui que l'auteur présenta à l'Académie des
sciences, le 11 janvier 1819, sous le titre : *Recherches sur les
consommations de tout genre de la ville de Paris en 1817, com-
parées à ce qu'elles étaient en 1789,* et qui fut publié en 1820,
avec un rapport de Joseph Fourier. Nous devons également à
Benoiston de Châteauneuf un petit volume in-32 de 195 pages,
daté de Paris et Bruxelles 1834, intitulé : *Notes statistiques
sur la France,* et qui contient, très intelligemment disposés,
de nombreux chiffres empruntés aux statistiques de l'ancien
régime ainsi qu'aux statistiques les plus récentes.

COSTAZ était professeur de mathématiques à l'École centrale
en l'an VI. Il devint membre du Tribunat, où il s'occupa beaucoup de finances et de monnaies, et membre de l'Académie
des sciences. Il a présenté à cette académie, en 1831, et
publié en 1834 un très solide mémoire sur : *la Construction
des tables statistiques et la mesure des valeurs.* Le mémoire
débute par une bonne définition : « La statistique, dit Costaz,
est une science d'observation qui a pour objet de constater et
de recueillir tous les faits susceptibles d'être exprimés par des
nombres. » Et il s'achève sur cette conclusion fort juste : « Je
pense qu'une science qui commence à prendre rang parmi les
sciences exactes, doit s'occuper de bonne heure d'introduire
la régularité et la méthode dans sa langue et dans ses procédés. »

Tout le monde sait que Joseph FOURIER, le savant auteur d'une théorie nouvelle de la chaleur, a été le compagnon de Bonaparte en Égypte. On sait moins qu'il a rempli les fonctions de préfet de l'Isère, de 1801 à 1815. Toujours est-il que nous lui devons une *Théorie analytique sur les assurances;* un rapport sur les *Tontines* (in-4, 1821); et surtout ces admirables mémoires qui précèdent les *Recherches statistiques sur la ville de Paris et le département de la Seine,* publiées de 1821 à 1826 [1].

Le baron Charles DUPIN, géomètre connu et professeur au Conservatoire des arts et métiers, est l'auteur du livre intitulé : *Forces productives et commerciales de la France* (2 volumes in-8, 1827). Ce livre est vraiment remarquable et point seulement pour son époque. On peut encore le lire avec profit. On y trouve déjà signalée avec une grande force la diminution de la natalité française comparée à celle des autres pays d'Europe. « Voilà, dit-il, après avoir fait cette comparaison, le résultat effrayant qu'il faut présenter aux méditations de nos hommes d'État, au patriotisme énergique de nos bons citoyens, pour que tous les Français, dans les situations publiques ou privées, réunissent leurs efforts [2]. » Ajoutons, à l'honneur des contemporains de Charles Dupin, que son livre atteignit, en peu de temps, sa huitième édition et qu'il rendit son auteur assez populaire pour qu'il fût élu député du Tarn en 1828, sans être jamais allé dans ce département. Quel est celui d'entre nous, fût-il doublé d'un géomètre, qui pourrait aujourd'hui se flatter de conquérir un siège électoral par un livre de statistique ?

[1] Voir, notamment, le plus remarquable de tous, dans les *Recherches statistiques* de 1821, sous le titre : *Notions générales sur la population,* p. 1-94.

[2] Voir t. I, p. 36-37.

AMPÈRE a publié son *Essai sur la Philosophie des sciences* en 1834. Il s'est gardé d'oublier la statistique dans ses ingénieuses classifications. Elle forme, d'après lui, avec la chrématologie, une des deux branches de l'économie sociale ([1]). Et il la définit : « la science qui étudie l'état de ce qui fait la force et la richesse d'une nation, comme sa population comparée à l'étendue de son territoire et répartie suivant les différents âges et les diverses professions, ses productions, son commerce, son industrie, ses charges, ses revenus dans leurs rapports avec la consommation, les différentes manières dont les richesses se trouvent distribuées entre ses habitants ».

MINARD est un inspecteur général des ponts et chaussées qui s'appliqua, dès 1826 et surtout à partir de 1845, à perfectionner la méthode imaginée par W. Playfair dans ses *Tableaux d'arithmétique linéaire*, et qui paraît y avoir réussi, ainsi qu'il l'explique lui-même, dans un mémoire où il défend ses titres un peu méconnus. Ce mémoire, daté du 1er décembre 1861, est intitulé : *Des Tableaux graphiques et cartes figuratives.* Quatre séries de cartes et de diagrammes y sont jointes.

POISSON paraît être celui des mathématiciens français de la première moitié du dix-neuvième siècle qui a expliqué et dégagé, avec le plus de précision, la *Loi* dite *des grands nombres*, dans son livre : *Recherches sur la probabilité des jugements en matière criminelle et en matière civile* (Paris, 1837, in-4). Il avait publié, dès 1826, dans les *Annales de Mathématiques*, un substantiel mémoire sur le rapport numérique entre les naissances masculines et les naissances féminines.

([1]) Voir *Essai*, 2e partie, p. 128.

COURNOT a été trop longtemps oublié, en France, par les historiens de la statistique. C'est à lui pourtant que nous devons, durant cette période, un ouvrage capital touchant l'utilisation scientifique de la statistique. Philosophe, mathématicien, économiste, Cournot est en même temps un maître dans l'art de manier et d'interpréter les nombres. Son grand travail statistique est intitulé : *Exposition de la théorie des chances et des probabilités.* « Il a voulu, nous dit-il dans sa préface, que tous ceux qui cherchent dans la statistique autre chose que des résultats bruts, soient mis sur la voie des applications nouvelles qu'ils pourront être eux-mêmes tentés d'en faire ([1]). » Et voici la définition qu'il nous donne de la statistique (p. 182), qu'on ne peut guère se dispenser de connaître : « Nous entendrons par statistique la science qui a pour objet de recueillir et de coordonner des faits nombreux dans chaque espèce, de manière à obtenir des rapports numériques sensiblement indépendants des anomalies du hasard et qui dénotent l'existence des causes régulières dont l'action s'est combinée avec l'action des causes fortuites. »

Voici maintenant divers écrivains qui, sans avoir l'autorité particulière des mathématiciens que nous venons de nommer, ont très efficacement concouru, dans la première moitié du dix-neuvième siècle, au développement des doctrines statistiques :

C'est le baron DE FÉRUSSAC, chef de bataillon, ex-souspréfet, chargé des cours de géographie et de statistique militaires à l'École d'application du Corps royal d'état-major, qui

---

([1]) Voir « Les Idées de Cournot sur la statistique », *Revue de Métaphysique et de Morale,* mai 1905, par Fernand FAURE, p. 395-411.

publie, en 1821, après trois années d'enseignement, un livre intéressant sous le titre : *Plan sommaire d'un traité de géographie et de statistique à l'usage des officiers des états-majors de l'armée, précédé d'un essai sur la doctrine, le but et la marche de ces sciences.*

C'est GUERRY, l'auteur de l'*Essai sur la statistique morale de la France.* Ce livre a paru en 1833, et il a été longtemps le commentaire classique des premiers volumes du *Compte général de la justice criminelle,* publié par le ministère de la justice depuis 1825.

C'est le comte D'ANGEVILLE, ancien officier de marine et député, avec son livre aussi important, nous semble-t-il, que le précédent, quoique plus rarement cité : *Essai sur la statistique de la population française considérée sous quelques-uns de ses rapports physiques et moraux,* Paris, 1836, in-4, 400 pages (¹).

C'est BIENAYMÉ, c'est DE MONTFERRAND, c'est GUILLARD, c'est DUFAU, c'est MOREAU DE JONNÈS, c'est VILLERMÉ, c'est BOUDIN, c'est Adolphe BERTILLON, c'est WOLOWSKI. Mais ces noms-là appartiennent à notre époque. Ceux qui les portent ont, pour la plupart, en 1860, participé à la création de notre Société de Statistique de Paris. En arrivant à eux et à leurs travaux, nous ne sommes presque plus dans le domaine de l'histoire, et notre tâche est bien près d'être épuisée (²).

(¹) L'ouvrage est remarquable, du moins dans sa première partie, par l'utilisation en même temps que par la critique des documents statistiques dont on disposait à cette époque. Il est illustré de seize cartogrammes à teintes dégradées. On en trouve aussi, ainsi que des diagrammes, dans le livre de Guerry.

(²) Force nous est, à notre grand regret, de renoncer même à résumer ici les vues exprimées, à cette époque, soit par les économistes, tels que J.-B. Say et Blanqui, soit par quelques hommes politiques dont les noms restent honorablement attachés aux premières publications de la *Statistique générale de la France,* tels que les ministres du commerce Duchâtel (1835) et Martin du Nord (1837).

Elle le sera tout à fait, quand nous aurons dit un mot de la *Société française de Statistique universelle* fondée, le 22 novembre 1829, par César MOREAU, ancien vice-consul à Londres, et de la *Société libre de Statistique,* fondée en janvier 1830 par Coquebert de Monbret et S. Bottin, et qui comptait dans son bureau Chaptal, Charles Dupin, de Férussac et Guerry. Mais il semble que celle-ci ait eu une existence purement nominale et qu'elle se soit laissé absorber par la première.

La *Société française* fut tout de suite extrêmement prospère. Dès 1830, elle comptait 440 membres. Elle en comptait 1055 en 1836. Le Roi lui-même en faisait partie ; il en était, suivant la formule de l'époque, le *protecteur.* Une foule de hauts fonctionnaires s'y rencontraient à côté des représentants autorisés de l'agriculture, du commerce et de l'industrie. On y voyait les ducs de Doudeauville et de Montmorency, le comte de Chatellux, le président de la république du Mexique et l'ambassadeur du Brésil, à côté des maîtres de l'économie politique et de la statistique, à côté de Blanqui et de Rossi, de Charles Dupin et de J.-B. Say, de Moreau de Jonnès et de Quételet. Elle avait les apparences d'une institution semi-officielle. C'était à la fois sa force et sa faiblesse. Elle publiait un *Journal de la Société française de Statistique universelle* formant un volume in-8, chaque année de juillet à juin, dans lequel on trouve une masse de documents et d'études de fort inégale valeur. Elle resta très active jusqu'en 1843 et elle aurait peut-être duré beaucoup plus longtemps sans les événements de 1848, qui lui portèrent un coup mortel ([1]).

_____

([1]) Notre confrère le Dr Chervin en a conté l'histoire, le 20 janvier 1904, en prenant possession de la présidence de la *Société de Statistique de Paris* (Voir

Si les Sociétés de statistique de 1829 et de 1830 ont été moins éphémères que celle de 1802, elles n'ont pas laissé une trace beaucoup plus profonde. Nous avons tenu cependant à les mentionner dans ces notes sur l'histoire de la statistique, parce qu'elles caractérisent leur temps mieux encore que les œuvres individuelles. N'est-ce point grâce à elles seulement que nous pouvons nous faire une idée de l'exceptionnelle faveur dont jouissait la statistique en France, en 1802 et en 1830 ?

CONCLUSION

De l'exposé qui précède et que nous nous excusons d'avoir fait à la fois trop sommaire et trop long, nous voudrions essayer de dégager une conclusion.

Si la France n'a pas eu l'honneur d'inventer le mot *statistique,* elle a eu celui de concevoir la chose qu'il sert à désigner, d'en apercevoir clairement la portée par l'effort propre de ses écrivains et de ses penseurs, et cela, dès la fin du seizième siècle, c'est-à-dire à une époque où il n'était encore question ni d'arithmétique politique en Angleterre, ni de statistique en Allemagne.

Une double cause semble pouvoir expliquer les premières manifestations de la pensée française au sujet de la statistique.

Ce sont, d'abord, les souvenirs de l'antiquité et l'ardente sympathie qu'éprouvaient les plus nobles esprits du seizième siècle pour les institutions politiques de la Grèce et de Rome. Si Jean Bodin n'avait pas admirablement connu l'organisation

Journal de la Société de Statistique de Paris, 1904, p. 42-46). Voir également sur les deux sociétés de 1829 et 1830, HEUSCHLING, *Bibliographie historique de la Statistique en France,* p. 48-50.

de la censure romaine, peut-être n'eût-il pas songé à recommander à ses contemporains la pratique des recensements.

Ce sont, en second lieu, les abus et les méfaits du gouvernement de cette époque ; c'est la déplorable gestion de la chose publique, en France, sous le règne des Valois. On avait l'espoir d'obtenir une atténuation du désordre et de la dilapidation dans les finances, si on parvenait à obtenir et à rendre public l'état exact, *l'état au vrai,* des dépenses et des recettes du souverain. Et c'est par là que l'on fut conduit à cette idée dominante, chez Vauban et Fénelon comme chez Bodin et de Montchrétien, que les dénombrements sont la condition indispensable d'une bonne administration de l'État.

La première de ces causes a disparu de bonne heure. La seconde a malheureusement persisté jusqu'à la fin du dix-huitième siècle.

C'est pourtant au dix-huitième siècle que nous voyons apparaitre la cause profonde et désormais suffisante de tous les progrès de la statistique dans l'ordre théorique et dans l'ordre pratique à la fois : c'est le besoin de connaitre et d'expliquer les faits qui nous entourent ; c'est la croyance que ces faits sont tous, y compris les faits sociaux, matière à science véritable, que des lois les régissent et que nous pouvons parvenir à la découverte de ces lois par une observation méthodique. La statistique se présente alors comme un instrument d'observation scientifique. Et cette conception vient rejoindre, en la complétant et la fortifiant, la conception de la statistique en tant qu'instrument nécessaire de gouvernement.

Mais ce n'est pas seulement en France, c'est dans tous les pays où la statistique est en honneur, que va s'affirmant de plus en plus, depuis le début du dix-neuvième siècle, le caractère scientifique des doctrines sur la statistique, de l'emploi de ses données et de son organisation elle-même. Et c'est justement parce qu'elle est devenue scientifique que la statistique est devenue et tend à devenir tous les jours davantage internationale. C'est pour cela également qu'a pu se fonder en 1885, et qu'a si largement prospéré depuis cette époque, l'*Institut international de Statistique* que nous avons l'honneur de recevoir à Paris, en cette année 1909.

Fernand FAURE.

LA SOCIÉTÉ DE STATISTIQUE DE PARIS

1860 - 1910

E 5 juin 1860, la Société de Statistique de Paris tenait sa première séance, discutait et votait ses statuts ; elle se proposait pour but de « populariser les recherches statistiques par ses travaux et ses publications ». La Société est aujourd'hui dans sa cinquantième année ; ses membres ont décidé de célébrer le cinquantenaire pendant que se tient à Paris la douzième session de l'Institut international de Statistique, afin de donner plus d'éclat à la solennité en y associant les statisticiens étrangers qui participent à cette session.

Au bout d'un demi-siècle de vie active, il est bon de rappeler les origines, les travaux, les succès de la Société ; il sied aussi de rendre hommage à ceux de ses membres qui ont dirigé sa marche, à la mémoire des collaborateurs dont elle s'honore et que la mort lui a enlevés.

En France, dès que l'unité nationale fut définitivement consolidée, les recherches de statistique générale ont pris place dans

les préoccupations de l'autorité publique ; elles ont prompte-
ment aussi éveillé l'intérêt des particuliers, indépendamment
des sociétés d'agriculture qui ont joué un rôle si important.
On a signalé la fondation successive, durant la première moitié
du dix-neuvième siècle, de deux sociétés privées qui groupè-
rent, l'une d'elles au moins, de nombreux adhérents. Ces
sociétés n'ont fourni, ni l'une ni l'autre, une très longue carrière : le besoin auquel elles répondaient avait cependant de
profondes racines dans l'esprit public, puisque l'une disparue,
une autre voyait le jour peu de temps après.

Ainsi en France, depuis le début du siècle dernier, si la
statistique s'est heurtée parfois à des dispositions peu bienveil-
lantes, empreintes de méfiance, de dédain, ou d'ironie, elle a
toujours groupé des amis fidèles et dévoués qui, sauf deux
interruptions, lui ont consacré dans des réunions périodiques
des soins désintéressés.

*
* *

La Société de Statistique de Paris a été constituée sous le
patronage du Ministre du commerce, de la Ville de Paris et de
l'Académie des sciences morales et politiques. Elle comptait
en 1860, au moment de sa fondation, 157 membres, dont 86 à
Paris et 71 dans les départements ou à l'étranger. Son premier
bureau fut ainsi composé :

Président d'honneur. MM. VILLERMÈ, membre de l'Institut.
Président ....   Michel CHEVALIER, sénateur, membre de
                              l'Institut.
Vice-présidents ......   WOLOWSKI et Léonce DE LAVERGNE, mem-
                              bres de l'Institut ; Victor FOUCHER,
                              conseiller à la Cour de cassation ; le
                              marquis DE FONTETTE.

Secrétaire perpétuel..	Legoyt, chef de la Statistique générale, de la France au Ministère de l'agriculture et du commerce.
Secrétaires adjoints..	Pautet du Rozier, le Dr Clément Juglar.
Trésorier.............	Le Hir, docteur en droit.

Après neuf ans de fonctionnement, la Société fut reconnue établissement d'utilité publique par un décret du 19 juin 1869.

Un décret du 25 février 1873 a approuvé les statuts qui sont actuellement en vigueur. En vertu de ces nouveaux statuts, la présidence est devenue annuelle à partir de 1873.

Le premier président, Michel Chevalier, était resté en fonctions jusqu'en 1868, époque à laquelle il a été remplacé par Hippolyte Passy. Celui-ci présida effectivement jusqu'en 1872 et fut alors nommé président d'honneur. A partir de 1873, les présidents successifs sont : Émile Bertrand (1873); Wolowski (1874); Clément Juglar (1875); Léonce de Lavergne (1876); Émile Levasseur (1877); Dr Lunier (1878); Dr Adolphe Bertillon (1879); Dr Léon Vacher (1880); Dr Bourdin (1881); Daniel Wilson (1882); Émile Cheysson (1883); Adolphe Cochery (1884); Léon Say (1885); Alfred de Foville (1886); Émile Yvernès (1887); André Cochut (1888); Paul Leroy-Beaulieu (1889); Eugène Tisserand, président honoraire (1890); Octave Keller (1890); Jules de Crisenoy (1891); Th. Ducrocq (1892); Adolphe Coste (1893); Alfred Neymarck (1894); A. Vannacque (1895); Émile Boutin, président honoraire (1896); Yves Guyot (1896); Dr Jacques Bertillon (1897); Beaurin-Gressier (1898); Fernand Faure (1899); Émile Levasseur (1900); Edmond Duval (1901); Émile Mercet (1902);

*

Schelle (1903); Dr Chervin (1904); Pierre des Essars
(1905); Paul Doumer, président d'honneur (1906); Arthur
Fontaine (1906); Lucien March (1907); Albert Delatour
(1908).

Le premier secrétaire de la Société a été M. A. Legoyt qui
s'est retiré en 1872. M. Toussaint Loua l'a remplacé jusqu'en
1892. Après sa retraite, M. Émile Yvernès occupa la fonction
jusqu'à sa mort survenue en 1898. Actuellement, le bureau de
la Société est constitué comme suit :

Président	MM. G. Payelle.
Vice-présidents	Ch.-M. Limousin, Léon Vassillière, Charles Laurent.
Secrétaire général	Edmond Fléchey.
Secrétaire général adjoint.	A. Barriol.
Trésorier-archiviste	Paul Matrat.

CONSEIL

Membres de droit	Les anciens Présidents de la Société.
Membres élus	MM. Desroys du Roure, G. Cadoux, Maurice Yvernès, M. Huber, Maurice Bellom, G. Roulleau.

La Société compte aujourd'hui 364 membres, dont 256
habitent Paris ou les environs de Paris.

En reconnaissance des services qu'elle rend à l'Administration, et de son œuvre éducatrice, la Société de Statistique
reçoit des subventions de plusieurs départements ministériels,
du Conseil général de la Seine et du Conseil municipal de Paris.

Par les vœux qu'elle a émis à la suite d'un rapport de
M. Cheysson, elle a contribué à la création en France d'un
Conseil supérieur de statistique.

Elle a participé à de nombreuses expositions; ses tra-

vaux lui ont mérité des récompenses de plus en plus hautes :
médailles d'argent aux expositions universelles de Paris, 1878
et 1889 ; diplômes d'honneur aux expositions de Venise, 1881,
et de Bruxelles, 1897 ; grands prix aux expositions universelles de Lyon, 1894 ; Paris, 1900 ; Saint-Louis, 1903 ; Liège,
1905 et à l'exposition franco-britannique de Londres, 1908.

La Société a toujours été représentée, d'abord dans les
Congrès internationaux de statistique puis, par un certain
nombre de membres communs, aux sessions de l'Institut
international de Statistique.

En 1885, la Société a fêté le 25ᵉ anniversaire de sa fondation. Elle a reçu, à cette occasion, de nombreux témoignages
de sympathie. Un grand nombre de statisticiens étrangers se
sont rendus à son invitation ou lui ont adressé des travaux. Le
compte rendu des réunions et le texte des mémoires commu-
niqués ont été groupés dans un volume spécial.

Depuis sa fondation, la Société de Statistique publie un
Journal mensuel où sont reproduites les communications pré-
sentées en séance par les membres de la Société ainsi que les
procès-verbaux des séances et le compte rendu des discus-
cussions. Le Journal renferme, en outre, des mémoires n'ayant
point été lus en séance, des notes bibliographiques et des chro-
niques où l'on suit périodiquement le mouvement des banques,
des transports, du travail et de la prévoyance, etc.

Au total, la collection du Journal comprend une cinquantaine de volumes dans lesquels la plupart des questions qui
intéressent la vie économique ou la vie sociale, et comportent
des éléments numériques, ont été traitées.

En échange de son Journal, la Société reçoit un grand

nombre de documents, notamment les publications des bureaux de statistique étrangers. Le catalogue de sa bibliothèque a été imprimé et annexé aux volumes des années 1901 et 1902.

Indépendamment de ses travaux ordinaires, la Société a organisé, à diverses reprises, des conférences publiques. Elle a tenu aussi parfois des séances publiques.

*
* *

On ne saurait tenter de résumer, dans ce bref exposé, les travaux et les discussions qui ont occupé l'activité des membres de la Société durant une cinquantaine d'années. Une table générale des matières du Journal, depuis la fondation jusqu'en 1900, a été annexée au volume de l'année 1900. En parcourant cette table, on se rend compte de l'abondance de la documentation et de la variété des études qui atteignent toutes les branches de l'activité économique ou sociale tant en France qu'à l'étranger. Si l'on se reporte aux mémoires insérés et aux discussions auxquelles ils ont donné lieu, on constate souvent des interprétations différentes de faits similaires ; on y sent toujours un souci scrupuleux d'exactitude, une entière bonne foi dans le maniement des faits et des chiffres.

Il nous est également impossible de rendre hommage à tous les collaborateurs de la Société dont quelques-uns ont fait preuve d'une inlassable activité. Nous avons donné plus haut la liste des anciens présidents et des anciens secrétaires, de ceux par conséquent qui ont eu la garde des intérêts de la Société et qui ont dirigé ses travaux.

S'il nous est interdit de parler des vivants, nous pouvons du moins adresser un souvenir reconnaissant à la mémoire de ceux qui ne sont plus. Quelques-uns d'entre eux ont tenu à laisser à la Société, après leur mort, un témoignage de leur attachement. Le Dr Bourdin a fondé une médaille d'or destinée à être décernée tous les trois ans à l'auteur du travail le plus intéressant publié dans le Journal de la Société durant la période. Deux autres anciens présidents, Adolphe Coste et Émile Mercet, un membre titulaire, M. Bresson, ont fait à la Société des legs importants.

D'autres encore ont apporté, au début de la Société, le prestige d'une haute situation scientifique : Villermé, dont les études sociales ont eu tant de retentissement ; Michel Chevalier, qui prit une part prépondérante à la politique économique internationale ; Hippolyte Passy, maitre en toutes choses, à sa place dans les conseils du gouvernement aussi bien qu'à la tête des sociétés savantes qu'il présidait ; Wolowski, le savant professeur, qui fut aussi mêlé à la vie publique et à la vie économique du pays ; Léonce de Lavergne, économiste agronome, membre, comme ses prédécesseurs, de l'Académie des sciences morales et politiques, dont fit également partie un autre fondateur et ancien président de la Société, l'historien des crises, Clément Juglar.

Parmi les anciens présidents et parmi les collaborateurs qui ont ensuite contribué à accroitre le renom scientifique de la Société, on trouve des savants, des hommes ayant occupé de hautes situations politiques ou administratives, des statisticiens de carrière, des publicistes avertis.

Ne pouvant ni parler des vivants, ni même faire une place dans cette brève notice à tous ceux qui ne sont plus, nous voudrions au moins donner une idée de la variété des aptitudes mises au service de la Société, de la diversité des esprits qui se sont dévoués à son œuvre, de l'idéal intellectuel et moral

des hommes qu'un même besoin d'observations méthodiques
et sincères a réunis. Nous essaierons d'y atteindre en consacrant quelques lignes à trois anciens présidents décédés depuis
d'assez nombreuses années : le Dr L.-A. BERTILLON, Adolphe
COSTE, Léon SAY.

*
* *

Le Dr Louis-Adolphe BERTILLON, doué d'un goût très vif
pour l'observation attentive et patiente, fut de bonne heure
attiré vers les sciences naturelles. Plus tard, le désir d'appliquer
à l'étude des sociétés humaines les procédés d'observation et
d'analyse minutieuse qui lui étaient familiers orienta son esprit
vers les recherches statistiques : la statistique lui offrait une
méthode dont il s'efforça de pénétrer le mécanisme d'après les
leçons de Cournot et de Quételet.

Dans l'application des vues de l'illustre statisticien belge,
Bertillon a surtout approfondi une partie de la statistique
humaine ; il a puissamment aidé à constituer cette partie comme
science spéciale sous le nom de démographie. Déjà avancé
dans cette voie en 1860, il figure au nombre des fondateurs
de la Société de Statistique de Paris.

Les études démographiques de L.-A. Bertillon sont fort nombreuses ; presque toutes ont été publiées exclusivement dans
le *Dictionnaire encyclopédique des sciences médicales* de De-
chambre. Cependant, le Journal de la Société de Statistique
renferme quelques-uns de ses travaux et non des moindres.
On y trouve différents mémoires relatifs à l'acclimatement, au
rapport des sexes, à la natalité, à la mortinatalité, à la mortalité, etc. Deux de ces mémoires sont particulièrement remarquables. Dans l'un, l'auteur étudie avec sa perspicacité coutu-
mière les causes qui influent sur la distribution par sexe des

enfants issus d'accouchements multiples. Dans l'autre, il analyse avec beaucoup de pénétration la théorie des moyennes. Admirateur de Quételet, il n'en critique pas moins la conception de l'homme moyen « type de la vulgarité, dit-il, loin de l'idéal ». Le premier peut-être, et à l'aide d'un exemple demeuré célèbre, il signale l'utilité et la possibilité de décomposer un groupe hétérogène en groupes homogènes par la seule considération de la loi de distribution.

On trouve encore dans le Journal de la Société la première table de mortalité portant sur l'ensemble de la population française ; elle a été calculée par Bertillon. Il est fait également mention de son atlas de démographie figurée.

Les travaux de L.-A. Bertillon ont relevé en France le crédit de la statistique, que de regrettables défaillances ont parfois déprécié. A l'étranger, son œuvre a été justement estimée : le temps ne l'a point diminuée.

On sait avec quelle ardeur il défendait ses idées ; on sait aussi combien son âme était sincère, probe et désintéressée.

Passionné pour la science « à laquelle il avait consacré sa vie », il en attendait des préceptes utiles au bien de l'humanité. Heureux quand les chiffres interrogés lui révélaient, par exemple, les vertus préservatrices et moralisatrices du mariage. Douloureusement inquiet lorsque, pressée de lui offrir quelque indice de l'avenir réservé aux peuples les mieux maitres de leurs destinées, la démographie des temps présents lui découvrait, pour toute réponse, des influences pouvant indifféremment « pousser les nations à leur développement ou à leur décadence ».

*
* *

Durant de nombreuses années, Adolphe Coste donna à la presse des articles quotidiens sur des questions législatives,

économiques ou sociales. Mais son esprit largement ouvert
aux idées générales ne pouvait sacrifier exclusivement à l'ac-
tualité. Dans des ouvrages de longue haleine, sa philosophie
calme et saine a souvent insisté sur l'alliance nécessaire des
progrès de la richesse et de la noblesse de la vie. « Nature
d'élite », suivant l'expression de M. Neymarck, ce fut un
apôtre convaincu et modeste de l'hygiène morale.

Il croyait à la puissance des lois sociologiques « contre
lesquelles les hommes ne peuvent rien » ; la statistique lui
paraissait l'instrument propre à les découvrir. Il aimait d'ailleurs les horizons étendus et il aspirait à en repérer les limites
changeantes. Tandis que Bertillon s'attachait à l'analyse minutieuse des mouvements révélés par la statistique, Coste se
plaisait aux vues synthétiques. Ses communications à la Société
de Statistique reflètent, à cet égard, les tendances de son esprit.

Tantôt il présente en raccourci, sous l'apparence d'une
ferme de 100 hectares, la production de l'agriculture française,
afin de faire ressortir à quel point celle-ci aurait besoin de
capitaux ; tantôt il examine la distribution de la richesse entre
les divers départements pour déterminer les facteurs principaux
de cette distribution ; tantôt il compare l'accroissement des
salaires à l'accroissement général des revenus. D'autres fois il
jette les bases d'un inventaire méthodique de la fortune du
pays et il en réclame l'achèvement.

Quelle que soit la division du revenu national sur laquelle
son attention se fixait, qu'il s'agit des profits agricoles, du
revenu industriel ou des salaires des travailleurs, l'accroissement des capitaux lui paraissait la condition nécessaire de
l'accroissement du revenu. D'ailleurs, il avait foi en l'avenir,
il entrevoyait avec confiance le progrès continu de l'humanité,
mais son optimisme était vigilant. Il s'efforçait d'apprécier les

progrès accomplis à leur juste mesure ; il cherchait des indices pondérables de la civilisation.

En utilisant pour ses travaux les statistiques officielles, il avait constaté que d'importantes améliorations pouvaient être apportées à l'Annuaire statistique de la France. Il s'attela lui-même à la besogne, sans en vouloir recueillir l'honneur, mettant avec bonne grâce ses connaissances, son activité et les qualités de son esprit au service de l'intérêt public, ainsi qu'il l'avait fait souvent, notamment en 1895 comme rapporteur de la Commission extraparlementaire de l'impôt sur le revenu.

La Société de Statistique de Paris avait en lui un cœur dévoué à sa vie scientifique et à sa prospérité. Auditeur assidu, il intervenait dans les discussions avec une bienveillance qui n'excluait ni la précision ni la fermeté. Après avoir quitté la présidence, il accepta les fonctions de trésorier lorsque son concours fut utile sous cette forme. Enfin, ses dernières volontés attestent son dévouement à la Société, son désir d'encourager les recherches statistiques qui l'avaient préoccupé durant sa vie.

La Société de Statistique conserve le souvenir reconnaissant de cet ami délicat qui l'a honorée par ses œuvres et par sa fidélité.

*
* *

Le président dont nous évoquerons la mémoire en dernier lieu, Léon SAY, n'avait point voué son activité aux patientes observations ; il n'était point non plus épris de systèmes. S'il avait beaucoup appris, c'est sans en avoir l'air ; jusqu'à son entrée dans la vie publique, il était surtout connu par le grand nom qu'il portait. Mais, dans les assemblées et dans le gouver-

nement, il s'imposa vite par son « génie ». Le mot ne semblera
point excessif si l'on songe à l'exceptionnelle harmonie de ses
facultés. Saisir en un instant dans de multiples directions ce
qui échappe au plus grand nombre est un don aussi rare que
la perfection dans un art particulier. Il avait la vision prompte
et aiguë ; il connaissait les mots qui projettent de la clarté.
« Il y avait en lui, a dit M. de Foville, une telle facilité d'assimilation, une telle force de pénétration aussi, que, dès le seuil
d'une science nouvelle ou d'un art nouveau, il y était comme
chez lui. Aussi Léon Say était-il un guide absolument sûr...
C'était une joie de l'entendre professer ce qu'on croyait
savoir. »

Léon Say n'ignorait pas quels services on doit attendre de
la statistique : ministre des finances à diverses reprises, on lui
doit la création, en 1877, d'un bureau chargé des travaux de
statistique et de législation comparée qui, « malgré l'importance et l'intérêt qu'ils comportent dans une administration
aussi considérable que celle des finances », n'avaient point
encore été centralisés.

Il connaissait la valeur de la méthode statistique ; sans avoir
appliqué personnellement cette méthode, il l'a caractérisée
avec une exactitude et une simplicité remarquables.

Il présidait la Société de Statistique en 1885, lorsque celle-
ci célébra le 25ᵉ anniversaire de sa fondation. A ce titre, il a
reçu les statisticiens étrangers conviés à la solennité : nous ne
saurions rendre un plus bel hommage à son talent qu'en rappe-
lant ici quelques traits du lumineux discours qu'il leur a adressé.

« La statistique, dit-il, est la science des dénombrements.
Son but est de rechercher, au moyen des dénombrements,
quelles sont les lois d'où les phénomènes dérivent. Par ce
moyen qui lui est propre, elle apprend à distinguer les effets

et les causes, afin qu'on ne confonde pas les uns avec les autres, ce qui est l'erreur commune de l'humanité.

« Elle ne compte pas pour compter. Ses dénombrements ont toujours un objet réel et élevé qui est de découvrir si la fréquence de certains phénomènes ne peut pas mettre sur la voie de la cause générale qui les a produits.

« Leur but est atteint quand ils ont fait voir si la répétition des faits est due à une loi ou si elle provient au contraire du trouble apporté à une loi par des accidents dont la cause lui est encore inconnue.....

« La statistique doit être une science internationale ou elle ne peut atteindre son but.....

« Je sais bien que la science ne redresse pas tous les esprits qu'elle éclaire, mais le sentiment d'une impuissance relative n'a jamais arrêté l'ardeur des savants dans leur recherche de la vérité.

« La statistique internationale ne guérira pas toutes les maladies de l'esprit humain, mais elle mettra de nouveaux moyens de persuasion entre les mains de ceux qui travaillent à l'amélioration progressive des rapports des peuples entre eux.....

« Nous ne sommes que de grands remueurs de chiffres, mais nous avons la prétention de remuer des idées en même temps que des chiffres..... Il sort aussi des étincelles du choc des chiffres, et ces étincelles illuminent les esprits. »

Il nous a semblé que ces trois hommes de bien, également consciencieux et sincères, symbolisent des qualités indispensables au succès de la mission que les fondateurs de la Société lui ont assignée : observation précise et attentive des faits, systématisation avisée et prudente, vision lucide des sommets.

Depuis un demi-siècle, ces fondateurs, les adhérents de la première heure, ont successivement presque tous disparu ; mais leurs successeurs ont uni leurs efforts vers le même but. Pour le bien de la Société, ils ont conservé et agrandi le patrimoine commun, ils ont maintenu les traditions de travail, assuré sans défaillance le respect des discussions libres, courtoises et désintéressées.

Lucien MARCH.

NOTES SUR PARIS

INTRODUCTION

lexandre Dumas, le père, dans ses Impressions de voyage en Russie, *présente gaiment au lecteur le nommé Kalino, lauréat de l'Université de Moscou, qui lui avait été donné comme interprète, mais dont les interprétations ne le satisfaisaient qu'à demi. Quand l'exubérant touriste arrivait dans une ville, son premier souci étant d'y trouver « bon souper, bon gîte » et peut-être « le reste », il mobilisait au plus vite son dévoué polyglotte : « Informez-vous, Kalino. »* — « De quoi ? » — « Mais de tout, parbleu ! »

Kalino partait, courait, allait interviewer les autorités locales, leur demandait sur quelle rivière la ville était située,

à quelle distance on était de Moscou, combien la ville comptait d'habitants, combien elle possédait d'églises, combien de maisons le dernier incendie avait détruites, etc.

« *Kalino, conclut Alexandre Dumas, était né pour faire de la statistique.* »

Plus encore que feu Kalino, la Société de Statistique de Paris est née pour faire de la statistique. C'est une façon d'interpréter l'univers qui ne plaît pas à tout le monde. Mais, entre collègues, il n'y a point à s'excuser de parler une langue que tous pratiquent et comprennent. Devant avoir, cette année, la bonne fortune de recevoir à leur table l'élite des statisticiens étrangers, les statisticiens français avaient pensé qu'ils devaient à leurs amis du dehors plus qu'un simple toast entre deux coupes de champagne ; et nous nous étions promis de leur offrir tout de suite, à titre d'hommage et de souvenir, un petit volume qui leur dise sur Paris ce que Kalino disait à Dumas sur Saratov ou Nijni-Novgorod, et même quelque chose de plus.

Ce volume, le voici. Il n'encombrera guère le bagage de nos invités et, bien que la statistique passe en général pour chose un peu lourde, il ne chargera pas plus leurs mémoires de savants que leurs malles de voyageurs. Notre seule ambition en leur offrant ces pages est qu'elles puissent retenir un instant, sans la fatiguer, l'attention de tous ceux et de toutes celles qui auront bien voulu répondre à notre cordial appel. Si nous n'avions dû voir venir à nous que d'austères calculateurs, toujours avides de grossir leurs dossiers, nous *leur aurions mis sous le bras, en guise de Bædeker, l'annuaire jaune de Jacques Bertillon ou l'annuaire gris de Lucien March ; et tout aurait été dit. Mais nous connaissons nos collègues et leur aimable éclectisme. Et puis, à la session de Copenhague, que nous nous rappelons avec tant de plaisir et de gratitude, il nous a été promis qu'on viendrait à la session de Paris* en famille *et nous avons pris acte de cette bonne promesse. Or, nos lourds annuaires intéresseraient sans doute* Monsieur, *mais inquiéteraient* Madame *par leur poids et* Mesdemoiselles *par leur contenu. Notre petit in-octavo, lui, ne saurait effrayer personne et — après avoir d'abord résumé, grâce à deux plumes également expertes, tout le passé de la Statistique française, — il va aider quiconque le voudra bien à se faire sans effort une idée juste et nette des principaux éléments de la vie matérielle, administrative et intellectuelle de notre grande capitale.*

Oh ! nous n'ignorons pas que la plupart des amis à qui nous nous adressons connaissent déjà Paris. Plusieurs sauraient mieux que moi en énumérer les curiosités, en décrire les monuments et peut-être en apprécier les richesses, artistiques ou autres. Mais ceux mêmes que Paris revoit le plus souvent dans ses murs le jugent parfois sur d'assez fallacieuses apparences. Pour plus d'un visiteur, Paris est borné au nord par la butte Montmartre, à l'est par la porte Saint-Martin, au sud par la rue de Rivoli... Paris, pour ceux-là, c'est presque uniquement le boulevard et, habitués à tourner dans un petit cercle toujours le même, ils oublient volontiers ce qui ne s'y trouve pas contenu. Nos lecteurs et nos lectrices ne nous sauront pas mauvais gré d'élargir un peu cet étroit horizon. Nous les promènerons ici et là, sans nous attarder nulle part, et nous chercherons à leur donner, comme disait Molière, « des clartés de tout ». Ce ne sont pas des tableaux complets et achevés qu'ils vont avoir sous les yeux : ce sont, sinon des instantanés, du moins de rapides esquisses, de sommaires croquis, portant chacun une signature différente.

Car, ainsi que le lecteur va le voir, nous nous sommes mis à plusieurs et même à beaucoup pour composer la seconde partie de ce recueil : c'est ce qui en constitue l'originalité. Sachant à qui il était destiné, tous aspiraient à y mettre la main. Comme les vrais statisticiens sont en même temps bons économistes, il a été vite décidé que l'on appliquerait à cette amicale entreprise le principe de la division du travail et de la spécialisation des tâches. Nos choix, justifiés par les compétences, n'ont pas fait difficulté. Il y a eu seulement quelques protestations quand on a su que, pour traiter les sujets même les plus vastes ou les plus complexes, chacun ne disposerait que de quelques pages. On avait d'abord dit quatre pages, et les plus sages s'y sont tenus. On a concédé six pages à ceux qui en demandaient vingt, huit pages à ceux qui en voulaient cent. C'est ce qu'on appelle ici contenter tout le monde.

Aussi bien, même dans huit pages, même dans six et et même dans quatre, il pourrait y avoir des longueurs : on

en a bien trouvé, jadis, dans un distique. Mais nos colla-
borateurs avaient pour consigne d'être aussi substantiels
que concis, et il me semble qu'ils y ont réussi.

Quant à la pensée commune dont s'inspirent les vingt-
sept monographies qui vont suivre, je n'ai aucun scrupule
à la dévoiler ici.

Notre désir, chers invités, c'est que, connaissant Paris de
mieux en mieux, vous vous mettiez à l'aimer de plus en
plus : nous y trouverions pour nous-mêmes plaisir et pro-
fit. Nous croyons cependant ne pas avoir fait de notre
modèle un portrait par trop flatté. Ce n'est point aux statis-
ticiens de profession qu'on peut reprocher d'embellir systéma-
tiquement les réalités de ce monde. Leur vertu essentielle
n'est-elle pas la sincérité ? Nous n'avons donc voulu ni
exagérer les mérites ni dissimuler les tares de notre vieux
Paris. Nous nous sommes appliqués à le montrer tel qu'il
est, parlant de ses misères comme de ses richesses, de ses
sentines comme de ses palais, de ses hontes comme de ses
gloires. Le bien et le mal, ici-bas, sont indivisibles. Mais,
n'est-il pas vrai que, considéré dans son ensemble, Paris a
su de tout temps conquérir ceux même qui n'ont pas l'enthou-
siasme facile ? Au dehors comme au dedans, rares sont les
observateurs qui, l'ayant bien vu, bien étudié et bien com-
pris, ne se sont pas attachés à lui. Les rois et les empereurs
viennent volontiers saluer dans sa capitale notre jeune
République. La bourgeoisie universelle se donne ici rendez-

vous. Et quant aux Parisiens, ils sont tous fiers et comme amoureux de leur Paris, y compris ceux à qui la destinée s'y montre le moins clémente. Il faut de sérieux motifs à un tel concours d'admirations et de sympathies. Notre livre espère faciliter à qui l'aura lu l'intelligence de ce phénomène. Et ils le comprendront mieux encore si, après avoir avec nous disséqué le monstre, mesuré ses organes, analysé ses fonctions, ils veulent bien prendre la peine — ou le plaisir — d'observer eux-mêmes, d'aussi près qu'ils le pourront, ce que je pourrais appeler les intimités de la vie parisienne. Les Français ont l'étrange manie de se railler eux-mêmes, de se dénigrer, de se calomnier. Leur mutuelle ironie s'exerce, vingt fois par jour, à leurs propres dépens, et ils se font de la sorte beaucoup de tort. Persuadez-vous bien que ni nos romanciers, ni nos chroniqueurs, ni nos auteurs dramatiques ne donnent l'image vraie de notre manière de vivre. Dans le monde tout artificiel où se meuvent leurs personnages, la notion du devoir et celle du droit paraissent abolies ; la famille n'est plus qu'un mythe ; la frivolité, l'immoralité, le vice, le crime parfois, se donnent librement carrière, et la soif du plaisir n'a pour dérivatif que la soif de l'argent.

Trompe-l'œil que tout cela ! Daignez, Mesdames, rester un peu longtemps au milieu de nous, et vous pourrez vous convaincre que nous ne sommes pas à ce point corrompus et dégénérés. Si le roman et le théâtre ne mentent pas, purement et simplement, ils prennent du moins l'exception pour la règle, ce qui est encore une façon de mentir.

Oui, derrière ces vains tourbillons, derrière ces agitations fébriles, notre brillant et bruyant Paris cache encore une infinité d'existences simples et utiles, honnêtes et laborieuses. Il en est de quasi patriarcales, là-même où l'on s'attendait le moins à les rencontrer. A tous les étages de l'édifice social, chez les pauvres comme chez les riches, on trouve, pour peu qu'on les cherche et parfois sans les chercher, une foule de braves gens, probes, serviables, bienveillants, docilement soumis à la discipline du devoir professionnel et même de l'éternelle morale. Ils vont droit devant eux, souriants, résignés, quelquefois chevaleresques ou héroïques, toujours prêts à donner à qui en a besoin un peu de leur argent ou un peu de leur cœur. En vérité, le jour où l'amour du beau, le jour où le culte de l'idéal seraient morts ici, Paris ne serait plus Paris ; mais cette heure funeste n'est pas près de sonner...

On va dire que je m'éloigne un peu du domaine de la pure statistique. Notre objectif à nous, c'est moins le beau que le vrai. Mais ne sont-ce pas là deux routes voisines et les mêmes fleurs ne peuvent-elles pas s'y rencontrer ? Les statisticiens, comme les Parisiens, valent mieux que la réputation qu'on leur fait dans certains milieux. On leur suppose trop volontiers l'imagination sèche et l'âme froide. Au théâtre comme dans le roman, le statisticien, dont il faut qu'on rie, n'est qu'un chiffre ambulant, une équation en chair et en os, en os surtout. Que ces caricatures-là sont peu ressemblantes ! J'ai sous les yeux, au moment où je trace ces lignes,

la liste des collègues, la liste des amis que va nous amener, de
près ou de loin, la nouvelle session de notre Institut ; et les
noms dont cette liste est faite évoquent tant de nobles intelli-
gences, tant de cerveaux puissants, tant d'esprits originaux,
tant de figures aimables ; ils rappellent tant de services rendus non seulement à la science sociale et à la civilisation,
mais aussi à l'histoire, à la philosophie, quelquefois aux
lettres, aux arts, voire même à la poésie, que nous éprouvons
une grande fierté en même temps qu'une grande joie à ouvrir
nos portes à de si précieux hôtes et à leur tendre la main, en
leur disant : « Soyez les bienvenus ! »

A. DE FOVILLE.

NOTES SUR PARIS

CLIMAT, TOPOGRAPHIE, ETHNOGRAPHIE

ARIS est situé à la limite de deux climats : le climat continental et le climat marin. Il en résulte que les variations annuelles du baromètre ne sont pas simples et qu'elles présentent deux maxima : l'un en hiver et l'autre en été. La moyenne annuelle vraie de la pression barométrique est à Paris de 757^{mm}61.

Au point de vue pluviométrique, Paris est divisé en deux périodes. La première se rapporte à la saison froide (décembre-avril), pendant laquelle la quantité de pluie est plus faible que la moyenne ; la seconde, correspondant à la saison chaude (mai-novembre), pendant laquelle la pluie est plus fréquente et plus abondante. La moyenne annuelle de la pluie est de $593^{mm}9$.

La pluie est supérieure à l'évaporation pendant les mois d'hiver ; la quantité d'eau évaporée est très notablement supérieure à celle qui tombe sous forme de pluie. Les vents exercent une grande influence sur la rapidité de l'évaporation et c'est le nord-est qui a le maximum de pouvoir desséchant.

On fait à la Tour Saint-Jacques des observations sur la transparence de l'air dont l'étude, ainsi que celle des causes qui la modifient, présentent un grand intérêt. C'est au printemps et en automne que l'opacité de l'air atteint sa plus grande intensité. Ce qui trouble surtout l'atmosphère de Paris, ce sont des brumes flottantes, plus ou moins épaisses, constituées par un mélange de poussières, de fumées et de gaz de toutes sortes émanant de l'agglomération parisienne et dont l'intensité varie suivant les vents. Les courants d'ouest-sud-ouest les dissipent ; les vents de nord-est ramènent sur la ville toutes les fumées et émanations de la partie la moins pure de la banlieue. Heureusement, les vents de cette direction sont rares, Paris étant sous le régime des vents d'ouest. Il faut noter aussi l'influence exercée par les collines de Montmartre et des Buttes-Chaumont qui forment une sorte d'écran s'opposant au passage des fumées basses.

L'analyse chimique de l'air a donné les résultats suivants à l'observatoire du parc de Montsouris. Pendant les mois d'octobre à janvier (moyenne de trente années), l'ozone contenu dans 100 mètres cubes d'air varie de $1^{mgr}3$ à $1^{mgr}4$. Pendant les mois de février à juin, elle s'élève graduellement de $1^{mgr}6$ à $2^{mgr}2$, pour redescendre graduellement jusqu'à $1^{mgr}7$ en septembre. L'acide carbonique extrait de 100 mètres cubes d'air est en moyenne (seize années d'observations) de 31 litres : minimum, avril-août; maximum, novembre-mars.

Le tableau ci-dessous résume les valeurs normales de la température, de la pression et de la pluie au Parc Saint-Maur calculées pour la période de cinquante années, de 1841 à 1890.

	TEMPÉRATURE vraie	PRESSION barométrique moyenne vraie	PLUIE (hauteur en millimètres)
Janvier	2° 17	758mm 76	41mm 3
Février	3 54	758 58	33 6
Mars	5 75	756 81	40 1
Avril.	9 76	755 72	45 6
Mai	13 13	756 74	54 4
Juin	16 50	757 99	57 5
Juillet	18 13	758 04	59 1
Août	17 51	757 79	61 0
Septembre.	14 60	758 19	51 3
Octobre.	9 89	756 63	56 4
Novembre.	5 67	757 17	49 5
Décembre.	2 57	758 84	44 1
Moyenne annuelle (1841-1890).	9° 93	757mm 61	593mm 9

Topographie. — Paris est une ville de 2 722 731 habitants (population de fait de 1906 ([1])), enfermée dans une enceinte bastionnée de 7 802 hectares de superficie et d'un périmètre de 36 kilomètres. Il y a longtemps que ce « mur murant Paris rend Paris murmurant » et il faut espérer qu'il finira bientôt par disparaître pour faire place à des parcs. Il est conservé, non pour sa valeur stratégique, qui est nulle, mais à cause des facilités qu'il présente pour la perception des droits

[1] La population *de droit* était, à la même époque, de 2 763 393.

d'octroi, lesquels constituent la principale ressource du budget parisien (110 millions de francs, chiffres ronds, en 1907).

La ville de Paris est, administrativement, partagée en vingt arrondissements qui constituent, pour ainsi dire, autant de villes distinctes tant au point de vue économique qu'au point de vue ethnique et démographique. Chaque arrondissement porte un numéro dont la série se présente sous la forme d'une ligne spiralée. La ligne des grands boulevards de la rive droite — prolongée par la rue Royale et le boulevard Henri IV et, sur la rive gauche, par le boulevard Saint-Germain — décrit un premier cercle, concentrique à l'île de la Cité, comprenant les arrondissements de 1 à 7. Au delà, s'étendent les anciens faubourgs de Paris que circonscrit une seconde ligne de boulevards qu'on appelle boulevards extérieurs, comprenant les arrondissements de 8 à 15. Entre ceux-ci et les boulevards militaires qui suivent le tracé du mur d'enceinte se trouve, sur la rive droite, les arrondissements de 16 à 20; c'est l'ancienne banlieue annexée en 1860.

La Seine coule, de l'est à l'ouest, sur une longueur de 12^{km} 337 — du glacis des fortifications, amont de Paris, au Point-du-Jour —; elle divise Paris en deux régions d'inégale surface. La *rive gauche,* placée à l'intérieur de la courbe que fait le fleuve, comprend divers centres de population n'embrassant que le tiers environ (2 673 hectares) de la superficie totale de Paris. C'est d'abord la Cité avec ses anciens édifices : l'église de Notre-Dame et celle de la Sainte-Chapelle, avec le Palais de Justice, etc. C'est, ensuite, la Sorbonne, avec le quartier Latin, le Luxembourg, le Panthéon, sur la montagne Sainte-Geneviève, qui se prolonge au sud par la Butte-aux-Cailles, la colline de Montsouris se rattachant aux plateaux de la Beauce. En aval, le noble faubourg Saint-Germain et les plaines de Grenelle et de Vaugirard. Au pied de la montagne Sainte-Geneviève et à l'est, se trouvent les industrieux faubourgs Saint-Jacques, Saint-Marceau et Saint-Victor, les Gobelins et le Jardin des Plantes, etc.

La *rive droite,* située au nord-est, constitue la partie la plus importante. Elle s'étend, en pente douce, le long du fleuve et s'élève graduellement vers les hauteurs de Charonne, Ménilmontant, Belleville, Montmartre et Passy. A l'ouest, les quartiers d'Auteuil et de Passy, de la plaine Monceau et des Champs-Élysées sont habités par la population aisée ; les arrondissements du centre contiennent les banques et le haut commerce ; les arrondissements périphériques du nord et de l'est abritent les petits employés, les ouvriers et les usines.

La Seine est sillonnée par une flottille d'une centaine de petits vapeurs, appartenant à la Compagnie générale des bateaux parisiens, qui transportent en moyenne 20 millions de voyageurs par an. D'autre part, le mouvement de la navigation sur les trois canaux (Ourcq, Saint-Denis, Saint-Martin) et sur la Seine dans la traversée de Paris, tant à la descente qu'à la montée, s'est élevé, en 1907, à 12 millions et demi de tonnes. On voit, ainsi, que Paris doit à sa situation topographique de représenter un tonnage important de navigation fluviale.

Ethnographie. — César est le premier à faire mention (au livre VII de ses *Commentaires*) de la cité des *Parisii ;* il la désigne sous le nom de Lutetia. Ce n'est que vers le troisième ou le quatrième siècle qu'elle devient définitivement Paris. Dès les temps les plus reculés, elle joue un rôle important. En 53, César réunit la première assemblée générale des Gaulois dans Lutèce, Julien y réside et s'y fait proclamer auguste. Clovis en fit sa capitale et les rois mérovingiens et capétiens firent de même. La présence, au milieu de la Seine, d'ilots suffisamment grands pour y abriter, en sûreté, une population relativement nombreuse, en fit, à la fois, une forteresse et un grand centre de navigation intérieure. De là l'importance de la corporation des bateliers ou *nautes* qui existait déjà sous Tibère. De cette corporation sortit la Hanse parisienne ou *Compagnie des marchands de l'eau,* si célèbre au Moyen Age. Elle fut le noyau primitif du Collège des Échevins ou corps de ville de Paris. Elle avait un sceau de forme ovale dont le champ était rempli par une barque au milieu de laquelle était un mât soutenu, de chaque côté, par trois cordages. Telle est l'origine des armoiries actuelles de Paris.

Mais si la Seine était la principale artère du commerce parisien, il ne faut pas oublier cependant qu'une grande quantité de marchandises, venant du Midi, arrivaient par la route d'Orléans. Trois grandes foires alimentaient et entretenaient surtout le commerce par terre : c'étaient la foire de Saint-Germain, la foire de Saint-Ladre ou Saint-Lazare, et la foire du Lendit. Cela explique que, de tous temps, les peuples s'y sont profondément mêlés et qu'il ne peut s'agir de faire, ici, l'ethnographie au point de vue de l'identification anthropologique de la race parisienne.

Les origines de la population d'une grande ville sont, pour ainsi dire, impossibles à déterminer avec exactitude. Comme toutes les capitales, Paris est habité en majeure partie par des immigrés venus de tous les points du territoire et même de l'étranger. Disons, tout de suite, que les étrangers forment environ 6 °/₀ de la population totale et qu'ils sont principalement belges, allemands, italiens et suisses.

Dans ces conditions, on comprend que Paris soit une ville d'adultes, ainsi que le démontrent les chiffres suivants, fournis par le dénombrement de 1906, relativement à la répartition de la population par groupes d'âges :

De 0 à 1 an.	41 107, soit	1,5 %
De 1 à 19 ans	676 995, —	24,8 —
De 20 à 39 ans	1 108 340, —	40,7 —
De 40 à 59 ans	663 435, —	24,3 —
De 60 ans et plus	223 836, —	8,2 —
Age inconnu	9 018, —	0,3 —
	2 722 731 habitants.	

Si les documents permettaient de connaître les lieux de naissance des ancêtres immédiats de ceux qui sont nés à Paris, on verrait, probablement, combien sont peu nombreux ceux qui sont Parisiens depuis deux ou trois générations.

Lorsqu'on trace autour de Paris un cercle de 250 kilomètres, on voit qu'il contient à peu près toutes les régions d'où lui viennent la majorité de ses immigrants. Ce sont naturellement les régions les plus voisines qui contribuent le plus efficacement au peuplement de Paris. Mais le voisinage n'est pas le seul facteur à considérer.

Quelques départements très éloignés de Paris lui envoient beaucoup d'habitants. Ces courants spéciaux sont le résultat d'immigrations professionnelles très anciennes et en quelque sorte traditionnelles.

La Nièvre et le Cher fournissent surtout une émigration féminine : couturières et nourrices. Le Morbihan, l'Ille-et-Vilaine, le Cantal et la Savoie fournissent les servantes. L'Indre, les domestiques masculins. La Creuse et la Haute-Vienne envoient le plus grand nombre des ouvriers du bâtiment : maçons, tailleurs de pierres, etc. L'Aveyron fournit surtout les cochers et charretiers ainsi que le personnel des industries chimiques. Le Cantal, les marchands de vieux matériaux, les débitants et les coiffeurs. Le Puy-de-Dôme, les fumistes. Les Savoyards sont débitants, restaurateurs et les femmes domestiques.

Les ingénieurs et les ouvriers en métaux viennent naturellement des régions industrielles et surtout des départements du Nord, de la Seine-Inférieure, du Rhône et de Saône-et-Loire. Les employés de bureau sont originaires du Nord, de l'Yonne, de la Seine-Inférieure, de l'Aisne. Les voyageurs de commerce, de la Seine-Inférieure, du Nord, du Rhône et de la Gironde. L'Oise fournit les ébénistes. Les Vosges et Meurthe-et-Moselle fournissent les ouvrières des industries textiles (brodeuses, etc.); la Seine-Inférieure et le Nord, les ouvrières du vêtement. Les Côtes-du-Nord, les employés de chemin de fer, les chauffeurs, les sages-femmes, infirmières et femmes de ménage. Le Loiret et l'Yonne, le personnel de l'alimentation.

Les originaires de ces régions ont constitué, à Paris, des associations amicales actives et nombreuses qui entretiennent des rapports entre les pays d'origine et les immigrés à Paris. C'est ainsi que les habitudes d'émigration se continuent et se développent.

Dr CHERVIN.

LA POPULATION

DÉMOGRAPHIE

I — État de la population

ombre des habitants. — Le plus ancien document statistique qui existe sur Paris date de 1292. Il permet d'évaluer à 216 000 (Géraud) le nombre des habitants de Paris.

A la veille de la guerre de Cent ans, en 1328, un recensement par feux a trouvé « à Paris et Saint-Marcel, 61 098 feux », ce qui permet de supposer 250 000 habitants. Sous Louis XIV (plus exactement vers 1680), Paris comptait probablement 500 000 habitants.

Depuis 1789, il y eut des recensements réguliers, presque toujours tous les cinq ans.

Paris est entouré de villes suburbaines considérables dont l'accroissement est rapide. L'agglomération parisienne, en 1906, comprenait 3 848 618 habitants. Probablement, elle atteint à présent 4 millions.

Voici les résultats de quelques recensements :

POPULATION DE PARIS (POPULATION DITE DE DROIT)

Ancienne enceinte (jusqu'aux boulevards dits extérieurs)		*Enceinte actuelle (jusqu'aux fortifications)*	
	Habitants		Habitants
1789.	524 186	1861.	1 696 141
1801.	547 756	1872.	1 851 792
1817.	713 966	1881.	2 269 023
1841.	935 261	1891.	2 447 957
1851.	1 053 262	1901.	2 714 068
(En 1860, annexion de 352 000 habitants suburbains)		1906.	2 763 393

Origine de la population de Paris. — Paris s'accroît à peu près exclusivement par immigration ; aussi les adultes y sont très nombreux. Près des deux tiers (63 °/₀) des habitants sont nés hors de la ville. Ils viennent pour la plupart de la moitié septentrionale de la France, et surtout des départements les plus voisins de Paris. Dans la moitié méridionale de la France, l'Auvergne, et après elle la Savoie, sont les pays qui envoient le plus d'habitants à Paris. Un document de 1833 permet d'affirmer qu'il en était déjà ainsi à cette époque.

Paris reçoit d'ailleurs des habitants de tous les pays du monde.

Voici le nombre des nationaux des principaux pays qui y vivaient en 1901 :

Allemagne.	24 568	Gde-Bretagne et Irlande.	10 532
Autriche.	4 678	Grèce.	820
Belgique.	27 954	Hongrie.	1 306
Danemark.	439	Italie	21 791
Espagne.	3 527	Luxembourg.	8 050

Norvège.	298	Etats-Unis.	2 628
Pays-Bas.	2 973	Pays balkaniques	3 532
Portugal.	328	Pays hispano-américains.	5 899
Russie.	9 846	Afrique	445
Suède.	617	Asie, Océanie	811
Suisse.	19 639	Nationalités inconnues .	4 913
Turquie.	1 971		

Le total s'élève à 157 565 personnes ; il y avait en outre 45 765 étrangers naturalisés Français.

II — MOUVEMENTS DE POPULATION AU XVIIᵉ ET AU XVIIIᵉ SIÈCLE

Les mouvements de la population à Paris nous sont connus depuis l'an 1670 (sauf une lacune de 1685 à 1708). Il suffira sans doute ici de citer les chiffres moyens d'une période quinquennale tous les vingt-cinq ans :

PARIS — *Nombre moyen annuel de :*

	MARIAGES	NAISSANCES	DÉCÈS
1670-1675	3 105	18 016	17 876
1721-1725	4 155	19 521	17 826
1746-1750	4 240	18 578	18 486
1771-1775	4 801	19 901	18 860
1781-1785	5 067	19 743	20 257
An I-an III	7 253	24 135	26 177
An IV-an VIII.	5 102	21 858	22 250

Beaucoup de mariages, beaucoup de naissances, énormément de décès, voilà comment se résument ces chiffres anciens. Très souvent le nombre des décès dépassait le chiffre, très élevé pourtant, des naissances. D'ailleurs, ces chiffres ne varient guère, car la population de Paris ne s'est guère modifiée pendant cette longue durée ; nous avons vu qu'on peut l'évaluer à 500 000 sous Louis XIV et que le recensement de 1789 l'a fixée à 524 000. Ce dernier chiffre nous permet de dire qu'en 1781-1785 il y avait par an, pour 1 000 habitants, 10 mariages, 38 naissances, 39 décès.

Le défaut de recensement nous empêche de calculer ces rapports pour les périodes plus anciennes. Disons seulement que pour un mariage on a compté :

	NAISSANCES			NAISSANCES
En 1670-1684 . . .	5,2		En 1741-1770 . . .	4,4
En 1709-1720 . . .	4,1		En 1771-1780 . . .	4,0
En 1721-1740 . . .	4,6		En 1781-1800 . . .	3,8

Pendant la période la plus troublée de la Révolution (an I-an III), on voit s'élever extraordinairement le nombre des mariages, et à sa suite le nombre des naissances ; le nombre des décès est devenu encore plus élevé. Pour 1 000 habitants, il y eut 14 mariages, 45 naissances et 49 décès.

III — Mouvements de population pendant le XIXᵉ et le XXᵉ siècle

Nous nous bornerons aussi à citer les moyennes quinquennales tous les vingt-cinq ans :

	NOMBRES ABSOLUS			POUR 1000 HABITANTS combien en un an de		
	Mariages	Naissances vivantes	Décès	mariages	naissances	décès
1801-1805. .	4 072	20 168	21 336	7,0	35	37
1826-1830. .	7 391	29 297	25 299	9,6	38	33
1851-1855. .	11 075	34 221	33 144	10,0	31	30
1876-1880. .	18 555	55 552	50 148	8,9	27	24
1901-1905. .	26 361	54 129	48 285	9,8	21	18

On voit que la nuptialité est restée assez élevée. La natalité, qui pouvait passer pour forte pendant la première moitié du siècle, a ensuite considérablement diminué. La mortalité, très forte naguère, s'est beaucoup abaissée.

On ne peut pas d'ailleurs comparer utilement le nombre des naissances et le nombre des décès, à cause des migrations dont Paris est le siège, et qui commencent dès l'âge le plus tendre, puisque, chaque année, 16 000 enfants environ sont envoyés, dès leur naissance, en nourrice. S'ils viennent à mourir, leur décès n'est pas compté au passif de Paris, tandis que leur naissance a été comptée à son actif, ce qui n'est évidemment pas une bonne comptabilité.

Mariages. — La nuptialité des Parisiens est plus faible que celle des autres Français :

Pour 1 000 célibataires, combien se marient en un an (1891-1900) :

GROUPES D'AGES	SEXE MASCULIN		SEXE FÉMININ	
	Paris	France	Paris	France
De 15 à 19 ans	»	»	31	33
De 20 à 24 ans	46	47	94	114
De 25 à 29 ans	123	174	87	132
De 30 à 39 ans	62	89	52	55
De 40 à 49 ans	36	23	22	13

La nuptialité augmente d'ailleurs très sensiblement :

Pour 1 000 célibataires, combien se marient en un an :

GROUPES D'AGES	SEXE MASCULIN			SEXE FÉMININ		
	1891-1895	1896-1900	1901-1905	1891-1895	1896-1900	1901-1905
De 15 à 19 ans .	1	1	1	31	30	31
De 20 à 24 ans .	43	48	45	89	97	105
De 25 à 29 ans .	120	127	146	85	88	105
De 30 à 34 ans .	93	95	107	63	60	67
De 35 à 39 ans .	50	63	69	35	41	45
De 40 à 44 ans .	37	43	44	26	27	27
De 45 à 49 ans .	27	32	31	17	18	18

La nuptialité est plus élevée dans les arrondissements riches que dans les pauvres. Elle augmente dans les uns et dans les autres. C'est le nombre des mariages dans lesquels les deux époux ont à peu près le même âge qui augmente surtout. Ceux dans lesquels le mari est sensiblement plus âgé que sa femme deviennent relativement moins nombreux :

Sur 1 000 mariages, combien dans lesquels le mari est :	1891-1895	1896-1900	1901-1905
Sensiblement plus âgé que sa femme (10 ans ou plus). . .	157	141	136
Un peu plus âgé que sa femme (5 à 9 ans).	284	283	277
A peu près *de même âge* que sa femme (5 ans de plus ou de moins)	484	501	512
Plus jeune que sa femme (5 ans ou plus)	75	75	75
Totaux.	1 000	1 000	1 000

Les mariages disproportionnés sont plus rares dans les arrondissements pauvres que dans les arrondissements riches :

Sur 1 000 mariages, combien dans lesquels le mari est :	ARRONDISSEMENTS					
	très pauvres	pauvres	aisés	très aisés	riches	très riches
Sensiblement plus âgé que sa femme. . .	128	130	139	139	153	158
Un peu plus âgé que sa femme.	281	280	270	268	276	281
Du même âge que sa femme	516	519	512	514	500	483
Plus jeune que sa femme	75	71	79	79	71	78
Totaux.	1 000	1 000	1 000	1 000	1 000	1 000

Naissances. — La fécondité des Parisiennes avant vingt-cinq ans est à peu près semblable à ce qu'elle est ailleurs. Mais, passé cet âge, elle devient anormalement faible :

Sur 1 000 femmes de chaque âge, combien de naissances (mort-nés inclus) en un an (1896-1900) :

De 15 à 19 ans	33
De 20 à 24 ans	130
De 25 à 29 ans	124
De 30 à 34 ans	86
De 35 à 39 ans	51

Les naissances illégitimes sont fréquentes à Paris comme dans toutes les grandes villes. Leur fréquence absolue et leur fréquence relative n'ont pas cessé de diminuer pendant toute la durée du dix-neuvième siècle :

ANNÉES	POUR 1 000 FEMMES de 15 à 49 ans non mariées, combien en un an de naissances vivantes illégitimes :	SUR 1 000 NAISSANCES (mort-nés inclus), combien de naissances illégitimes :	ANNÉES	POUR 1 000 FEMMES de 15 à 49 ans non mariées, combien en un an de naissances vivantes illégitimes :	SUR 1 000 NAISSANCES (mort-nés inclus), combien de naissances illégitimes :
1817-1820 . .	»	360	1861-1865 . .	61,1	281
1821-1825 . .	»	357	1866-1870 . .	58,1	279
1826-1830 . .	»	350	1871-1875 . .	56,0	267
1831-1835 . .	»	345	1876-1880 . .	45,6	261
1836-1840 . .	»	320	1881-1885 . .	45,1	262
1841-1845 . .	»	327	1886-1890 . .	41,6	269
1846-1850 . .	»	327	1891-1895 . .	38,4	268
1851-1855 . .	72,1	321	1896-1900 . .	35,7	271
1856-1860 . .	64,7	306	1901-1905 . .	33,2	263

Décès. — La mortalité a considérablement diminué à Paris pendant la durée du dix-neuvième siècle, ainsi qu'on le voit par les chiffres suivants :

Sur 1 000 habitants de chaque âge, combien de décès en un an :

	1821-1825	1841-1845	1861-1865	1881-1885	1891-1895	1901-1905
0 à 4 ans . . .	157	130	134	114	85	55
5 à 9 ans . . .	21	17	11	9	7	5
10 à 14 ans . . .	9	.8	6	5	3	3
15 à 19 ans . . .	11	14	10	10	6	5
20 à 24 ans . . .	19	19	12	11	8	7
25 à 29 ans . . .	15	14	12	12	8	7
30 à 39 ans . . .	12	12	12	14	12	10
40 à 49 ans . . .	17	18	16	19	16	16
50 à 59 ans . . .	27	23	26	27	27	25
60 à 69 ans . . .	51	45	50	48	47	45
70 à 79 ans . . .	115	100	103	92	99	89
Ensemble . . .	32,3	27,4	25,7	24,4	21,1	17,9

On remarquera :

1° Que la diminution s'est produite surtout depuis l'année 1860 et qu'elle a été particulièrement accentuée depuis une vingtaine d'années ;

2° Qu'elle a été surtout considérable pour le jeune âge et très faible après la quarantième année de la vie.

On peut exprimer plus graphiquement cet abaissement de la mortalité pendant le dernier quart de siècle. Si la population actuelle de Paris était soumise à la même mortalité qu'en 1881-1885, elle compterait 67 000 décès, tandis qu'elle n'en fournit que 48 000 environ. C'est donc une économie de 19 000 vies humaines qu'elle réalise chaque année (dont 11 000 vies d'enfants de moins de quinze ans).

Quelle en est la cause ? Toutes les grandes causes de mort y contribuent plus ou moins, excepté le cancer dont la fréquence augmente à Paris comme partout ; on doit ajouter que la tuberculose ne diminue que lentement. Mais les fièvres épidémiques, la diarrhée infantile, les maladies de l'appareil respiratoire sont les grands facteurs de l'amélioration de la mortalité parisienne.

Les maladies du cœur, celles du foie, les morts violentes enfin, présentent peu de variation.

Parmi les maladies plus rares, on doit noter l'augmentation du diabète et celle de la néphrite. La diminution de la mortalité a eu pour conséquence nécessaire l'augmentation du nombre des décès par sénilité.

Ces conclusions sont précisées par quelques chiffres dans le tableau suivant. Ces calculs ont été faits par groupes d'âges ; nous nous bornons à une récapitulation.

Sur 100 000 habitants, combien de décès en un an :

	1881-1885	1901-1909	Différence
Fièvre typhoïde	88	12	— 76
Variole.	21	5	— 16
Rougeole.	54	20	— 34
Scarlatine.	9	4	— 5
Coqueluche.	19	12	— 7
Diphtérie.	88	17	— 71
Tuberculose (quel qu'en soit le siège) . . .	476	456	— 20
Cancer.	95	109	+ 14
Diabète	8	15	+ 7
Méningite dite simple	110	36	— 74
Congestion, ramollissement du cerveau, paralysie	162	117	— 45
Maladies organiques du cœur	126	118	— 8
Maladies de l'appareil respiratoire	410	294	— 116
Diarrhée et entérite	237	89	— 148
Débilité congénitale	58	46	— 12
Maladies du foie.	41	37	— 4
Néphrite aiguë ou chronique	25	49	+ 24
Débilité sénile.	62	69	+ 7
Morts violentes (suicide inclus)	70	61	— 9
Totaux des causes de décès ci-dessus. .	2 159	1 566	— 593
Autres causes de décès	281	229	— 52
Mortalité générale	2 440	1 795	— 645

Ainsi, presque toutes les grandes causes de mort ont contribué à la diminution de la mortalité parisienne. C'est donc à des causes générales qu'il convient sans doute de l'attribuer. On peut en faire honneur aux grands travaux de Paris qui, à partir de 1855 environ, ont transformé une vieille ville en une ville moderne. Les vieilles maisons ont été abattues, les rues élargies, les égouts creusés partout où ils n'existaient pas ;

des eaux pures ont été amenées à grands frais de Bourgogne, de Champagne et de Normandie.

On peut aussi attribuer la diminution de la mortalité aux progrès généraux de la civilisation, notamment au développement des moyens de transport qui ont rendu les disettes impossibles en France.

Jacques BERTILLON.

LES ÉTRANGERS A PARIS

E toutes les grandes capitales de l'Europe, Paris est, de beaucoup, celle qui compte le plus d'étrangers ; sur 2 720 000 habitants en 1906 (population de fait), on a recensé 170 000 étrangers, et, en outre, 43 000 naturalisés. Il y a donc, à Paris, environ 63 étrangers pour 1 000 personnes, au lieu de 30 à Londres, 24 à Berlin, 20 à Vienne, 18 à Saint-Pétersbourg. Cette proportion, qui ne dépassait pas 59 °/₀₀ il y a quarante ans, s'était progressivement élevée jusqu'à 80 °/₀₀ en 1891, mais la loi de 1889 sur la nationalité française l'avait ramenée à 59 °/₀₀ en 1901. Cette loi déclare Français les enfants d'étrangers qui naissent en France et n'usent pas, à vingt et un ans, de leur faculté d'option pour la nationalité de leurs parents; cette faculté n'est pas laissée aux personnes nées en France d'un étranger qui lui-même y est né. Masqué un instant par le changement de la législation, l'accroissement de la proportion des étrangers reprend à partir de 1901.

Les Belges et Luxembourgeois forment le groupe le plus

important (34 000), bien que leur nombre ait légèrement diminué depuis 1901. Les Italiens, dont l'effectif (27 000) s'est accru de plus d'un cinquième, prennent la seconde place que les Allemands (26 000) occupaient en 1901 ; ces derniers sont cependant de plus en plus nombreux, ainsi que les Suisses (20 000). Le cinquième rang est pris par les Russes (18 000) dont le nombre a presque doublé depuis cinq ans. La colonie anglaise comprend 11 500 personnes ; sur 8 600 Américains de toutes nationalités, 2 600 environ sont originaires des États-Unis. Les Austro-Hongrois sont au nombre de plus de 7 000, parmi lesquels 5 000 Autrichiens. Les Espagnols (4 300), les Roumains, Serbes et Bulgares (environ 4 000), les Hollandais (3 000), les Turcs (2 000) et les Scandinaves (1 500) forment ensuite les groupes les plus importants.

Si, au total, le nombre des hommes (85 400) ne dépasse que de peu celui des femmes (84 600), la répartition des étrangers par sexe présente, suivant la nationalité, des différences très variables de sens et de grandeur. Ainsi les Anglaises (6 900) et les Allemandes (17 000) sont beaucoup plus nombreuses que leurs compatriotes masculins (Anglais, 4 600 ; Allemands, 9 000), sans doute parce qu'elles fournissent aux familles parisiennes des institutrices, des nurses, recherchées pour leur connaissance d'une langue étrangère et, surtout en ce qui concerne les Allemandes, des domestiques appréciées. Les Belges et Luxembourgeoises (18 000) sont aussi un peu plus nombreuses que les hommes de même nationalité. L'élément féminin domine également dans la riche et luxueuse colonie américaine (3 900 hommes, 4 700 femmes). Pour toutes les autres nationalités, la prédominance du nombre revient au sexe masculin, mais pour aucune elle n'est aussi marquée que pour la colonie italienne, qui compte 17 000 hommes pour 10 000 femmes.

La population étrangère de Paris est très inégalement répartie entre les divers arrondissements ; ce sont les quartiers riches de l'ouest et du centre qui, eu égard à leur population totale, comptent le plus grand nombre d'étrangers. En 1901, alors que la proportion de ces derniers était de 59 °/₀₀ habitants dans la ville entière, elle atteignait 109 dans le XVIᵉ arrondissement (Passy), 108 dans le VIIIᵉ (Champs-Élysées); 107 dans le IXᵉ (Opéra) ; 78 dans le Iᵉʳ (Louvre) et 72 dans le IIᵉ (Bourse). Cette proportion était minimum dans les arrondissements excentriques de la rive gauche : 24 °/₀₀ dans le XIIIᵉ arrondissement (Gobelins), 31 dans le XVᵉ (Vaugirard), 36 dans le XIVᵉ (Observatoire).

Pour certaines nationalités, on peut observer des groupements assez nettement caractérisés. Comme les Américains, les Anglais affectionnent les quartiers riches bordant les Tuileries et les Champs-Élysées, où ils trouvent de somptueux hôtels et des maisons de famille dont la clientèle est presque totalement étrangère. Les Allemands et les Suisses, assez uniformément répandus sur toute la surface de Paris, sont cependant particulièrement nombreux dans les arrondissements commerçants et industriels voisins des gares du Nord et de l'Est (IXᵉ, Xᵉ, XIᵉ, XVIIIᵉ, XIXᵉ) ainsi que dans les quartiers riches de l'ouest (VIIᵉ, XVIᵉ, XVIIᵉ). Les Belges et les Italiens habitent surtout les arrondissements populeux de la périphérie au nord et à l'est. La moitié environ des sujets russes est groupée dans trois arrondissements : le IVᵉ (Hôtel-de-Ville), le XIᵉ (Popincourt) et le XVIIIᵉ (Montmartre).

La distribution topographique des étrangers dépend évidemment de leur état social et de leur condition professionnelle. Le recensement fournit à cet égard d'intéressantes indications. Plus de 110000 étrangers exercent une profession à

Paris. Ce nombre, qui comprend, il est vrai, environ 5 000 personnes habitant la banlieue et venant chaque jour travailler dans la ville, forme presque les deux tiers (65 %) du total des étrangers; pour l'ensemble de la population parisienne, la proportion correspondante n'est que légèrement plus faible (64 %). Le groupe des professionnels étrangers, qui constitue plus d'un seizième de la population active totale de Paris (1 750 000 personnes), comprend environ 12 000 patrons, 17 000 employés, 56 000 ouvriers des établissements industriels et commerciaux, et 25 000 façonniers travaillant en chambre, ouvriers ou manœuvres sans patron fixe, occupés tantôt chez l'un, tantôt chez l'autre.

A eux seuls, les Belges, Luxembourgeois, Allemands, Suisses et Italiens comptent 80 000 professionnels à Paris, soit les quatre cinquièmes des étrangers exerçant un métier. Les Belges, qui ont tant d'affinité avec la population française — surtout les Wallons, — forment à Paris une colonie particulièrement laborieuse; plus des deux tiers d'entre eux exercent une profession. Ils sont nombreux dans les travaux de terrasse et de bâtiment ainsi que dans les constructions mécaniques ; à l'ébénisterie, à la cordonnerie et à la confection, ils fournissent de petits patrons et des travailleurs en chambre. Dans les colonies allemande et suisse, le groupe le plus important est, pour les hommes, celui des employés de commerce ou d'hôtel ; le service domestique occupe à Paris 7 500 Allemandes et 2 500 Suissesses. La colonie italienne, en majeure partie ouvrière, garde une physionomie toute spéciale; les marchands de statuettes en plâtre et les « modèles » italiens sont des types bien connus de la vie parisienne. Les Italiens sont occupés en majeure partie à la manutention et au transport, aux travaux du bâtiment, à la fumisterie surtout. Dans cette dernière industrie, la main-d'œuvre étrangère (italienne ou suisse) entre pour un tiers environ. D'autres métiers offrent également une forte proportion d'étrangers ; les uns à cause d'aptitudes spéciales : pelletiers-fourreurs (Allemands), tailleurs d'habits, tailleurs pour dames (Allemands, Belges), employés d'hôtel (Allemands, Suisses) ; les autres parce qu'ils sont délaissés peu à peu par la main-d'œuvre française ; beaucoup de terrassiers, par exemple, sont Belges ou Italiens.

Le recensement fournit, comme on voit, des détails assez complets sur l'état des étrangers à Paris à une époque déterminée, en l'espèce au mois de mars. On peut, d'autre part, obtenir quelques indications sur les fluctuations d'effectif que subit, au cours de l'année, sinon l'ensemble de la colonie étrangère, du moins la partie la plus mobile et la plus variable de cette population, celle qui loge dans les hôtels, garnis et maisons meublées, et se trouve ainsi mêlée aux voyageurs de passage. Toutes réserves faites sur la valeur des nombres qui suivent, constatons qu'en 1906, 453 000 étrangers venant de l'extérieur de la ville ont été inscrits sur les registres des hôtels, non compris 66 000 étrangers venant de l'intérieur de Paris, c'est-à-dire ayant seulement changé d'hôtel. Le maximum est atteint, comme on pouvait s'y attendre, pendant les mois d'août (52 000 inscriptions en 1906) et de septembre (53 000) ; grâce aux vacances de Pâques, le mois d'avril offre aussi un chiffre très élevé : 46 000 ; pendant chacun des mois de mai, juin, juillet et octobre, on a inscrit dans les hôtels de 40 000 à 42 000 étrangers ; enfin, aux mois d'hiver correspondent les contingents les plus faibles : novembre, 26 800 ; décembre, 27 900 ; janvier, 22 700 ; février, 25 000 et mars, 33 000. Du total relevé en 1906 : 453 000, et de ceux obtenus en 1907 et 1908, voisins tous les deux de 460 000, il est intéressant de rapprocher les chiffres exceptionnels enregistrés pendant les années des trois dernières expositions universelles : 280 000 en 1878, 390 000 en 1889 et 545 000 en 1900.

Ainsi, qu'il s'agisse de la population étrangère fixée à Paris, sinon définitivement, du moins pour d'assez longues durées, ou de la foule mouvante des voyageurs de passage, le nombre des étrangers qu'attire et que retient la capitale augmente constamment. Sans doute parce que les voyages deviennent de plus en plus rapides et aisés ; que Paris doit à son heureuse situation d'être un lieu de passage obligé pour les voyageurs d'outre-mer, Anglais et Américains ; peut-être aussi parce que Paris devient de plus en plus hospitalier et agréable. A l'étranger riche, il offre un cadre incomparable de luxe et d'élégance ; au touriste, les aspects variés de ses places, de ses avenues, de ses quais, de ses monuments qui évoquent d'inoubliables souvenirs. L'artiste demande à Paris la consécration de son talent et de sa renommée ; l'ouvrier habile vient y perfectionner son instruction professionnelle ; le travailleur sans métier, prêt aux plus rudes travaux, y est attiré par l'espoir de gains rémunérateurs. Exerçant son attraction sur toutes les races et toutes les classes sociales, Paris réunit et conserve la colonie étrangère la plus complète et la plus variée.

Michel Huber.

LA PHYSIONOMIE DE PARIS
ET LES MONUMENTS

N dit souvent que Paris est la tête et le cœur de la France. C'est une métaphore presque exacte. Paris est, sans conteste, le centre artistique, littéraire, scientifique, financier, commercial de la France, en même temps que son centre politique. Paris est, en outre, une place forte et une grande ville industrielle; il est un lieu de plaisir aux yeux du monde entier. Rien d'étonnant à ce que ses aspects soient multiples et sa physionomie composée.

Il est à l'image du Parisien qui l'habite. Celui-ci ne peut former un type unique; il est rarement né à Paris et, plus rarement encore, est fils de Parisien. Mais d'où qu'il soit venu — de la province ou de l'étranger, — il a vite pris le ton local. Tout Parisien est plus ou moins flâneur et musard, gouailleur et badaud. Les choses qui ne rentrent pas exactement dans le cadre qu'il a habituellement sous les yeux lui semblent ridicules; l'invention de la vapeur ne l'a pas changé; il est le même qu'au dix-huitième siècle et prêt à dire, ainsi que ses prédécesseurs du temps de Montesquieu : « Comment peut-on être Persan ? »

Jusque sur la voie publique, le Parisien recherche les émotions passagères du spectacle; au moindre incident, arrivent de tous côtés une foule de gens, sortis on ne sait d'où, qui se bousculent pour voir ce qui a bien pu se passer. Mais le Parisien si léger, si insouciant, si avide de distractions, extérieurement, est le plus souvent travailleur et ami de la vie de famille. Il goûte à peine à la coupe des plaisirs et la laisse pleine aux amateurs qui viennent du dehors pour y boire plus ou moins abondamment. Il joue les sceptiques et est fréquemment crédule ; il est moqueur et presque toujours serviable ; on peut sans crainte s'adresser à lui.

De même, la vie facile et joyeuse n'a qu'une importance apparente à Paris. Elle est concentrée en un petit coin de sa surface, aux boulevards, à la naissance des quartiers riches qui s'étendent de l'Opéra au Bois de Boulogne. A côté d'elle et tout près de l'Opéra, est déjà la vie de travail, dans les ateliers où les *midinettes* transforment un océan d'étoffes, de plumes, de fleurs, de galons, de rubans et de paillettes en un autre océan de robes et de chapeaux, qui feront admirer par les femmes de tous les pays la coquetterie parisienne.

Un peu plus loin, en longeant les boulevards dans la direction de la Bastille, est le quartier où se brassent les grandes affaires ; c'est de là, du domicile de la finance, entre l'église de la Trinité et la Bourse, que sortent les milliards, empruntés par des gouvernements étrangers, sans que la mine qui les fournit paraisse jamais épuisée.

Vient ensuite le séjour du gros commerce, dont la plus grande activité est entre la porte Saint-Denis et la porte Saint-

Martin, au boulevard de Sébastopol, encombré d'une foule grouillante à presque toutes les heures du jour.

Dans le voisinage, est installée la véritable industrie parisienne, celle qui fabrique, dans la rue du Caire, des fleurs indigènes et exotiques, quoique artificielles; dans la rue du Temple, des bronzes souvent artistiques et des bijoux de quatre sous, étincelants de pierreries; dans le faubourg Saint-Antoine, des meubles de tous les styles.

Sur l'autre bras de la Seine, aux alentours du boulevard Saint-Michel, est le Paris scientifique, avec les grandes écoles, la Sorbonne, le Collège de France, le Muséum; c'est le *quartier latin,* dont l'aspect, presque austère aujourd'hui, n'est plus troublé comme au vieux temps par l'allégresse bruyante des étudiants.

Quant au Paris littéraire et artistique, il est éparpillé un peu partout entre Montmartre et Montparnasse. Ici et là, dans les divers quartiers, sont dirigés les pinceaux qui, chaque année, couvrent de couleurs des toiles en nombre suffisant pour orner les salons de l'univers, et les plumes qui noircissent de romans assez de papier pour agiter ou récréer tous les cœurs.

Les théâtres mêmes, qui sont une des gloires de Paris, ne sont plus rassemblés sur un seul boulevard, ainsi que l'étaient jadis les théâtres de drames, sur le boulevard *du Crime* où, chaque soir, étaient perpétrés, avec des simili-poignards, d'horribles assassinats.

Nos monuments d'architecture, eux aussi, sont disséminés dans les divers quartiers du centre de Paris. Il y en a de tous les genres, sous forme d'églises, de palais, de théâtres, et de toutes les dimensions, et de tous les âges, et de tous les styles. L'*antique* est représenté, tant bien que mal, par les *Thermes,* dits de Julien, mais où séjourna Constance-Chlore. Le *roman* peut être admiré dans des fragments importants de l'église Saint-Germain-des-Prés, la plus ancienne de Paris.

L'art *ogival* a de nombreux spécimens, dont le plus complet est l'église de Notre-Dame, où l'on rencontre toutes les formes de l'art du treizième siècle, et dont le plus gracieux est la Sainte-Chapelle, élevée par saint Louis.

Le joli hôtel où est installé le musée de Cluny et la Tour Saint-Jacques-la-Boucherie rappellent la période de prospérité qui a suivi la guerre de Cent ans entre la France et l'Angleterre.

Un des plus beaux produits de l'art de la *Renaissance* est dans la partie du Louvre située en face du pont des Arts.

La sévère colonnade du même palais et la coupole dorée des Invalides donnent une idée de la munificence de Louis XIV; les Champs-Élysées, la place de la Concorde et les deux palais qui la bordent du côté de la rue Royale font songer à l'époque de grâce fastueuse qu'était le dix-huitième siècle. L'Arc de Triomphe de l'Étoile et la colonne de la place Vendôme évoquent les succès militaires du premier Empire, de même que la colonne de la Bastille et le monument de la place de la République rappellent que la France est une démocratie où est caressé le *Lion populaire*.

L'*art moderne* se rencontre dans d'autres imitations amplifiées de l'antique, telles que la Madeleine et le Panthéon, et dans beaucoup d'autres pastiches, romans, ogivaux ou byzantins; puis, dans des bâtiments plus originaux, comme les deux palais de l'avenue Alexandre III; enfin, dans des édifices tout en fer, tels que les Halles Centrales et l'énorme Tour Eiffel.

L'*art nouveau* a pris place à son tour dans l'architecture parisienne. On en trouve, à chacune des stations du Métropolitain, un morceau uniforme qu'heureusement on ne remarque pas trop, parce qu'on se hâte d'aller prendre son train.

On se bouscule maintenant dans un Paris sous terre, sans que l'encombrement ait diminué pour cela à la surface.

Nos voies aux maisons si hautes que l'air semble faire défaut, et que pourtant nos édiles laissent surélever, sont de plus en plus obstruées par les fiacres, par les lourds camions et les omnibus pesants, par les tramways bardés de fer, par les automobiles furibonds, par les autobus tonitruants.

Malgré le progrès, la physionomie de Paris se modifie peu. Que vous alliez sur un pont, sur un boulevard, dans une rue large ou étroite, vous avez bien des chances d'y rencontrer, le nez en l'air et la bouche prête à siffler, quelque patronnet la bannette sur la tête, quelque jeune boucher l'aiguisoir à la ceinture, quelque petit télégraphiste la sacoche au dos, réfléchissant longuement sur les suites d'un accident passé et s'exerçant à badauder, puis courant pour rattraper le temps perdu. Ceux-là sont bien Parisiens; ils sont dans le domaine de la fantaisie, qui est la compagne inséparable de l'art, sans être l'ennemie de la vie sérieuse.

Si vous vous promenez le matin, vous verrez aussi se répandant de tous côtés les *marchandes des quatre-saisons* qui poussent leurs petites voitures remplies, selon le temps, de poissons, de légumes frais ou de fleurs. Les unes crient à pleins poumons : les huitres, *à la barque ! à la barque !* le merlan, *à frire ! à frire !* ou les cerises, *à la douce ! à la douce !* D'autres, plus discrètes, débitent en petits bouquets le tendre muguet, la violette parfumée, la vulgaire giroflée; il n'est pas à Paris de jeune ouvrière qui, avec quelques fleurs chez elle, ne se donne

... un semblant de campagne.

Il n'en est guère non plus qui, à l'heure du dîner, quand la police se relâche de sa vigilance, ne s'arrête à un coin de rue, aux autres heures désert, pour acheter et répéter en chœur, à la sourdine, la chanson du jour qu'enseigne et vend dans l'ombre un camelot à la voix éraillée. Les fleurs et la chanson portent avec elles dans la chambrette la poésie et la gaîté.

Gustave SCHELLE.

LES MAISONS

O<small>N</small> comptait, à Paris, au 1er janvier 1908, 90 702 maisons ou usines, dont le revenu brut s'élevait à 945 675 859 francs.

Si l'on veut se rendre compte du développement que Paris a pris en moins d'un demi-siècle, il faut se reporter au lendemain de l'annexion des communes suburbaines, en 1860. A cette époque, le nombre des propriétés bâties des quatre-vingts quartiers n'était que de 66 578, et leur valeur locative ressortait à 417 517 003 francs seulement. Ainsi, depuis 1862, les valeurs locatives ont augmenté de 126 %, et le nombre des propriétés bâties s'est accru de 36 %. Les immeubles sont aujourd'hui plus importants, le prix des loyers est plus élevé, et le revenu moyen d'une maison, qui était, en 1862, de 6 271 francs, atteint aujourd'hui 10 426 francs. Cette évolution se poursuit : peu à peu, le vieux Paris s'en va ; les maisons anciennes sont démolies et remplacées par d'autres plus en rapport avec les exigences actuelles. Nous avons, sur ce point, des documents très précis à partir de 1872. Dans les trente-six dernières années, on a vu démolir 31 430 immeubles, soit à la suite d'expropriation, soit pour tout autre motif ; et, durant la même période, 47 940 constructions nouvelles ont été édifiées.

Le nombre total des propriétés bâties étant de 90 702, si l'on en retranche les 47 940 immeubles de construction récente, on voit qu'il ne reste plus, à Paris, que 42 762 maisons dont l'existence remonte à une époque antérieure à 1872. Et, dans ce nombre, certaines sont insalubres, d'autres sont en médiocre état ou présentent des distributions défectueuses qui ne répondent plus aux nécessités et au goût du jour : celles-là sont condamnées, car elles deviennent d'une location de plus en plus difficile. La même défaveur s'attache aujourd'hui aux hôtels particuliers, même lorsqu'ils sont agrémentés de jardins : très recherchés autrefois, ils sont, à l'heure actuelle, délaissés, soit parce que l'aménagement et la distribution laissent à désirer, soit parce que l'entretien et le service sont plus difficiles et plus onéreux. On leur préfère des appartements luxueusement décorés et pourvus de tout le confort moderne : ascenseurs, chauffage, salles de bains, eau chaude, téléphone, etc. Depuis vingt ans, beaucoup d'hôtels particuliers ont été démolis, principalement dans les quartiers d'*Auteuil* et de la *Porte-Dauphine,* et, sur leur emplacement, s'élèvent de vastes constructions à six étages, qui donnent nécessairement aux propriétaires un revenu plus rémunérateur. Ce qu'il faut regretter surtout dans ces transformations, c'est qu'elles entraînent la disparition des jardins et des arbres.

Nous avons dit que, depuis 1872, on avait construit à Paris 47 940 maisons nouvelles, soit 1 331 par an, en moyenne ; l'industrie du bâtiment n'a donc pas chômé depuis cette époque ; les valeurs locatives qui ont disparu annuellement par suite de démolition d'immeubles n'ont pas dépassé, en moyenne, 3 156 000 francs, et les locaux nouvellement créés nous ont apporté, chaque année, un stock supplémentaire de valeurs locatives de 12 millions. Mais, c'est surtout de 1881 à 1885 que l'activité de la construction a pris un essor prodigieux. Durant ces cinq années, 10 471 maisons ont été édifiées, et les valeurs locatives nouvellement créées ont atteint près de 100 millions, chiffre qui représente plus du dixième du montant total des valeurs locatives de Paris.

Il nous a paru intéressant de rechercher quels sont, depuis l'annexion, les quartiers de Paris qui ont pris la plus large part à ce vaste mouvement de transformation et qui se sont le plus rapidement développés.

Il faut citer, en première ligne, la *Plaine-Monceau* : ce quartier ne comptait, en 1862, que 439 maisons, en général peu importantes, et dont le revenu brut annuel ne dépassait pas 1 515 260 francs. Au 1er janvier 1908, le nombre des maisons de la *Plaine-Monceau* est de 1 511, et leur valeur locative de 25 234 162 francs. C'est, en moins de cinquante années, une augmentation prodigieuse de 1 565 %.

Et ce mouvement ascensionnel ne s'est pas encore arrêté : chaque année voit s'élever là de nouvelles et importantes constructions. Une grande partie des terrains de ce quartier avait été achetée, autrefois, par un capitaliste au prix moyen de 10 francs le mètre carré : ils ont été revendus successivement 100, 200, 300 et 400 francs le mètre ; ils atteignent aujourd'hui, dans certaines parties, le prix de 500 francs.

Parmi les autres quartiers qui ont le plus progressé depuis l'annexion, soit par suite de la construction de nouveaux immeubles, soit par suite de la hausse continue des loyers, nous signalerons encore les suivants :

DÉSIGNATION des quartiers	NOMBRE de propriétés bâties		MONTANT des valeurs locatives		AUGMENTA-TION du montant des valeurs locatives
	en 1862	en 1908	en 1862	en 1908	%
Porte-Dauphine .	452	1 278	1 327 040	18 973 077	1,330
Chaillot	824	1 407	3 874 100	28 952 648	647
Auteuil	942	1 876	1 732 320	10 173 789	487
La Muette . . .	1 041	1 753	3 323 262	17 982 246	441
Europe.	533	1 226	4 937 090	33 549 263	579
Les Ternes. . .	903	1 563	3 093 590	19 313 548	524
Bel-Air.	413	624	529 675	4 049 104	664
Petit-Montrouge.	900	1 480	1 597 630	8 414 795	427

C'est toujours, on le voit, principalement vers l'ouest que Paris continue à se développer.

Les quartiers du centre sont, en général, restés plus stationnaires : celui de tous qui a le moins progressé est le quartier *Sainte-Avoie ;* nous relevons en 1862, dans ce quartier, une somme de valeurs locatives de 7 415 630 francs et, en 1908, de 7 993 693 francs : l'augmentation est à peine de 8 °/₀ dans une période de quarante-six ans.

La situation est à peu près la même dans les quartiers *Vivienne, du Mail, Bonne-Nouvelle, Saint-Merri, Saint-Gervais, Notre-Dame,* de la *Monnaie,* de *Saint-Germain-des-Prés.* Il y a aujourd'hui, dans ces quartiers, moins de maisons qu'en 1862, et les valeurs locatives ne se sont que très faiblement accrues : 10 à 30 °/₀ tout au plus.

*
* *

A combien évalue-t-on la valeur en capital des immeubles parisiens ? Et quel est leur revenu ?

Nous allons répondre à ces deux questions. Au 1ᵉʳ janvier 1908, les propriétés bâties et non bâties, — abstraction faite, bien entendu, des propriétés publiques, — représentaient, dans leur ensemble, une valeur en capital de 14 526 960 560 francs. Dans ce chiffre, les terrains nus, les terrains à bâtir, — au nombre de 3 203, — sont compris pour 223 136 270 francs : la valeur en capital des maisons et usines, — sols et bâtiments compris, — ressort donc à 14 303 824 290 francs.

Ce sont les immeubles du quartier de l'*Europe* qui donnent la valeur en capital la plus élevée : près de 600 millions ; et le quartier *Saint-Fargeau,* la valeur la plus faible : 34 millions seulement.

On s'est demandé souvent pour quelle valeur le sol entrait dans le prix total des immeubles parisiens. Nous savons aujourd'hui que, dans la valeur en capital des 14 milliards et demi des propriétés bâties et non bâties, les constructions entrent pour moitié et le sol pour le même chiffre environ : la valeur du sol des propriétés particulières est de 7 milliards 225 000 francs et celle des constructions de 7 milliards 300 000 francs.

Nous trouvons dans le quartier *Gaillon* le prix moyen le plus élevé du mètre carré de terrain : *1 041 francs ;* et, dans le quartier *Saint-Fargeau,* le prix moyen le plus bas : *24 francs.*

La valeur en capital d'une propriété bâtie ressort, en moyenne, à 172 000 francs. Cette valeur moyenne — est-il besoin de le dire ? — est très différente selon les quartiers : c'est ainsi que, dans la *Chaussée-d'Antin,* le prix moyen d'un immeuble est de 661 000 francs, et de 40 000 francs seulement à *Charonne*.

On compte, à Paris, près de 11 000 maisons d'une valeur de 1 à 2 millions, 300 de 2 à 5 millions, et 60 de 5 millions et au-dessus.

*
* *

Voyons maintenant quel est le revenu des immeubles de Paris.

La valeur locative des maisons, au 1er janvier 1908, était de 915 482 199 francs, et celle des usines de 30 193 660 francs, soit un revenu brut total de 945 675 859 francs, que nous avons déjà indiqué plus haut.

Dans les maisons, les locaux consacrés au commerce ou à l'industrie sont au nombre de 322 167 et représentent une valeur locative de 339 668 963 francs; les locaux affectés à l'habitation ou aux dépendances de l'habitation sont au nombre de 968 882, et leur valeur locative totale ressort à 575 813 236 francs. Les logements d'un loyer inférieur à 500 francs qui, à Paris, bénéficient de l'exemption de la contribution mobilière et des taxes communales de remplacement, sont au nombre de 730 822 : ils sont occupés par plus de 2 millions d'habitants.

Le loyer moyen d'un logement, à Paris, ressort, en 1908, à 594 francs : ce loyer moyen, dans le quartier des *Champs-Élysées,* dépasse 3 807 francs, et atteint à peine 204 francs dans le quartier de la *Gare.*

On compte plus de 16 500 propriétés d'un revenu brut inférieur à 1 000 francs; — 45 000 immeubles environ rapportant annuellement de 1 000 à 10 000 francs; — 19 000, de 10 000 à 25 000 francs; — 6 500, de 25 000 à 50 000 francs; — 1 600, de 50 000 à 100 000 francs; — et près de 400 donnant un revenu brut supérieur à 100 000 francs.

*
* *

Que rapporte, à Paris, la propriété bâtie?

Son revenu brut est actuellement de *6, 61* °/₀, en moyenne. Les impôts directs qui frappent les maisons s'élèvent à 9,40 °/₀ de la valeur locative *réelle :* la contribution foncière et la

contribution des portes et fenétres, à la charge des propriétaires, prélèvent 5,98 °/₀ du revenu brut, et les taxes municipales de remplacement des droits d'octroi sur les bois-
sons hygiéniques 3,42 °/₀. Défalcation faite de ces impôts et
de toutes les autres charges qui pèsent sur la propriété foncière, le revenu net des maisons à Paris doit, pensons-nous,
ressortir, en moyenne, à 4,25 °/₀. Le taux de placement en
valeurs mobilières n'étant guère que de 3 °/₀, il existe un écart
de 1,25 °/₀ entre le revenu des immeubles et celui des valeurs
mobilières. Cet écart est encore suffisant pour attirer les capitaux vers les placements immobiliers.

A l'heure actuelle, on constate à Paris une tendance à la
hausse dans le prix des loyers. Cela tient, sans doute, à
beaucoup de circonstances économiques spéciales, mais principalement à ce fait que le nombre des locaux vacants a considérablement diminué depuis trois ou quatre ans. Il est bien
certain que, par-dessus tout, c'est la loi de l'offre et de la
demande qui est, à Paris, le vrai régulateur du prix des loyers.
En 1905, il y avait 9 204 boutiques ou magasins vacants, et
31 203 appartements ou logements à louer. Actuellement, on
ne compte que 6 852 locaux commerciaux et 20 807 locaux
d'habitation vacants. Les non-valeurs, qui étaient, en 1905, de
45 à 46 millions, se sont abaissées aujourd'hui à 29 millions.

*
* *

Donnons, en terminant, quelques renseignements sur la
superficie occupée par les immeubles parisiens.

On sait que la surface totale de Paris est de 7 802 hectares.
Les constructions des particuliers couvrent une superficie de
2 271^{ha} 33^a 14^{ca}, et les bâtiments publics 358^{ha} 79^a 68^{ca}. De sorte
que 5 171^{ha} 87^a 18^{ca}, soit près des deux tiers du sol parisien, ne

sont couverts d'aucune construction. Comment se décompose ce chiffre de 5 171^{ha} 87^a 18^{ca} ? La Seine, entre ses parapets, occupe une surface de 220 hectares ; — les voies publiques et privées et l'enceinte militaire occupent ensemble 2 067^{ha} 84^a 15^{ca} ; — les cours et terrains attenant aux bâtiments publics ou privés 1 983^{ha} 74^a 91^{ca} ; — enfin, les jardins publics 259^{ha} 02^a 99^{ca}, — et les jardins particuliers 641^{ha} 25^a 13^{ca}.

On voit que les jardins attenant aux immeubles privés présentent encore une réelle importance : on comptait, en 1900, 14 608 maisons particulières avec jardin. C'est dans le XVIe arrondissement qu'il y en avait le plus grand nombre, près de 3 000. Venait ensuite le XXe arrondissement avec 2 094 ; puis le XVe avec 1 718, et le XIVe avec 1 489. Dans le centre même de Paris, — dans les dix premiers arrondissements, — il y avait encore plus de 2 000 jardins ; c'est dans le VIIe et le VIIIe arrondissement qu'ils étaient le plus nombreux et qu'ils occupaient la plus grande superficie : plus de 567 000 mètres carrés. Mais, depuis huit années, beaucoup de ces jardins ont déjà disparu et il est à craindre, en raison du prix élevé du terrain que beaucoup d'autres ne fassent bientôt place à des maisons de rapport.

Albert Fontaine.

LES PROMENADES PARISIENNES

OTRE capitale ne possède pas assurément les vastes parcs qui font l'originalité de Londres ; mais ses promenades sont plus variées et cette variété est comme l'expression du relief du sol de Paris lui-même. A l'intérieur de Paris, c'est le long de la Seine et sur les hauteurs de la périphérie que se trouvent les grands jardins ou parcs : entre cette double zone, les promenades sont plutôt des squares.

*
* *

Sur les bords mêmes du fleuve s'étendent les quais qui forment une courbe de 10 kilomètres, du Pont-National au Point-du-Jour. Le promeneur n'y est pas seulement intéressé par le mouvement des bateaux, mais il y trouve, sur la berge même de la Seine, de beaux ombrages, même des coins retirés pour rêver à son aise, luxe que ne permettent guère les quais de la Tamise. Combien de gens ignorent le petit jardin situé au bas du Pont-Neuf et qui forme comme la proue du navire — la nef de Paris — que dessine sur la Seine l'île de la Cité !

4

C'est à proximité du fleuve qu'ont été tracés les plus grands jardins de Paris *intra muros*. D'abord, sur la rive gauche, le Jardin des Plantes, qui couvre plus de 30 hectares. Il n'est pas seulement la promenade favorite des enfants curieux de « la ménagerie », mais ses vastes jardins botaniques, les collections du Muséum qui embrassent toute l'histoire naturelle attirent nécessairement l'étudiant et le savant.

Il faut aller assez loin pour rencontrer de nouvelles promenades voisines du fleuve ; mais, dès que nous aurons traversé les quartiers du centre, elles se succéderont presque sans interruption. C'est, sur la rive gauche, les esplanades des Invalides et du Champ de Mars. A une époque toute récente, elles étendaient encore leurs vastes espaces (de 25 et 30 hectares), simplement plantés d'arbres, de la Seine soit à l'hôtel des Invalides, soit à l'École Militaire. L'une et l'autre sont aujourd'hui en voie de se transformer. Le large pont Alexandre III a relié les Invalides aux Champs-Élysées, et des squares dessinés en bordure des quais masquent partiellement la nouvelle gare de l'Ouest. La transformation plus complète aujourd'hui du Champ de Mars a été amorcée il y a trente ans, lorsqu'à l'occasion de l'Exposition de 1878, les pentes opposées du Trocadéro furent plantées en jardins ; puis, lors de l'Exposition de 1889, on traça de petits squares aux environs de la Tour Eiffel et enfin, après celle de 1900, on décida de laisser bâtir une partie du Champ de Mars, mais en ménageant entre les constructions, des jardins et des plantations qui feront de ce quartier lès Champs-Élysées de la rive gauche — mais en raccourci. Car c'est sur l'autre rive de la Seine qu'il faut aller chercher la promenade parisienne par excellence, qui s'allonge des Tuileries à l'extrémité de Paris et au delà, trait d'union entre le centre, la périphérie et les environs de la capitale.

C'est d'abord les Tuileries, promenade de dessin classique, œuvre de Le Nôtre. Par les squares ménagés sur l'emplacement de l'ancien palais et dans la cour du Carrousel, le « jardin des Tuileries » se prolonge presque jusqu'au Louvre; son niveau un peu uniforme est relevé par deux terrasses aux noms bien connus : celle du Bord de l'Eau, le long de la Seine, et celle des Feuillants, vers la rue de Rivoli. Mais en aval du fleuve, les Tuileries n'ont, pour ainsi dire, pas de limite; la place de la Concorde est un magnifique palier qui nous mène aux Champs-Élysées, plantés au dix-huitième siècle, sauf le Cours la Reine, à gauche, qui date des premières années du dix-septième. Cette longue avenue de près de 2 kilomètres est d'abord bordée de squares jusqu'aux Grand et Petit Palais, œuvre de l'Exposition de 1900, puis s'étend directement jusqu'à la place de l'Étoile, dominée par l'Arc de Triomphe, point culminant de l'ouest de Paris, d'où on laisse promener le regard sur les douze avenues qui rayonnent de la place. Deux offrent un intérêt particulier : ce sont celles que suivent les équipages du Tout-Paris élégant en route vers « le Bois » : l'avenue du Bois-de-Boulogne parsemée de parterres charmants que dessina Alphand, l'avenue de la Grande-Armée, aujourd'hui le foyer de l'automobilisme français, toutes deux menant aux artères du bois de Boulogne qui conduisent à l'hippodrome si réputé de Longchamp.

*
* *

De la Seine aux hauteurs de la périphérie, les promenades parisiennes sont surtout les squares ou carrés — c'est le mot français auquel l'usage a substitué l'anglais — de verdure et d'arbres. Ils sont dessinés sur nos voies publiques ou sur l'emplacement des cimetières autrefois voisins des églises et qui furent désaffectés en 1786 ; c'est alors que les ossements furent rapportés dans les anciennes carrières que nous appelons les Catacombes de Paris, dont la visite peut encore être une intéressante excursion. Les squares sont surtout des promenades de quartier ; aussi sont-ils fort nombreux et n'en pouvons-nous distinguer que quelques-uns. Sur la rive gauche : le square de Cluny avec les ruines du palais dit Les Thermes de Julien et ce chef-d'œuvre de l'architecture du quinzième siècle, le palais de Cluny, dont la façade a été heureusement dégagée par le nouveau square de la Sorbonne, vis-à-vis l'Université de Paris ; le square des Arènes, de modeste étendue, mais qui renferme les ruines de l'amphithéâtre du mont Lucotitius (notre montagne Sainte-Geneviève). Sur la rive droite : le square du Temple, à la place de l'ancien donjon qui fut la prison de Louis XVI ; le square Saint-Jacques, en bordure de la rue de Rivoli, avec la tour qui rappelle les expériences de Pascal ; le square des Innocents, à l'endroit de l'ancien cimetière de ce nom, avec la célèbre fontaine de Jean Goujon.

Mais, dans cette zone intermédiaire, Paris possède encore des promenades d'assez grande étendue : deux grands squares, les jardins du Palais Royal et de la place des Vosges (jadis place Royale) et deux parcs, le Luxembourg et Monceau. Les deux premiers ont entre eux un air de parenté : d'abord ils ont l'un et l'autre le même aspect d'une grande place entourée de constructions aux lignes uniformes ; puis ils furent tous deux le centre du Paris mondain, la place Royale au dix-septième siècle, le Palais Royal du dix-huitième à la fin du dix-neuvième siècle. La vie — la vie luxueuse — s'est comme retirée de ces grands squares et ils n'ont plus qu'une fréquentation de quartier.

Au contraire, leur vogue n'a pas abandonné les jardins du Luxembourg ni le parc Monceau. Le Luxembourg, plus vaste que les Tuileries (30 hectares), est aussi plus original : sa plantation est moins régulière, son aspect moins uniforme. C'est à la fois une esplanade où les enfants trouvent à s'ébattre et aussi un ensemble de petits coins de verdure et d'ombrage que l'homme d'étude découvre et fréquente avec délices — *Academiæ umbracula !* Le parc Monceau, aux limites de l'ancien Paris, est l'élégante promenade d'un des plus riches quartiers de la rive droite et ce n'est pas une de ses moindres originalités que ses 9 hectares de pelouses et de bosquets aient échappé à la bâtisse qui, depuis un demi-siècle, a transformé cette partie de la capitale.

* * *

Nous voici amenés à la périphérie de Paris ; elle est, on le sait, jalonnée d'une série de hauteurs surtout sensibles vers le nord. Il y a une quarantaine d'années, ces monticules n'étaient que des terrains vagues, coupés de fondrières, couverts çà et là de masures et on pouvait encore voir des vaches paître leurs maigres gazons ; c'était la vaine pâture de Paris ! Tout cela aujourd'hui n'est plus guère qu'un souvenir. Un peu avant que la nouvelle basilique du Sacré-Cœur couronnât la butte Montmartre, les hauteurs des Buttes-Chaumont au nord et de Montsouris au sud s'étaient couvertes de pelouses et de plantations ; on y avait dessiné des rivières avec de petits lacs, des rochers avec leurs cascades et leurs stalactites : ici, l'illusion de la montagne ; là, celle du canotage. Le plus étendu de ces deux parcs, celui des Buttes-Chaumont (25 hectares), est aussi le plus varié d'aspect : son belvédère est le point culminant de Paris et, au pied du rocher, le petit

coin mélancolique bordé de saules est l'i nage du coin de terre
qui reçut les cendres de Napoléon à Sainte-Hélène. Ces deux
parcs sont des promenades essentiellement populaires, très
fréquentées, le dimanche surtout, par les familles ouvrières.

C'est dans les quartiers excentriques que se trouvent des
lieux connus pour être l'objet du pieux pèlerinage de la population parisienne, celle de toute catégorie ; ce sont les cimetières qui sont une attraction, eux aussi, tant par leur aménagement que par les souvenirs qu'évoque la multitude d'hommes
illustres qui y reposent : Montparnasse au sud, Montmartre
au nord et à l'est le Père-Lachaise, la plus vaste nécropole de
Paris.

*
* *

Nous touchons maintenant aux murs de la capitale et cette
expression n'est pas une métaphore. Paris n'a point cessé
d'être, suivant le mot de Vauban, le réduit de la France et il
garde, outre ses forts modernes, le luxe d'une enceinte plus
jalousement conservée pour les besoins de l'octroi que pour
ceux de la défense nationale. Mais pour ne point dater de
Vauban, nos murs n'en sont pas moins un intéressant souvenir : élevés sous Louis-Philippe, de 1841 à 1847, ils
constituent la dernière enceinte qu'on ait faite en France, et
aussi la plus vaste. Son périmètre, que suit le chemin de fer
de ceinture, ne mesure pas moins de 32 kilomètres. C'est
assurément là une bien longue promenade, et que nous ne
recommanderons pas — surtout sur le soir — aux gens peu
désireux de fâcheuses rencontres. Cependant les « fortifs »,
comme on dit en argot parisien, valent peut-être mieux que
leur réputation. La population de nos faubourgs y trouve des
arbres et de l'herbe, de la « vraie » ; c'est la campagne du
pauvre. Campagne non sans charme, même pour le passant :

les avenues qui bordent en deçà les murs dessinent, au printemps, de belles lignes ombreuses et la verdure des glacis —
encore que bien vite flétrie — fait contraste avec les pota-
gers, les déblais, les usines qui s'allongent presque sur tout le
pourtour extérieur de l'enceinte. Bientôt sans doute ces murs
disparaîtront et avec eux une originalité de Paris ; mais une
autre et plus belle en compensera la perte, quand, à la place
de l'enceinte, se développera un *ring* immense avec ses boulevards, ses squares, parcs, etc., qui feront à notre capitale une
ceinture d' « espaces libres » sans rivale au monde.

*
* *

C'est hors de l'enceinte que se trouvent deux promenades
qui font presque partie de Paris : les bois de Vincennes et
de Boulogne, à l'est et à l'ouest. Par leur caractère, ils tiennent à la fois des parcs de l'intérieur et des forêts de la région
suburbaine. Comme les parcs et dans de plus grandes proportions, ils ont aussi leurs pelouses, leurs rochers et leurs lacs,
mais leurs massifs d'arbres donnent aussi l'idée de vrais bois.
Et ce sont aussi d'anciennes forêts ; celle de Vincennes rappelle
la légende du chêne de saint Louis et le bois de Boulogne
est le reste de la forêt de Rouvray qui couvrait toute la boucle
de la Seine, en aval de Paris. L'un et l'autre surpassent de
beaucoup en étendue les parcs de l'intérieur : le bois de Boulogne compte 873 hectares ; celui de Vincennes le dépasse
avec 927. Mais ils ne comprennent pas que des jardins et des
bosquets : tous deux renferment de vastes espaces réservés
soit aux exercices militaires (le polygone de Vincennes), soit
aux courses (les hippodromes de Vincennes, de Longchamp et
d'Auteuil). Mais, tandis que le bois de Vincennes est morcelé
par ces terrains, ils sont, à Boulogne, taillés sur le pourtour du

bois et lui laissent plus de continuité. Vincennes, d'autre part, malgré son vieux château, n'a pas les attractions de Boulogne, qui possède le jardin d'Acclimatation et vient de s'agrandir par l'acquisition du parc et du palais de Bagatelle. A Vincennes aussi, la promenade est plus isolée du courant de la vie parisienne ; le bois conduit bien à la vallée de la Marne, mais butte au delà au plateau dénudé de la Brie. Boulogne, au contraire, amorcé dans Paris même par le parc de la Muette, conduit le promeneur par delà la Seine aux hauteurs boisées qui couronnent le parc de Saint-Cloud et enclosent aujourd'hui les plus coquettes résidences de la banlieue parisienne, Marnes, Vaucresson, Louveciennes, etc.

Paul MEURIOT.

LES ENVIRONS DE PARIS

ous allons parcourir les environs de Paris, non
pas ceux du voisinage immédiat de la ville et qui
en font en quelque sorte partie, mais ceux qui
forment une ceinture de campagne et de verdure,
d'air et de lumière, dans un rayon de 5 à 50 kilomètres.

Il n'y existe pas de montagnes agrestes, de landes stériles
empreintes d'une sauvage poésie, de lacs aux lointains brumeux,
de forêts inexplorées aux sombres profondeurs, ni de fleuves
larges et profonds roulant des eaux tumultueuses. Mais on y
voit des champs chargés de riches moissons, des vallées arro-
sées de rivières sinueuses, des prés verdoyants, des bois om-
breux, des collines ondoyantes et, partout, les paillettes lumi-
neuses projetées par le soleil sur les maisons élégantes ou
modestes, sur les villas et les humbles villages, où la joie et
le bonheur, et parfois aussi les tristesses, peuvent s'abriter.

L'aspect général est gracieux et répond à l'esprit et au caractère des habitants, qui se sont façonnés sur la nature, ou qui,
plutôt, l'ont pétrie à leur image, tant les gens et les choses se

pénètrent mutuellement. En somme, Paris est l'une des capitales de l'Europe les mieux partagées, et il est plein d'attirance dans ses environs comme dans ses murs.

Trois cours d'eau importants, fleuve et rivières, arrosent ses campagnes : le premier est la *Seine,* qui s'écoule lentement du sud-est vers l'ouest, d'abord en une ligne presque directe, puis, à la sortie de Paris, par trois courbes d'une ampleur de 15 à 20 kilomètres chacune ; elle semble quitter la ville à regret, au point qu'après sa dernière courbe, après un cours de près de 100 kilomètres, elle est à peine éloignée du tiers du chemin parcouru.

Le second cours d'eau, la *Marne,* venant de l'est, s'unit à la Seine à Charenton, au moment de son entrée dans Paris, comme si, modeste rivière champêtre glissant dans la verdure des prés et des roseaux, sous les ombrages des lourdes ramures, elle était prise tout à coup de l'orgueil de baigner, elle aussi, les murs des palais historiques.

Puis, un peu au delà de Paris, l'*Oise* descend mollement du nord, à pleins bords, apportant avec ses eaux les lourds bateaux chalands, chargés des produits de cette riche région.

On peut voir en pensée tous les sites gracieux, tous les coins et les replis charmants, calmes et retirés qui peuvent résulter de semblables dispositions.

Aussi les Parisiens et les Parisiennes *de Paris,* comme on dit — car il en est bien d'autres qui ne sont pas de Paris, mais y résident et s'y attachent de même, — adorent la campagne qui les entoure, et c'est plaisir de voir, les jours de fête et les dimanches, les bandes joyeuses de jeunesse exubérante et les réunions familiales prendre d'assaut, à l'envi, voitures, automobiles, chars à bancs, tramways, bateaux, chemins de fer, ou courir allègrement à bicyclettes, vers les points aimés et les nids de verdure remplis de mystère ou de souvenirs. L'un des chemins de fer, celui de l'Ouest-État, met en mouvement jusqu'à 600 trains les jours de fête.

Avant de partir comme eux, orientons-nous. Nous avons déjà vu les trois vallées principales. Examinons les régions qui les séparent.

Au nord, le *Parisis*, qui commence dès Saint-Denis et s'étend directement en une plaine ouverte jusqu'à Chantilly et Compiègne, en s'appuyant d'un côté sur la forêt de Bondy vers Chelles, berceau des premiers rois francs, et d'autre part sur les coteaux ondulés qui portent Écouen et les restes de l'ancienne forêt de Montmorency, où l'on peut voir encore l'ermitage de J.-J. Rousseau entouré de sa belle châtaigneraie.

A l'est, entre la Marne et la Seine, le plateau de la Brie étend ses pâturages et ses champs parsemés d'étangs. La Marne, tout près de Paris, dans un tour circulaire de 20 kilomètres qui finit à 500 mètres à peine de son point de départ, — *tour de Marne* propice au canotage, — se plaît à montrer les sites les plus riants qu'on puisse imaginer, pénétrés d'une poésie intense, d'une pureté et d'une douceur de lignes sans pareilles.

Au sud, plus de large rivière, mais des ruisseaux limpides murmurent dans les vallons resserrés et par suite pittoresques, que dominent des grès, des sables rouges ou jaunes, brillants aux flancs des collines ensoleillées, entremêlés de bois accidentés qui s'appellent Clamart, Verrières, Sénart, Sainte-Geneviève, Versailles et s'étendent jusqu'à la forêt de Rambouillet, entourant le château de nos chefs d'État, en gagnant Montlhéry qui dresse depuis huit cents ans sa tour féodale, et Fontainebleau dont la forêt et le château sont une merveille

Enfin, à l'ouest, dans les méandres de la Seine qui va, vient, revient presque sur ses pas, se trouve la contrée ravissante, historique par excellence, qui montre Poissy, où naquit le roi saint Louis ; Saint-Germain, sa forêt et son château, berceau de la royauté sous Louis XIII ; Versailles avec son palais somptueux et son parc qui évoquent Louis XIV ; Marly et Louveciennes, résidences frivoles et disparues de Louis XV le trop aimé et, plus près de Paris, en contraste, la Malmaison et enfin Saint-Cloud, résidence des Napoléon, dont le château, brûlé en 1871, a disparu, mais dont reste le beau parc accidenté aux ombrages séculaires.

Maintenant que nous sommes orientés, dirigeons-nous, le bâton de voyage à la main, vers quelques-unes des principales curiosités que nous venons de citer.

Saint-Denis est à deux pas, 7^{km}200 des portes de Paris. C'est une ville industrielle de 64 800 habitants, dans le département de la Seine, et dont l'origine remonte au troisième siècle. Elle est groupée autour d'une superbe basilique gothique, sépulture des rois de France. De nombreux tombeaux sont remarquables par la beauté et la finesse de leurs sculptures ou par leur exécution naïve.

A côté, un ancien couvent de bénédictins est devenu l'asile de la célèbre maison d'éducation fondée par Napoléon Ier pour élever les filles des membres de la Légion d'honneur sans fortune.

Les souvenirs historiques nous amènent ensuite à *Saint-Germain-en-Laye,* 20 kilomètres plus à l'ouest, en Seine-et-Oise. La ville, qui compte 17 300 habitants, s'élève à l'extrémité d'une belle forêt de 1 800 hectares, close de murs, sur un plateau bordé par une terrasse de 3 kilomètres, qui domine la Seine à 63 mètres d'altitude, et d'où l'on jouit d'une vue admirable vers Paris et Saint-Denis.

A ces curiosités naturelles s'ajoute un château, de style Renaissance, entouré de fossés avec pont-levis, dont les murs portent les inscriptions intéressantes de diverses sentences philosophiques. Commencé en 1370 sous Charles V, la plupart de ses constructions sont dues à François Ier.

Successivement résidence royale et prison d'État, le château est devenu depuis 1862 un riche musée d'antiquités préhistoriques et gallo-romaines. Louis XIII y mourut. Louis XIV y naquit et la légende veut que la vue à l'horizon des flèches de la basilique de Saint-Denis, sépulture des rois de France, fut la cause de l'abandon de Saint-Germain et de la fondation du château de Versailles par Louis XIV. Pendant la Révolution, Saint-Germain reçut le nom, singulier pour une ville, mais bien donné pour sa situation, de *Montagne du bon air*.

Marly, dominé par un superbe aqueduc qu'on aperçoit de Saint-Germain, est en ruines, mais rappelle des souvenirs intéressants. Louis XIV, fatigué des grandes réceptions de Versailles, y avait créé une résidence d'intimité pour douze courtisans familiers. On y voyait, par une disposition sans analogue, le grand pavillon du Roi au centre de jardins, de pelouses et de terrasses affectant la forme du soleil avec ses irradiations, emblème royal. Puis, douze petits pavillons absolument semblables entre eux, pour les fidèles invités. L'intimité n'excluait, on le voit, ni la majesté, ni la suprématie royales.

Versailles, chef-lieu du département de Seine-et-Oise, peuplé de 54 800 habitants, et qui en a compté plus de 100 000 sous Louis XV, est à peine éloigné de 6 kilomètres, à vol d'oiseau, de Saint-Germain, en passant par Marly.

Toute cette campagne, belle entre toutes, est accidentée,

riche par ses cultures, semée de bois délicieux qui viennent aboutir à l'ouest à la forêt de Marly, comprenant 2 254 hectares et la plus solitaire des environs de Paris.

Pendant deux siècles, cette contrée a été le centre de la vie mondaine, élégante, qui suivait et entourait la royauté, puis tout s'est éteint. Mais, comme la nature ne perd jamais ses droits, de telles localités ne pouvaient rester délaissées et une multitude de résidences plus modestes, villas, maisons de campagne, se sont élevées partout ; les vastes propriétés ont été divisées, on a tracé des routes dans les bois et la vie, l'animation, la prospérité, sont revenues. Il en a été de même partout autour de Paris, au Vésinet et au Raincy.

L'origine de Versailles remonte à Louis XIII, qui fit construire en 1627 un petit château, rendez-vous de chasse dans les bois. Puis Louis XIV, en vingt années de persévérance, avec une véritable armée d'ouvriers, qui comprit jusqu'à 36 000 hommes, créa d'une seule pièce, peut-on dire, la ville et le château actuels. La ville, établie sur un plan régulier, est sillonnée de longues avenues, larges parfois de plus de 100 mètres, bordées de deux, quatre et même huit rangs d'arbres et aboutissant pour la plupart en éventail au château.

Le palais est immense. Il présente, du côté de la ville, une façade de style Louis XIII composée de nombreux bâtiments encadrant plusieurs cours, dont la principale, d'un aspect grandiose, ouverte sur la place d'Armes, est peuplée de statues élevées aux gloires de la France. La statue équestre de Louis XIV occupe le centre de cette cour, dite cour royale. La chapelle, chef-d'œuvre de Mansard, domine l'aile droite.

Du côté du parc, la façade, d'ordre ionique, présente un développement de 450 mètres de longueur, de 600 mètres avec les deux retours de la partie centrale, qui s'avance de

80 mètres. Il existe 125 croisées à chaque étage. Le palais est précédé d'une immense terrasse, ornée de bassins, jets d'eau, parterres, et domine le parc de trois côtés par 100 degrés de marbre. La vue du parc est incomparable de grandeur et de majesté.

Le parc, dessiné par Le Nôtre dans le style français, mesure près de 5 kilomètres de longueur sur plus de 3 de largeur. Il comprend un canal en croix de 1 600 mètres de long, de nombreux bassins, fontaines, cascades, ornés de sujets allégoriques en marbre et en bronze, composant un ensemble de jeux d'eau unique au monde. Les eaux sont amenées de la Seine par l'aqueduc de Marly, long de 5 kilomètres. Enfin, les charmilles et les pelouses encadrent de leurs verdures une profusion de colonnades, de sujets allégoriques, de statues, dues aux ciseaux de Coustou, Puget, Coysevox, Legros, etc.

Il existe en outre deux palais dans le parc : le Grand-Trianon, de 120 mètres de façade, élevé par Louis XIV, et le Petit-Trianon, construit sous Louis XV, tous deux pleins de grâce, ainsi que le petit village rustique où Marie-Antoinette se plaisait aux jeux champêtres et aux bergeries, à la veille de la Révolution de 1789 : gaietés frivoles et drames profonds, côte à côte, comme dans les réalités de la vie.

L'intérieur du palais de Versailles est d'une extrême richesse et son très grand intérêt est encore rehaussé par un vaste musée qui rappelle les gloires de la France.

La dépense de construction du château est restée inconnue, Louis XIV ayant fait brûler, dit-on, tous les devis.

Après la merveille de Versailles, nous passerons à celle de *Fontainebleau,* qui a été constituée d'une tout autre manière, par une accumulation pendant plusieurs siècles de nombreuses richesses artistiques.

Qu'il nous soit permis d'aller de l'une à l'autre de ces résidences, comme au dix-septième siècle, par les belles routes royales construites pour les déplacements de la cour. C'étaient des chevauchées d'un grand nombre de carrosses accompagnés de gardes, piqueurs, valets, intendants, chevaux de selle et de charge, véhicules transportant personnes, matériel, même des mobiliers entiers, et surtout des maîtres queux et des victuailles, car vivre largement était la grande affaire dans ces voyages. Ces agapes prolongées devenaient parfois un supplice pour les dames de la cour qui, accompagnant le Roi et la Reine, ne pouvaient descendre des carrosses qu'à la dérobée, même sous les plus impérieux prétextes. Le Roi s'accommodait de tout dans les mauvais gîtes ; il coucha même une fois à terre, tandis que la Reine trouvait une affliction profonde dans les moindres incidents de route ; de leur côté, les courtisans, parfois installés à la belle étoile, s'accommodaient à l'esprit de l'un ou de l'autre maître, suivant leur caractère ou leurs intérêts. — Aujourd'hui le voyage est plus simple et plus facile.

Le château de Fontainebleau est une agglomération de constructions différentes avec des façades de tous côtés, offrant malgré cela un ensemble très intéressant. Il remonte au roi Robert. Mais il a été reconstruit en majeure partie par François Ier et complété par Henri II, Charles IX, Henri III, Henri IV, Louis XIII, Napoléon Ier. Les trésors des arts de la Renaissance y dominent. L'intérieur, décoré principalement par le Rosso et le Primatice, présente des salles somptueuses et dont l'ameublement est remarquable par sa richesse et les souvenirs qui s'y attachent.

C'est dans ce château que Louis XIV signa la révocation de l'édit de Nantes et que Napoléon Ier signa son abdication, le 6 avril 1814, sur une petite table, conservée depuis cette époque. Le 20 avril, il fit ses adieux à la Garde impériale dans la cour d'honneur, dite du Cheval-Blanc.

Fontainebleau est une jolie ville, bien percée, à 59 kilomètres de Paris, sur la ligne de Lyon, au milieu même d'une vaste forêt de 16 900 hectares ayant un pourtour de 80 kilomètres. Cette forêt est l'une des grandes curiosités de France ; il n'en existe même pas de semblable en Europe. Extrèmement accidentée, elle est couverte de rochers de grès, entassés en masses considérables, qui forment des vallées et de petites montagnes affectant des aspects fantastiques, des positions d'équilibre étranges, des pierres branlantes, avec des antres, des couloirs, des galeries aériennes ou souterraines, un dédale de passages, au milieu desquels on peut circuler, se glisser, gravir, escalader, etc. Le tout est entremêlé d'arbres centenaires, certains même remontant à près de mille ans. C'est le paradis terrestre des peintres paysagistes.

Il resterait bien d'autres curiosités à visiter auprès de Paris, mais nous terminerons par un dernier château, véritable bijou de la Renaissance, et une dernière forêt, pleine d'ombre, de fraîcheur et de solitude : *Chantilly*, situé à 41 kilomètres au nord de Paris.

Ce domaine ne comprenait pas moins de 2 440 hectares. Il appartenait depuis le quinzième siècle à la famille des ducs de Montmorency, puis il fut la propriété des princes de Condé et enfin du duc d'Aumale, fils de Louis-Philippe, héritier des Condé et qui, après l'avoir restauré et y avoir accumulé pendant quarante ans d'admirables collections artistiques de toute nature, en fit don à l'Institut, en 1886.

Le château, qui comprend le Petit-Château, ou Capitainerie, et le Grand-Château, a été construit par le connétable Anne de Montmorency. Il s'élève au milieu d'un lac, près de l'emplacement d'un ancien château fort dont il ne reste que les fondations. En face se trouve le château d'Enghien. Enfin, à quelque distance, dans la vaste pelouse où ont lieu les courses du derby français, s'élèvent les grandes écuries monumentales construites en 1719-1735 par Louis Henri de Bourbon et qui peuvent recevoir 250 chevaux.

Tout cet ensemble a un aspect de grandeur qui frappe fortement lorsqu'on arrive par le haut pont-levis d'entrée, que semble défendre la statue équestre du connétable Anne de Montmorency, dans son armure de guerre, l'épée haute. A l'opposé, une autre statue équestre de belle allure représente le duc d'Aumale, le vainqueur de l'Algérie, donateur de toutes ces richesses.

La forêt de Chantilly, où l'on trouve les étangs poétiques de Commelles, est attenante à celles d'Ermenonville, de Villers-Coterets, de Compiègne, de l'Aigle, qui forment un ensemble de plus de 20 000 hectares.

Nous espérons avoir donné par ces lignes l'impression de l'aspect général des environs de Paris et de leurs beautés sylvestres et artistiques imprégnées d'un charme si profond.

Paul MATRAT.

LE SOUS=SOL PARISIEN

ES piétons qui circulent dans les avenues, les rues ou sur les places de la ville de Paris, s'inquiè-tent peu de connaitre ce qui se cache sous l'é-piderme du sol. Toutefois, les plaques de fonte, rondes ou carrées, qu'ils rencontrent sous leurs pas et, mieux encore, les fouilles pratiquées si souvent sur les voies pu-bliques, leur montrent clairement que ce sol renferme, en nombre considérable, à une faible distance de la surface, des conduites de gaz, des câbles électriques, des tuyaux pour l'air comprimé et, plus ou moins profondément, des conduites d'eau, enfin des égouts. Ce qui importe aux Parisiens, c'est que tous ces organes fonctionnent bien, que la ville soit bien approvisionnée d'eau, de lumière, de force hydraulique ou élec-trique, et que rien ne soit ménagé pour son assainissement.

Le statisticien, n'ayant pas l'horreur des chiffres (question d'habitude), est plus exigeant. Pour satisfaire sa légitime curio-sité, nous lui dirons que, d'après les documents officiels les plus récents, le réseau des égouts de Paris atteignait, au 1er janvier 1908, 1 178 kilomètres et celui des canalisations pour la distribution des eaux 2 677 kilomètres, non compris les conduites du service des promenades dans les bois de Boulogne et de Vincennes, dans les parcs, squares et jardins. Le premier nombre représente un peu plus de la longueur de la voie ferrée de Paris à Vintimille, notre frontière italienne, et le second un peu plus de trois fois la distance de Paris à Marseille. Entre les deux vient se placer la longueur des canalisations de la Compagnie parisienne du gaz dans Paris qui était, à la même date, de 1 728 kilomètres. On en compte 679 (au 31 décembre 1908) pour les six sociétés concessionnaires de secteurs pour l'éclairage électrique, sociétés qui desservaient 55 000 abonnés, et 359 pour l'air comprimé. Toutes ces canalisations, si diverses, forment un total de 6 000 à 7 000 kilomètres (6 621). C'est un chiffre énorme. En le rapprochant de la superficie totale des chaussées de Paris (1 650 hectares), y compris les trottoirs et les contre-allées sablées, on trouve 40 centimètres de longueur de canaux par mètre carré de terrain. Tout en observant que des conduites d'eau sont renfermées dans certains égouts, on voit que le sol de la capitale est prodigieusement perforé, comme sous-miné par une multitude de vers rongeurs de plus ou moins fort calibre.

A ce dernier point de vue, rien n'égale les souterrains du chemin de fer métropolitain dont nous n'avons pas encore tenu compte. La longueur totale de ce chemin, dont 52 kilomètres sont en exploitation et 29 en construction, atteindra 127 kilomètres, non compris 16 concédés à titre éventuel.

La majeure partie du Métropolitain est souterraine, sans que nous puissions préciser la longueur correspondante; et pour permettre son exécution, la connaissance parfaite du sous-sol, non pas au ras de terre, mais à de notables profondeurs, a été indispensable, comme on le comprend aisément, sous le rapport de la stabilité des ouvrages à construire. Les documents accumulés à cet égard pendant de longues années par les ingénieurs du corps des mines ont été précieux. Une circonstance particulière a provoqué, en effet, depuis plus d'un siècle, l'étude détaillée des assises inférieures de Paris. Nous voulons parler des carrières souterraines au-dessus desquelles une partie de la ville est construite.

L'auteur de ces lignes a terminé, en 1895, étant alors à la tête du service d'inspection générale des carrières de la Seine, une nomenclature des voies publiques de Paris sous-minées, qui n'avait pas encore été faite, avec l'indication des travaux de consolidation et du niveau des carrières. Nous extrayons de cette publication officielle les passages suivants relatifs à la constitution géologique du sol de la capitale.

La *craie* forme le fond du bassin de Paris ; elle règne sur une vaste étendue de pays et a une puissance considérable, comme l'a établi le sondage du puits artésien de Grenelle qui a été poussé dans cette formation jusqu'à 547 mètres au-dessous du niveau du sol. Sa surface supérieure n'est pas horizontale, mais inclinée du sud-ouest au nord-est, de manière à présenter une différence de niveau d'environ 130 mètres entre le Point-du-Jour, où elle affleure à 30 mètres au-dessus du niveau de la mer, et les abattoirs de La Villette où elle plonge à 100 mètres au-dessous du même plan de comparaison.

La formation de l'*argile plastique* qui repose directement sur la craie a une épaisseur qui s'accroît en allant du sud-ouest au nord-est ; elle est de 30 mètres environ au puits de Grenelle et de plus de 50 mètres au parc des Buttes-Chaumont.

Au-dessus s'étend la formation dite du *calcaire grossier*, d'où l'on a extrait pendant des siècles la pierre à bâtir et les moellons employés dans les constructions parisiennes. Elle se présente sous des épaisseurs variables comprises entre 15 et 25 mètres dans la région sud de Paris. On y distingue trois étages. L'étage moyen et l'étage supérieur sont séparés par le *banc vert* que les carriers laissent comme toit dans les excavations du moyen. Un autre banc dur, dit de *roche,* forme le toit des carrières de l'étage supérieur.

Au-dessus du calcaire grossier se rencontrent successivement : les *caillasses,* les *sables de Beauchamp,* le *travertin* et les *marnes de Saint-Ouen,* dans lesquels n'existent pas de carrières souterraines.

La série complète des terrains superposés dont il vient d'être question ne s'étend pas, d'une manière générale, sur toute la superficie de Paris ; elle s'arrête à des niveaux géologiques divers suivant les localités. Lorsque la série se continue (comme c'est le cas sur les coteaux de Montmartre et des Buttes-Chaumont), aux terrains précédents se superpose la formation gypseuse qui comprend les marnes inférieures au gypse, le *gypse* ou *pierre à plâtre,* puis les marnes et les glaises vertes. Elle consiste en un grand nombre de couches de marnes gypseuses entre lesquelles sont intercalés quatre groupes de couches de gypse, désignés sous le nom de *masse,* à des intervalles d'épaisseur variable. La masse inférieure, peu développée, n'a pas été exploitée dans Paris. La troisième masse a environ 10 mètres de puissance à Montmartre et 2 mètres seulement aux Buttes-Chaumont. La deuxième masse a 5 mètres de puissance, et la première, ou *haute masse,* a de 18 à 20 mètres d'épaisseur à Montmartre et 13 aux Buttes-Chaumont.

Les couches de marne qui surmontent la haute masse se terminent par les *glaises vertes.* Au-dessus se trouvent encore les *marnes et calcaires de Brie,* les *sables et grès de Fontaine-*

bleau, puis des dépôts d'alluvions et de transport. Ceux-ci recouvrent généralement l'ensemble des formations qui viennent d'être énumérées.

Les vides d'anciennes carrières existant au-dessous des voies publiques et des propriétés privées d'une notable partie de Paris proviennent exclusivement de l'exploitation de la pierre à bâtir ou du gypse. Ils se distribuent en quatre régions. Celle du nord est spéciale aux plâtrières. Les trois autres, particulières à la pierre à bâtir, s'étendent l'une au sud, sur une grande partie du territoire de la rive gauche de la Seine, en deux sections distinctes, séparées par le lit de la Bièvre ; l'autre sur la rive droite, sous une partie du XVIe arrondissement, quartiers de Chaillot et de Passy ; la troisième, moins importante, également sur la rive droite, occupe l'extrémité est de Paris, dans le XIIe arrondissement.

La superficie des régions reconnues comme sous-minées atteint environ 800 hectares. Il y règne un réseau de galeries muraillées ayant en général une hauteur d'environ 1m 80, véritable labyrinthe où l'on peut faire, à la lueur de lampes de mineurs, des promenades souterraines, plus humides qu'agréables, formant actuellement une longueur de près de 150 kilomètres. La seule d'entre elles qui soit accessible au public est celle de l'ossuaire municipal, vulgairement appelé *Catacombes,* où sont entassés des milliers de squelettes provenant en majeure partie de la désaffectation de l'ancien cimetière des Innocents (actuellement place du Châtelet), qui a été commencée en 1786. Il y descend chaque année près de 10 000 visiteurs.

Un atlas figurant l'état du Paris souterrain, à l'échelle de 1 millimètre par mètre, œuvre de longue haleine, a été commencé sous notre direction et d'après notre programme en 1894 et continué par nos successeurs. Il se composera de

115 feuilles environ, dont 77 sont actuellement publiées ; les
plans portent en marge des coupes détaillées et cotées des terrains recoupés par des puits. Leur confection se poursuit parallè-
lement aux travaux de consolidation. Ces derniers se sont accrus
en raison de l'exécution des galeries du chemin de fer Métropolitain dont les fondations doivent être inébranlables. Les archives
de ce service comprennent plus de 4 000 plans souterrains.

Il nous reste à donner des indications générales sur le régime des eaux. En dehors de quelques nappes superficielles
sans importance, il règne dans le bassin de Paris la grande
nappe d'eau de la Seine. Elle s'infiltre au loin sur les deux
rives du fleuve dont le lit, formé de sables et de graviers sur
plusieurs mètres d'épaisseur, recouvre successivement, en
allant de l'amont à l'aval, les formations du calcaire grossier,
de l'argile plastique et de la craie. Le niveau supérieur de la
nappe aquifère se relève insensiblement de part et d'autre du
lit, de façon que la Seine, recevant les eaux pluviales qui s'in-
filtrent dans le sol, joue le rôle d'un véritable drain. Il se
maintient, lors des crues, un peu au-dessous des carrières dont
il marque la limite inférieure d'exploitation. C'est de cette
nappe qu'on tirait autrefois l'eau, plus ou moins potable, dans
beaucoup de puits de Paris. Elle est très peu utilisée aujourd'hui
et les porteurs d'eau ont disparu depuis que la capitale a été
approvisionnée, à grands frais, d'eaux de source dont les principales sont celles de la Vanne et de l'Avre.

Ce rapide exposé suffit à montrer le grand intérêt que présente le sous-sol parisien en raison de sa constitution, non
moins que de la variété, de la multiplicité, de l'importance
des travaux qu'on y a pratiqués et dont le cours se poursuit.

Octave KELLER.

LES EAUX ET L'ÉCLAIRAGE

ES EAUX. — A la fin du dix-huitième siècle, les Parisiens ne disposaient que de 14 litres d'eau par tête chaque jour et cette eau était de mauvaise qualité. Le canal de l'Ourcq, creusé sur l'initiative de Bonaparte, premier Consul, accrut le volume disponible qui s'augmenta encore, en 1841, des eaux jaillissant du puits artésien de Grenelle. Mais la qualité de ces eaux restait inférieure.

L'ingénieur Belgrand créa le service actuel en 1854. Il fit adopter le principe de la double canalisation. Les eaux de la Seine, de l'Ourcq, de la Marne et des puits furent alors destinées au *service public* de lavage et d'arrosage ou aux services industriels. Belgrand alla capter au loin des eaux de sources, pures et fraîches, qu'il conduisit dans des réservoirs, aux points hauts de Paris, pour la consommation domestique. La distribution du *service privé* reste distincte de celle du service public. Toute la distribution se fait, jusqu'au seuil de la maison, directement par les ingénieurs de la ville.

Le volume d'eau distribué en moyenne par jour à Paris qui, en 1870, était de 110 litres environ par habitant, a passé en 1880 à 175 litres, puis à 200 en 1890, à 250 en 1900, et atteint actuellement (1909) environ 255 litres. Il est de 180 litres à Londres et d'environ 100 litres à Berlin. La qualité des eaux d'alimentation de Paris est supérieure.

En 1907, la consommation totale (service public et service privé) a été de 262 500 000 mètres cubes, dont 173 301 500 mètres cubes pour le service public et industriel et 89 187 800 mètres cubes pour la consommation domestique. La consommation journalière moyenne d'eau de rivières et de sources a été de 719 149 mètres cubes ; le maximum de consommation d'eau de sources a été observé les 3 et 5 août, avec 294 700 mètres cubes, et le minimum le 5 mai, avec 177 800 mètres cubes.

Les sources lointaines dérivées par Belgrand et par ses successeurs forment quatre groupes qui ont fourni en 1907 :

	Mètres cubes		Kilomètres
1° Le groupe de la Vanne (S.-E.) . . .	41 703 300	par un	183
2° Le groupe de la Dhuis (E.).	6 416 300	aqueduc	131
3° Le groupe de l'Avre (O.).	33 195 300	de	108
4° Le groupe du Loing et du Lunain (S.).	15 186 200		95

Le total des dépenses faites par la ville de Paris, en dehors des charges annuelles des budgets, pour le service des eaux, en vue des dérivations de sources, s'élève actuellement : à 51 207 000 francs pour la Vanne, à 43 millions de francs pour l'Avre, à 26 100 000 francs pour le Loing et le Lunain et à 25 893 000 francs pour la Dhuis.

Les ressources de Paris en eaux de sources seraient largement suffisantes s'il ne se produisait des variations considérables de consommation l'été, à certains jours particulièrement chauds, pendant lesquels l'eau de source est employée à la fois comme boisson et comme réfrigérant, à cause de son agréable fraicheur (+ 11°,5 à 12°,5). Pour compenser ces insuffisances momentanées de débit, on a recours à de l'eau de rivière, soigneusement filtrée et clarifiée ; mais sur les 89 187 800 mètres cubes du service domestique en 1907, on n'a consommé que 2 225 700 mètres cubes de ces eaux de rivière filtrées.

Les eaux des sources ou des bassins filtrants sont analysées chaque jour par des micrographes.

La Ville étudie en ce moment la dérivation de nouvelles sources, dont certaines sont déjà sa propriété, afin de disposer, en toutes saisons, du volume d'eau pure et fraîche nécessaire à la consommation.

L'eau est presque uniquement vendue au compteur. Le tarif est de 35 centimes le mètre cube pour l'eau de source (avec certains rabais en faveur des locataires de locaux d'un loyer inférieur à 1 000 francs par an) et de 16 centimes le mètre cube pour l'eau de rivière, avec réductions proportionnelles aux quantités employées, pour les gros consommateurs industriels.

Les recettes effectuées pour vente d'eau aux particuliers, qui étaient de 5 031 000 francs en 1865, ont atteint successivement : 6 928 000 francs en 1875, 9 615 000 francs en 1885, 13 714 000 francs en 1895 ; elles étaient prévues pour 22 550 000 francs en 1909 et cette prévision sera sans doute dépassée.

En dehors de l'amortissement des capitaux empruntés par la Ville pour le service des eaux, l'entretien et l'exploitation de l'ensemble de ce service ont donné lieu, en 1907, à une dépense totale de 9 965 897^{f}81. Pendant la même année, les recettes ont atteint :

Service domestique

Pour les 86 183 abonnés à l'eau de source. . .   17 060 991^{f}00

Service industriel

Pour les 10 300   —   à l'eau de rivière. . .   2 972 827^{f}40
Pour les 6 031   —   à l'eau de l'Ourcq . .   1 223 927 89

Les réservoirs où la Ville emmagasine les eaux à distribuer sont au nombre de 18, savoir :

Mètres cubes

7 pour les eaux de source (ou de rivière filtrées)	d'une	610 500
8 — de rivière non filtrées	capacité	153 500
3 — du canal de l'Ourcq	totale de	24 700

La canalisation des eaux atteint actuellement un développement de 2 700 000 mètres environ, dont 2 373 000 sous galeries ou dans les égouts, et 327 000 mètres en terre. Elle assure, en dehors de l'alimentation du public, le service de 8 500 bouches de lavage, de 7 500 bouches d'arrosage à la lance et de 7 500 prises d'eau pour les pompes à vapeur des pompiers, sans parler des fontaines, urinoirs et autres services municipaux, départementaux et d'État.

Les manœuvres de distribution sont faites par 26 postes dans Paris et 3 *extra muros* (réservoirs de Saint-Cloud, de Gentilly et de Villejuif), reliés télégraphiquement et téléphoniquement au bureau central de l'ingénieur chef de service, au bureau central des machines et au quartier général des pompiers.

*
* *

L'ÉCLAIRAGE. — L'éclairage public à Paris est presque exclusivement assuré par le gaz et par l'électricité. Pour l'éclairage domestique, on constate encore une assez grande consommation de pétrole et d'huile végétale, cette dernière diminuant beaucoup d'importance depuis vingt ans. Il n'est pas possible de relever exactement la consommation de ces huiles d'éclairage.

La Ville vient de conclure deux nouveaux contrats pour assurer le service du *gaz* et de l'*électricité*.

La municipalité a racheté la totalité des usines et de l'outillage du gaz à l'ancienne Compagnie parisienne. La fabrication et la distribution du gaz, qui sont monopolisées à Paris, ont été confiées, depuis le 1er septembre 1907, à une compagnie qui emploie le matériel municipal et perçoit le prix du gaz consommé. Cette « Société du gaz de Paris » agit comme régisseur intéressé de l'exploitation ; elle est formée au capital de 30 millions de francs seulement, et ce capital reçoit, suivant les résultats bons ou mauvais des exercices, un intérêt de 5 ou 4 % l'an, sans qu'il puisse descendre jamais au-dessous de 3 %. Les produits de l'exploitation sont intégralement versés à la Ville et constituent une recette du budget ordinaire. Le chiffre de la recette, qui avait été inscrit en prévision pour 19 500 000 francs, comme produit net de la gestion en 1908, a, en fait, dépassé 22 millions de francs ; il a été prévu pour 23 500 000 francs au projet de budget de 1909.

Le gaz est vendu 20 centimes le mètre cube aux particuliers et 15 centimes aux services municipaux ou aux administrations publiques assimilées.

Le personnel du gaz se compose de 29 ingénieurs, 3 111 employés supérieurs ou subalternes, 4 975 contremaîtres et ouvriers permanents et de 1 000 à 3 000 ouvriers temporaires, suivant les saisons.

La dépense de ce personnel, dirigé par la Société sous sa responsabilité, mais assimilé, pour les salaires et les conditions du travail, au personnel municipal ([1]), s'élève annuellement à environ 29 500 000 francs. Pour 1908, le personnel (employés et ouvriers à traitement fixe) du service de l'éclairage de la Société a coûté 12 092 020 francs, et le personnel ouvrier des usines, chantiers et ateliers a coûté 17 252 000 francs.

Le gaz est fabriqué dans neuf usines. Leur puissance de production, qui est actuellement de 1 632 000 mètres cubes par vingt-quatre heures, va être accrue par des installations nouvelles qu'on établit depuis 1908.

La consommation totale annuelle est actuellement d'environ 400 millions de mètres cubes, dont 365 millions de mètres cubes pour les particuliers et 35 millions de mètres cubes pour les services publics ; elle s'accroit d'environ 5 % par an.

Toutes les rues de Paris sont canalisées ; la longueur totale de la canalisation est de 1 784 kilomètres, dont 20^{km} 602 hors Paris. Mais sur les 81 000 maisons parisiennes, il n'y a que 41 000 maisons ayant le gaz ; environ 40 000 (la plupart petites et vieilles) ne sont pas encore actuellement desservies. Le nombre des abonnés est de 604 098, et la quantité des becs installés chez eux, à peu près de 2 495 000.

L'éclairage par le gaz des voies publiques et des édifices municipaux est assuré : *pour les voies publiques*, par 52 826 appareils supportant un nombre égal de brûleurs ; 510 munis de becs-papillons et 171 supportant des lampes à huile minérale ou à l'essence minérale (lusol), et tout le surplus munis de becs

---

([1]) Les conséquences de cette assimilation et des augmentations des salaires des ouvriers et employés se traduisent par une dépense supplémentaire annuelle d'environ 6 millions et demi de francs supportée par l'exploitation.

à incandescence. Parmi ces derniers, l'immense majorité a une consommation de 80 litres à l'heure (30 050 becs), de 100 litres (12 670 becs) ou, enfin, de 150 litres (5 004 becs).

Pour les *édifices municipaux,* l'éclairage au gaz est assuré par 65 400 becs, dont 42 700 à incandescence. De plus, on a installé 1 975 fourneaux, 1 292 calorifères, 207 ventilateurs et 21 moteurs à gaz dans les locaux de ces édifices.

La dépense de gaz prévue au budget municipal de 1909 s'élève, pour l'éclairage des *voies publiques,* à 2 554 000 francs, pour l'entretien des appareils, à 2 772 000 francs. Pour les *établissements municipaux,* le gaz coûtera 744 000 francs et l'entretien des appareils 310 000 francs.

*
* *

Le *service de l'électricité* était assuré, jusqu'au 31 octobre 1907, par six concessionnaires exploitant chacun une partie de la ville en forme de secteur et par une usine municipale desservant les rues des environs des Halles centrales, sous lesquelles elle était installée. Depuis, le monopole de la distribution du courant *pour l'éclairage* a été concédé : 1° pour une période finissant le 31 décembre 1913, aux six anciennes sociétés ; 2° du 1er janvier 1914 au 30 juin 1940, à une compagnie formée par ces sociétés. Les tarifs maxima sont de 70 centimes le kilowatt-heure pour l'éclairage et 30 centimes pour la force motrice au cours de la première période ; de 50 centimes pour l'éclairage et de 30 centimes pour la force motrice pendant la seconde période. Dans l'ancienne exploitation, le prix maximum était de 80 centimes le kilowatt-heure pour la lumière comme pour la force motrice. La Société est contrôlée par la Ville ; elle devra construire deux usines neuves de chacune 25 000 kilowatts de puissance. Ces usines, ainsi que les canalisations, deviendront, à l'expiration du contrat actuel, gratuitement, la propriété de la ville de Paris.

La nouvelle exploitation paie à la Ville une redevance annuelle de 10 % des recettes brutes pour vente de courant, à titre de loyer des canalisations et des usines municipales électriques anciennes, à présent exploitées par la Société ; en sus, elle verse annuellement 20 francs par kilomètre de voie publique canalisée. Le nombre des abonnés était environ de 55 000 à la fin de 1908.

La consommation totale de 1908 à atteint environ 52 millions et demi de kilowatts-heure, dont 3 990 000 pour l'éclairage public, qui impose à la Ville une dépense totale de 2 600 000 francs, savoir : 1 850 000 francs pour la voie publique et les promenades, 550 000 francs pour les établissements municipaux, et 200 000 francs pour l'entretien.

Il y avait, en 1907, environ 48 500 abonnés employant 19 000 lampes à arc et 1 850 000 lampes à incandescence. La longueur de la canalisation de distribution était de 630 kilomètres et le nombre des kilowatts-heure consommés a atteint 48 500 000 environ.

Au 31 décembre 1908, la longueur des canalisations de distribution était de 678 896 mètres.

L'abaissement des tarifs, qui ne date que du 1er novembre 1908, permet d'espérer que la consommation augmentera dans de notables proportions. Mais, tant pour se mettre à l'abri de grèves, que pour des motifs d'économie, un certain nombre de gros consommateurs, hôtels, théâtres, compagnies de chemins de fer ou industriels, produisent eux-mêmes leur électricité. Aucun relevé n'a été fait de la puissance de ces installations particulières.

Gaston CADOUX.

LES MOYENS DE TRANSPORT

E temps vaut de l'argent : c'est la devise géné-
rale ! Aussi, le temps employé pour se trans-
porter d'un endroit à un autre est-il considéré
par celui qui travaille comme une véritable perte
d'argent qu'il doit chercher à réduire le plus possible.

Dans une grande agglomération comme Paris, 3 à 4 kilomètres, voire même davantage, séparent les principaux points
entre lesquels se meuvent les Parisiens ou les voyageurs : il
importe donc de diminuer la durée des transports, avec la
condition toutefois que leur prix soit inférieur, pour la même
durée de temps, à la valeur du travail du voyageur ; c'est à ce
dernier à choisir, parmi les divers modes de locomotion mis
à sa disposition, celui qui, satisfaisant à cette condition, correspond le mieux à ses ressources.

En première ligne, il faut indiquer le moyen de transport
individuel à l'aide d'engins mécaniques appropriés : bicyclettes,
motocyclettes, voiturettes, qui, indépendamment de leur dépense d'entretien, nécessitent une prévision de dépense affé-

rente à l'amortissement de la machine ; ces appareils permettent d'abréger notablement la durée du transport, des deux tiers et même des trois quarts du temps de la course pédestre ; cependant, malgré leur intérêt et leur nombre important (280 000), on ne peut guère les citer que pour mémoire, dans un exposé des moyens de transport à Paris.

Il convient aussi d'éliminer les voitures soit hippomobiles, soit automobiles appartenant (au nombre de 3 000) à des particuliers.

Avant d'étudier les moyens de transport proprement dits, il est bon de rappeler que l'agglomération parisienne, domiciliée dans l'enceinte fortifiée de Paris, compte 2 800 000 personnes, dont plus de 1 700 000 forment la population active ; mais le problème du déplacement rapide s'applique également à une partie de la population de la banlieue de la ville, qui réside sur les territoires des départements de la Seine, de Seine-et-Oise et de Seine-et-Marne. Dans cette population, qui représente près de 2 millions d'âmes, il est, en effet, un nombre assez considérable de personnes que leurs occupations amènent journellement dans la circulation de la capitale.

D'autre part, la longueur des voies à desservir, pour qu'il soit possible de se rendre d'un point quelconque de la ville à un autre point quelconque, en empruntant un moyen effectif de transport, est de 1 014 kilomètres, et la distance en ligne directe qui sépare les deux points de Paris les plus éloignés est de 14 kilomètres.

Telles sont les données du problème : assurer le transport de plus de 2 millions et demi de personnes actives, sur une longueur de voies de plus de 1 000 kilomètres.

Les moyens de transport publics, en commun ou non, qui

concourent à la solution de ce difficile problème, sont les suivants :

Voitures dont l'itinéraire est fixé par le voyageur	1° Voitures de place à 2 ou 4 places, hippomobiles ou automobiles, dénommées fiacres, taximètres, autotaxis, etc. 2° Voitures de 6 à 40 places, hippomobiles ou automobiles, appartenant à des agences ou à des loueurs spéciaux.
Voitures à itinéraire fixe avec arrêt facultatif ou arrêt à des points déterminés.	3° Omnibus hippomobiles ou automobiles. 4° Tramways à traction mécanique ou à traction animale. 5° Chemin de fer Métropolitain. 6° Bateaux. 7° Chemin de fer de ceinture. 8° Compagnies de chemins de fer.

1° Les voitures de place sont presque toutes à tarif fonction du temps et de la distance : en moyenne, le prix des voitures hippomobiles revient à 25 centimes le kilomètre ; pour les automobiles, le prix est de 33 centimes par kilomètre s'il y a deux personnes au plus et de 40 centimes s'il y a plus de deux personnes.

Ces voitures, au nombre de 10 500, appartiennent, soit à des compagnies concurrentes, soit à des cochers propriétaires de leur véhicule.

2° Les voitures à grande capacité, appartenant à des agences ou à des loueurs, ont des tarifs très variables qui se fixent de gré à gré (2 000 voitures environ).

3° Les omnibus, au nombre de 1 200, appartiennent à une compagnie dont la concession expire le 31 mai 1910 ; cette compagnie a commencé à transformer ses véhicules hippomobiles en automobiles.

La longueur totale exploitée, en mettant les lignes bout à

bout, est de 256 kilomètres, mais quelques voies sont parcourues par plusieurs lignes à la fois, de telle sorte que 157 kilomètres seulement de voie sont traversés par une ou plusieurs lignes : cela représente moins de 16 % de la longueur totale des rues de Paris.

Le tarif est de 15 centimes en 2ᵉ classe et de 30 centimes en 1ʳᵉ classe, avec droit à une correspondance gratuite, c'est-à-dire à la faculté de monter sur toute autre ligne d'omnibus ou de tramways croisant la première voiture en des points déterminés appelés bureaux-stations.

Ce tarif est donc forfaitaire et ne tient pas compte de la distance effective parcourue ; aussi est-il prohibitif pour de courts trajets, et insuffisant s'il s'agit de parcours de 7 à 8 kilomètres.

La réorganisation du réseau des omnibus est liée à la réorganisation de la compagnie ; il faudrait supprimer entièrement la traction animale et remplacer les omnibus actuels par des voitures plus légères (de 5 tonnes au plus), à tarifs par sections de 2 à 3 kilomètres au plus, à raison de 3 centimes pour la 2ᵉ classe et de 5 centimes en 1ʳᵉ, par kilomètre parcouru.

4° Les 1 500 tramways circulant à Paris appartiennent à des compagnies concurrentes, ou soi-disant telles, qui ont établi un réseau de 422 kilomètres de lignes supposées placées bout à bout. Mais les tramways ne circulent effectivement que sur 200 kilomètres de voies, et encore 62 kilomètres de ces dernières sont-ils parcourus par des omnibus, de telle sorte que l'ensemble des omnibus et tramways de Paris ne traverse effectivement que 295 kilomètres de voies, soit un peu moins de 29 % de la longueur totale des voies de Paris.

Les tarifs sont, en général, de 15 centimes en seconde et de 30 centimes en première, avec correspondance, comme pour les omnibus ; mais la concurrence du Métropolitain a obligé les compagnies à adopter des tarifs par sectionnement, d'ailleurs variables, qui reviennent à peu près à 3ᶜ 5 en 2ᵉ classe et 5ᶜ 5 en 1ʳᵉ, par kilomètre parcouru.

5° Chemin de fer Métropolitain et Nord-Sud. La longueur concédée aux deux compagnies du chemin de fer souterrain (en viaduc dans quelques parties) dans Paris est de 130 kilomètres.

Mais 51 seulement sont exploités (fin octobre 1908). Ces lignes sont en partie doublées sur terre par des lignes de tramways qui soutiennent la concurrence avec des tarifs de sectionnement. Le tarif du chemin de fer Métropolitain est de 15 centimes en seconde et de 25 centimes en première, avec billet d'aller et retour à 20 centimes, pour la 2ᵉ classe, si le billet est pris avant 9 heures du matin.

Le billet donne droit de circuler gratuitement sur toutes les lignes du réseau coupant la première, la deuxième ligne, etc., sans qu'il soit possible de reprendre la première ligne empruntée.

6° Les bateaux à voyageurs circulant sur la Seine, dans la traversée de Paris (14 kilomètres), appartiennent à une compagnie privée ; le tarif est forfaitaire, 10 centimes en semaine et 20 centimes le dimanche.

7° Le chemin de fer de Petite-Ceinture, construit à frais communs par les compagnies de chemins de fer (Nord, Est, P.-L.-M., Ouest, Orléans), la Ville de Paris et l'État, est exploité par un syndicat comprenant les compagnies ci-dessus mentionnées.

La ligne se développe à l'intérieur de Paris sur 42 kilomètres. Les tarifs sont : d'une gare à la suivante : 40 centimes en première et 20 centimes en deuxième, avec aller et retour pour 60 centimes et 30 centimes ; pour un parcours supérieur : 55 centimes et 30 centimes, avec aller et retour aux prix de 90 centimes et 50 centimes.

8° Les lignes des compagnies de chemins de fer (Nord, Est, P.-L.-M., Orléans, Ouest et État) pénètrent à l'intérieur de Paris et permettent une circulation d'ailleurs assez faible, mais qu'il est nécessaire de mentionner ; la longueur kilométrique ainsi exploitée s'élève à 37 kilomètres. Les tarifs sont établis de gare à gare, à raison des prix suivants par kilomètre : $11^c 2$ en première, $7^c 56$ en deuxième et $4^c 928$ en troisième ; ces prix sont des maxima et ont été réduits pour les petites distances.

Le développement des moyens de transport, favorisé par l'abaissement des prix et « la démocratisation de la vitesse », a eu pour effet un accroissement considérable des voyages par habitant ; ce qui prouve que l'on se pénètre de plus en plus de l'idée que le prix du service rendu par les transports est très inférieur au gain donné par l'utilisation du temps qu'exigeaient autrefois les courses pédestres.

A. BARRIOL.

L'AUTOMOBILISME

LOCOMOTION MÉCANIQUE TERRESTRE
NAVIGATION AÉRIENNE

N recueil de quelques « variétés » sur des sujets choisis parmi les plus intéressants et les plus « d'actualité » doit inévitablement contenir quelques lignes sur l'automobilisme.

Est-il, en effet, un sujet qui occupe, passionne et inquiète davantage l'opinion dans tous les pays ; qui soulève autant de problèmes d'ordre scientifique, économique, social, même d'ordre moral et politique ?

Assurément non, si surtout l'on donne, comme il convient, au mot « automobilisme » la portée d'un terme générique englobant « toutes les formes de traction mécanique, tous les appareils propres à réaliser le transport sous les aspects les plus variés, sur terre, sur l'eau et jusque dans les airs... » ([1]).

L'automobilisme constitué par les machines, engins ou ap-

([1]) M. DE NANSOUTY, *Le Machinisme.*

pareils qui ont définitivement doté l'humanité de nouveaux et puissants moyens de transport, si développé qu'il soit déjà, en ce qui concerne la locomotion sur les voies terrestres de communication, est en somme positivement né d'hier. Mais dans le domaine des aspirations, du rêve, des idées ou même de l'application plus ou moins rudimentaire, on peut dire que l'automobilisme, entendu au sens le plus large, compte déjà bien des siècles.

Considérons, par exemple, l'un des modes de navigation aérienne qu'on dénomme « l'aviation ». Sa réalisation effective, certaine, qui constitue la conquête palpitante enfin remportée sur le dernier élément réfractaire, par le génie et la ténacité de l'homme appuyés sur l'observation et la science, date, pour ainsi parler, de quelques heures à peine. Cependant, de combien de tentatives n'a-t-elle pas été précédée ? Et ne faut-il pas admettre que de tout temps, peut-être depuis les origines les plus reculées, on s'est efforcé d'imiter les oiseaux ; qu'ils ont été un objet perpétuel d'étude et d'envie de la part des hommes, souhaitant ardemment de jouir comme eux de l'ivresse procurée par la rapide et libre évolution dans les immenses espaces aériens ?

C'est l'idée développée par Wilbur Wright dans le discours qu'il prononçait, le 5 novembre 1908, au banquet de l'Aéro-Club où ses admirables prouesses étaient célébrées : « Je pense quelquefois, disait-il, que le désir de voler à la façon des oiseaux est un idéal que nous ont transmis nos ancêtres qui, dans leurs pénibles voyages à travers les contrées sans routes des temps préhistoriques, voyaient avec envie les oiseaux traversant l'espace à toute vitesse, au-dessus de tous les obstacles, par le chemin infini des airs. »

Comme on l'a fait remarquer, « les légendes mythologiques,

l'histoire des religions de l'Inde, abondent en récits qui se rapportent à des tentatives de vol plané » ([1]).

Mercure, le messager des dieux, Mercure fend les airs grâce aux ailes dont sont pourvus ses pieds.

Vade age, nate, voca Zephyros et labere pennis ([2])

lui ordonne Jupiter pour réveiller le courage d'Énée.

C'est avec des ailes factices que Dédale et Icare, s'élançant d'une falaise, tentent de s'enfuir de l'île de Crète pour regagner la Sicile.

Il y a plus de deux mille ans qu'Archytas a imaginé sa colombe artificielle. Enfin, dans la période moderne, l'idée de construire des machines à voler a hanté depuis le treizième siècle les plus grands esprits, tels que Roger Bacon et surtout Léonard de Vinci ; et l'histoire de l'aviation, depuis cinq cents ans, a enregistré, pour chaque siècle écoulé, des tentatives, des inventions, des travaux qui marquent qu'à toute époque la solution si souhaitée du problème a été poursuivie, malgré tant d'échecs et même de catastrophes, avec une merveilleuse et invincible ténacité.

La recherche de la locomotion mécanique ne devait pas passionner au même degré l'humanité, elle ne présentait pas le même attrait ; et cependant elle retint l'attention des Bacon, des Newton, des Watt et des Vaucanson, pour ne citer que ceux-là. Enfin elle aboutit, dès le milieu du dix-huitième siècle, à l'invention par l'ingénieur militaire français, Nicolas-Joseph Cugnot, de la première voiture à vapeur ayant fonctionné par ses propres moyens et construite de telle façon et pour porter un tel poids qu'on a pu dire que son engin « était non seule-

---

[1] TURGAN, *Histoire de l'Aviation.*
[2] *Énéide,* liv. IV.

ment le synthétique ancêtre de l'automobile, mais encore et en même temps que le précurseur du tricycle mécanique, le premier *poids lourd,* dont l'utilisation industrielle et militaire ait été prévue » ([1]).

Cent quarante ans se sont écoulés depuis l'apparition de cette première automobile, de cette voiture à feu, comme on l'appelait alors. Qu'on aille la voir au Conservatoire des arts et métiers où elle fut recueillie en 1799 ; c'est une curiosité bien digne d'intérêt en soi et par comparaison avec les types de véhicules qu'on désigne aujourd'hui sous le nom d'automobiles et qui sillonnent les voies de tous les pays et, en très grand nombre, les rues de Paris.

On s'accorde à reconnaitre que la France, on pourrait même dire Paris, est véritablement le berceau de l'industrie automobile et qu'elle a contribué, plus qu'aucun autre pays, à créer et à développer la locomotion mécanique.

Cependant, il est curieux d'observer qu'il ne fut tiré aucun parti de l'invention de Cugnot, tandis qu'au contraire, la locomotion mécanique fut inaugurée dès 1801 en Angleterre, par Richard Trevithick, avec sa voiture à vapeur qui transporta des voyageurs sur les routes anglaises, et qu'elle prit un certain essor pendant les quarante premières années du dix-neuvième siècle, grâce surtout à des constructeurs tels que Guerney et Hancock. Si ces entreprises n'avaient pas été découragées par certaines hostilités et consécutivement par l'élévation considérable des tarifs de péages, si plus tard n'était intervenue une législation presque prohibitive par sa rigueur, comme les « locomotives acts », peut-être l'usage des véhicules à traction mécanique se serait-il établi et généralisé depuis longtemps.

([1]) Pierre SOUVESTRE, *Histoire de l'Automobile.*

Quoi qu'il en soit, les inventeurs n'ont jamais cessé de s'intéresser au problème de la locomotion mécanique, et ce n'est qu'après cent découvertes successives, dont quelques-unes capitales, qu'on s'est acheminé vers l'époque (1894-1895) qui marque le vrai point de départ de la prodigieuse évolution automobiliste à laquelle nous avons assisté.

Nous ne pouvons donner même une idée du labeur incessant, de l'ingéniosité, de la science de tant d'hommes qui ont contribué à l'établissement du merveilleux véhicule à traction mécanique qui circule partout aujourd'hui, non plus que des immenses difficultés vaincues pour l'amener à ce degré de perfection.

Bornons-nous à rappeler les deux principales voies suivies par ces infatigables chercheurs. Les uns ont demandé les sources d'énergie à la vapeur, comme Bollée, qui construisit, en 1873 et 1880, les deux premières voitures automobiles, l'*Obéis-sante* et la *Nouvelle* « pratiquement digne de ce nom », dit M. Baudry de Saunier ; Serpollet, de Dion-Bouton, etc. ; les autres, à la combustion dans l'intérieur du moteur de vapeurs d'essence, de pétrole, d'alcool, etc., en présence de l'air, tels : Lenoir, l'inventeur français du moteur à gaz, qui construisit, en 1862, la première voiture employant un moteur à explosion ; Marcus, de Vienne, en 1877, surtout l'ingénieur wurtembur-geois Daimler, en 1885, Panhard-Levassor, Peugeot, de Dion-Bouton ; d'autres, mais en moins grand nombre, à l'électricité.

C'est certainement à l'exploitation des remarquables brevets Daimler, dérivant de l'invention de Lenoir, par Sarrazin, puis Panhard-Levassor, et aux importants perfectionnements et transformations qui furent successivement apportés au moteur à explosion par la grande maison française, comme par Peugeot et de Dion-Bouton, qu'est dû en grande partie le triomphe définitif de la locomotion mécanique et même de la locomotion aérienne.

Si le moteur à vapeur trouve encore son emploi précieux dans la locomotion sur routes, le moteur à explosion est infiniment plus répandu et il a obtenu à ce point la préférence, que la plupart des véhicules automobiles en sont pourvus.

Mais ni les découvertes accumulées durant près d'un siècle, ni les progrès de la science n'auraient suffi pour persuader et entraîner le public, pour imposer et développer avec l'extraordinaire rapidité que l'on sait un nouveau mode de locomotion. Un pareil résultat n'a pu être obtenu que grâce à certaines circonstances favorables et à l'inlassable effort de promoteurs énergiques et convaincus, résolus à conquérir l'opinion, à frapper les esprits, à profiter de toutes les occasions pour faire ressortir l'utilité, la praticabilité et les avantages du véhicule à traction mécanique, à poursuivre sans relâche les améliorations qu'il comportait.

Parmi les circonstances qui ont favorisé l'avènement de l'automobilisme, il faut citer le développement du goût des sports et de la *bicyclette* qui fit son apparition en France vers 1886 ([1]). La bicyclette a préparé le terrain, créé une nouvelle mentalité ; « elle a donné, ainsi que l'observait Raoul Fabens, le goût des déplacements, la curiosité de la vitesse et l'habitude de la petite mécanique ».

([1]) Les rôles primitifs de la taxe directe sur les vélocipèdes, établie en 1893 seulement, accusaient déjà, dès 1894, l'existence de 149 080 vélocipèdes. Ce nombre s'est prodigieusement accru depuis lors, ainsi qu'il résulte des chiffres ci-après :

1899.	454 640
1904.	1 150 098
1908.	2 244 594

Ce dernier chiffre correspond au nombre de plaques délivrées en 1908, au prix de 3 francs, par l'administration des contributions indirectes, et dont chaque vélocipède doit être muni.

Quant aux promoteurs du mouvement automobiliste, l'un des principaux et des plus ardents fut, de l'aveu unanime, le marquis de Dion, fondateur, dès 1895, avec le baron de Zuylen de Nyevelt, d'une société d'encouragement qui prit et porte encore le nom d'Automobile-Club de France. Il a, ce club, une installation considérable, somptueuse même, dans l'un des palais de la capitale les plus remarquables par ses merveilleuses « colonnades » de l'architecte du dix-huitième siècle Gabriel, et qui font l'ornement de cette incomparable place de la Concorde ; il occupe deux hôtels portant les n°s 6 et 8, entre les hôtels d'angle des Coislin et des Crillon, et dont le premier, édifié par Rouillé de L'Estang, est connu sous le nom d'hôtel Pastoret ; il compte 2 300 membres. Cette belle installation est bien celle qui convient à cette grande société d'encouragement, celle qui convient à son importance et au rôle qu'elle a joué et qu'elle joue toujours.

Sans les manifestations incessantes qu'elle a organisées au début de l'automobilisme, sans les courses sur routes et sur circuits, les concours de toute nature, sans les expositions annuelles inaugurées dès 1895 à Paris et bientôt devenues, par leur éclat et leur développement dans le Palais des Beaux-Arts de l'avenue Alexandre III, un événement vraiment mondial, sans les recherches, les travaux, l'activité de ses neuf commissions[1], de l'Association générale automobile et de la Chambre syndicale fondées sous ses auspices et ayant leur siège place de la Concorde, sans aussi le concours puissant de la presse et de la grande société du Touring-Club, qui compte plus de cent mille membres, la locomotion mécanique n'aurait pas conquis,

---

[1] Commissions technique et laboratoire, sportive, de concours, de tourisme, des expositions, du yacthing automobile, du contentieux, etc.

en ce court espace d'une douzaine d'années à peine, la place qu'elle occupe à l'heure actuelle, non seulement en France, mais même dans les autres pays.

Nous pouvons maintenant traduire le résultat de tant d'efforts, par quelques chiffres éloquents et qui se passeront de commentaires, d'ailleurs impossibles, dans un aussi court espace :

1° Nombre de voitures automobiles particulières affectées au transport des personnes

(Rôles primitifs de la contribution directe sur les voitures, chevaux, mules et mulets)

1899. . 1 672 dont, pour le département de la Seine, 357, soit 21,3 %
1904. . 17 107   —   3 624,   21,1
1908. . 37 586   —   8 106,   21,5

Accroissement. — De 1899 à 1904 : 15 435, soit 923 %; de 1904 à 1908 : 20 479 ([1]).

2° *Nombre de motocyclettes.* — 1899 : 1 918; 1904 : 16 118; 1908 : 27 215.

3° *Nombre pour Paris en 1908 :* de fiacres automobiles, 3 004 ; d'automobiles de grande remise, 912 ; d'autobus en service, 150.

4° *Exportations françaises (millions de francs).* — 1898 : 1,649; 1900 : 10,195; 1902 : 30,548; 1904 : 71,035; 1906 : 137,854; 1907 : 144,352; 1908 : 127,300.

Nous extrayons d'une toute récente information de presse, relative aux usines édifiées en vue de la construction des automobiles, les renseignements suivants, reproduits sous toute réserve.

_____

([1]) L'essor a encore été plus rapide en Angleterre, car, de 24 201 au début de 1905, le nombre des automobiles privées n'atteindrait pas moins de 55 000 environ, d'après les déclarations faites le 29 avril 1909 à la Chambre des communes par le chancelier de l'Échiquier, qui était fondé à dire : « We are far ahead of all other European countries, in the number of motor vehicles upon our roads. »

On comprendrait actuellement, dans les principaux pays, 516 de ces usines réparties comme il suit :

France, 205 (¹); États-Unis d'Amérique, 111 ; Italie, 80; Angleterre 62 ; Allemagne, 34 ; Belgique, 18 ; Autriche, 4 ; Espagne, 2.

*
* *

Nous ne pouvons terminer cet article sans dire quelques mots de la *Conquête de l'air,* encore qu'il soit bien téméraire d'en parler quand l'espace manque pour le plus sommaire, pour le plus rudimentaire des exposés.

Contraints de nous renfermer dans d'étroites limites, nous nous bornerons à faire ressortir, surtout, les liens étroits qui unissent cette récente et bientôt définitive conquête par les ballons dirigeables et les appareils actuels d'aviation, avec l'avènement de la locomotion mécanique au moyen de l'automobile.

La principale difficulté à vaincre dans le problème de la dirigeabilité des ballons consistait à découvrir le moyen de les douer d'une vitesse propre et assez grande pour vaincre les courants aériens.

Si la conception théorique du navire aérien avait été lumineusement exposée dès 1784 par le général français Meusnier (²), quelques mois après la première ascension à Annonay d'une montgolfière non montée ; si, un siècle plus tard, les capitaines Charles Renard et A. Krebs, après une longue série de travaux, démontrèrent, par l'expérience sensationnelle du ballon la *France,* qui accomplit pour la première fois un *parcours fermé,* « l'exactitude de la théorie de la navigation aérienne telle que

(¹) Le chiffre attribué à la France serait trop faible et devrait être porté, d'après la chambre syndicale de l'automobile, à 219 environ, dont plus des trois cinquièmes, soit 146, pour le seul département de la Seine.

(²) Commandant BOUTTIEAUX, Conférence faite, le 4 décembre 1908, au Sénat, devant 400 membres du Parlement.

Meusnier, puis Giffard, Dupuy-de-Lôme et Tissandier l'avaient comprise » ([1]) et la possibilité indiscutable de cette navigation, il restait toujours à trouver un moteur tout à la fois puissant et léger, permettant de réaliser une vitesse d'au moins 40 kilomètres à l'heure.

Cette question de l'allègement du moteur, vainement cherchée pendant dix ans, après la célèbre expérience de la *France,* fut résolue tout à coup en raison des exigences de la locomotion mécanique : l'automobile fournit le moteur à explosion « particulièrement apte à l'accroissement de la vitesse propre des dirigeables, tant à cause de sa légèreté qu'à cause du faible poids de sa réserve d'énergie », ainsi que le démontra Santos Dumont qui remporta, le 19 octobre 1901, le prix de 100 000 francs offert par M. Deutsch, de la Meurthe, après un parcours de plus de trente minutes avec virage à la tour Eiffel.

C'est donc bien à l'automobile qu'on doit la réalisation pratique et le développement des ballons dirigeables, réputés pendant si longtemps comme une pure utopie.

Dès 1902 apparait le *Lebaudy,* qui est considéré, suivant le commandant Bouttieaux, comme le premier aérostat dirigeable pouvant effectuer de véritables voyages et offrant toute sécurité.

Puis vinrent successivement, après lui, en France, les principaux dirigeables suivants : *Ville-de-Paris,* mesurant 60 mètres de long, 1^m50 de diamètre et pourvu d'un moteur de 60-70 H-P ; *Patrie* qui, après avoir effectué à la fin de novembre 1907 son célèbre voyage de Chalais-Meudon à Verdun, fut enlevé huit jours après par une tempête, malgré les efforts de 200 hommes, et dont les débris furent retrouvés en Irlande.

Enfin, en 1908, le ballon militaire la *République,* le majes-

---

([1]) L. Sazerac de Forge, *La Conquête de l'air.* Paris, Berger-Levrault et Cie, éditeurs.

tueux *Bayard-Clément,* effectuant pour ses débuts un voyage de 200 kilomètres à une allure moyenne de 43 kilomètres à l'heure ; le *Malécot,* le dirigeable de sport du comte de La Vaux, vice-président de l'Aéro-Club de France, et dont les expériences d'aéronautique maritime sont encore présentes à l'esprit de tous.

Dans la plupart des pays, d'ailleurs, l'élan est donné. Le public, aussi bien que les gouvernements, comprend l'importance des flottes aériennes et il suffit, pour le marquer, de rappeler que la souscription nationale ouverte l'année dernière en Allemagne pour remplacer le *Zeppelin,* dirigeable rigide de 136 mètres de long, si malheureusement anéanti au mois d'août dernier à Echterdingen, près Stuttgart, n'a pas produit moins de 7 millions en quelques jours.

L'aviation, basée sur l'imitation du vol des oiseaux, est, comme on le sait, le système dit « du plus lourd que l'air ». Elle doit peut-être encore plus à l'automobile que les ballons dirigeables.

Il n'est pas sans intérêt de rappeler la classification des nombreux types de machines volantes, adoptée, dès 1889, par le premier congrès d'aviateurs, tenu à Paris à l'occasion de l'exposition. Ces machines ont été divisées en trois classes :

Les ornithoptères, appareils à ailes battantes, constituant une imitation directe de l'oiseau ([1]) ;

Les hélicoptères, appareils à voler avec des palettes ou une hélice à axe vertical ;

Les aéroplanes, appareils composés de surfaces entraînées avec rapidité au moyen d'hélices à axe horizontal.

Dans les brillants résultats qui ont tout récemment émer-

([1]) Caractéristiques extraites du récent ouvrage *Pour l'Aviation,* publié par MM. D'ESTOURNELLES DE CONSTANT, P. PAINLEVÉ, commandant BOUTTIEAU et autres collaborateurs.

veillé le public, il ne faut pas voir une sorte de phénomène de génération spontanée. En réalité, comme le fait observer M. P. Painlevé, de l'Académie des sciences, au cours de sa conférence devant les membres du Parlement, depuis plus d'un demi-siècle le système du « plus lourd que l'air » était sorti du domaine du rêve et les lois de la résistance de l'air, les mystères du vol plané et du vol à voile étaient élucidés. Et si toutes les tentatives d'application avaient en définitive échoué, c'est qu'il manquait un moteur.

A ne considérer que les aéroplanes, qui, avec les appareils et la grande habileté des frères Wright, viennent de remporter un étourdissant succès dont le monde est, on peut le dire sans exagération, encore tout ému, ils ne peuvent se soutenir dans l'air « qu'à la condition essentielle que l'hélice et, par suite, son moteur, soit capable de lui conserver, malgré la résistance de l'air, une vitesse suffisante. D'où la nécessité d'un moteur puissant et léger », comme pour le ballon.

C'est l'industrie automobile qui a permis de remplir cette condition et c'est peut-être, au dire de M. Painlevé, « le plus grand service qu'elle ait rendu à l'humanité ». Précisant encore davantage, le capitaine Ferber, l'un des plus infatigables pionniers français de l'aviation, va jusqu'à proclamer, dans son livre sur l'aviation, que les aviateurs français les plus célèbres ne seraient rien sans l'invention de Levavasseur, qui parvint à abaisser le poids du moteur à moins de 2 kilos par cheval.

L'histoire de l'aviation est passionnante et souvent dramatique, mais trop complexe en raison de la diversité des appareils imaginés, des conceptions, des méthodes, pour qu'il soit possible de donner ici une idée, même la plus succincte, des progrès réalisés petit à petit dans le domaine du « plus lourd que l'air ».

Quelques lignes sont par trop insuffisantes pour comparer

les mérites respectifs qu'on attribue aux monoplans, aux biplans et triplans, aux appareils à équilibre *volontaire* ou *automatique,* aux hélicoptères et aux aéroplanes, etc. D'un autre côté, pour exposer la part de chacun dans cette séculaire, dans cette lente et délicate conquête de l'air par l'aviation, il faudrait citer tant de noms que, faute de place, nous sommes tenus de nous abstenir.

Une exception doit être faite cependant en faveur de deux hommes occupant en cette matière une place très exceptionnelle, autant comme expérimentateurs que comme inventeurs, nous voulons parler : pour une part, de l'ingénieur français Clément Ader qui, le premier au monde, s'éleva, en 1890 et 1897, avec une machine volante, l'*Avion,* portant son mécanicien et son pilote (¹) ; pour l'autre, de l'ingénieur allemand Lilienthal, considéré comme le père de l'aviation moderne, lequel exécuta plus de deux mille vols et trouva la mort, en 1897, dans un planement sur les collines de Rhinof.

L'année 1908 restera à jamais mémorable dans les fastes de l'aviation, car les résultats obtenus par les aviateurs ont dépassé toute attente. Et pour le démontrer, il suffira d'observer que si, le 13 janvier de ladite année, Farman exécute à Issy, avec un biplan cellulaire Voisin, un vol de 1 kilomètre, paraissant alors extraordinaire et jamais encore obtenu en Europe, le 31 décembre suivant, Wilbur Wright vole au camp d'Auvours, près du Mans, sur 130 kilomètres environ.

Du reste, avant les sensationnelles expériences de Wright, commencées en France au mois d'août, de très rapides progrès avaient déjà été enregistrés dans le premier semestre de 1908.

(¹) Turgan, Painlevé.
Cette machine, merveille de mécanique, se trouve au Conservatoire des arts et métiers.

Delagrange, en effet, parcourait à Rome, le 22 juin 1908, sur un biplan cellulaire, 12 kilomètres et, le 9 juillet, 17 kilomètres avec un passager; de son côté, Farman à Issy couvrait, le 6 juillet, non plus 1 kilomètre comme au début de l'année, mais bien 19,5.

On raconte que Franklin, à qui on demandait ce qu'il pensait des aérostats, répondit : « C'est l'enfant qui vient de naitre. » Il entendait sans doute témoigner ainsi de sa foi dans l'avenir de cette branche de la navigation aérienne. Mais l'aviation ne rencontra pas le même accueil, et nous avons lu quelque part cette appréciation singulièrement démentie par les faits : « La découverte de Montgolfier eut pour résultat d'empêcher quelques autres songe-creux de continuer à s'occuper du vol aérien, *relégué bien décidément aujourd'hui parmi les chimères de l'esprit humain.* »

Il s'est pourtant rencontré depuis lors bon nombre de ces « songe-creux » que rien n'a découragés, puisque, suivant Turgan, on n'aurait pas compté moins de 75 aviateurs, entre 1850 et 1900. Et nous devons un témoignage d'admiration à ces vaillants du passé et du présent, dont les efforts inlassables, en dépit de tant de déboires, de tant de sacrifices, de tant de sarcasmes, de tant de dangers intrépidement affrontés, ont permis de gagner enfin une bataille depuis si longtemps engagée, pour le plus grand profit de l'humanité, de sa liberté, de son émancipation.

Qui sait si, grâce à eux et à leurs successeurs, dont la mission sera de consolider la victoire, les membres de l'Institut international de statistique n'auront pas recours à la navigation aérienne, pour se rendre rapidement, dans quelques années, à une nouvelle session de Paris?

F. HENNEQUIN.

LE PORT DE PARIS

ES renseignements relatifs au mouvement du port de Paris sont empruntés à la *Statistique de la navigation intérieure,* publiée annuellement par le ministère des travaux publics. Le dernier volume publié a paru au commencement de 1909 et comprend les chiffres de l'année 1907.

Paris est devenu la capitale de la France parce qu'il est placé au confluent de la Marne et de la Seine, un peu au-dessus de l'Oise. Par la Seine et ses affluents, il est mis en relations avec les principales voies navigables du territoire français. Il est relié par les lignes de Mons et de Charleroi, aux voies fluviales de la Belgique ; par les lignes des Ardennes et de l'Est, à celles du bassin du Rhin.

Le port de Paris s'étend, d'une part, sur toute la longueur du cours de la Seine comprise entre l'enceinte fortifiée, et, d'autre part, sur le parcours des canaux Saint-Martin et Saint-Denis, ainsi que sur la portion du canal de l'Ourcq située *intra muros* et qui se termine par les bassins de La Villette,

point où viennent aboutir les trois canaux de la ville. Le port
a plus de 25 kilomètres de développement.

Le port de Paris est le plus grand port de France. En 1907,
le poids des marchandises qu'il a reçues et expédiées s'est élevé
à 10 845 500 tonnes, tandis que les entrées et sorties de
Marseille n'ont été que de 7 296 362 tonnes.

Voici le développement du trafic depuis vingt-trois ans, de
1884 à 1907 :

	NOMBRE de bateaux chargés	POIDS TOTAL des chargements	EXPÉ- DITIONS	ARRIVAGES	TRANSIT	TRAFIC local
	—	tonnes	—	—	—	—
1884.	37 864	5 337 100	568 200	3 874 500	367 700	526 800
1889.	36 900	6 146 900	868 800	3 897 600	708 800	671 400
1894.	38 100	6 823 300	935 400	4 197 000	1 034 700	656 000
1899.	52 000	10 481 500	2 662 200	5 848 400	1 321 800	649 000
1905	50 200	10 202 800	2 507 700	5 763 800	1 504 500	426 700
1906.	50 900	10 525 100	2 490 200	6 273 600	1 390 300	371 800
1907.	50 100	10 845 500	2 342 300	6 310 800	1 793 800	398 500

Pour l'ensemble de la période, nous avons :

	AUGMENTATION proportionnelle pour cent	AUGMENTATION moyenne annuelle pour cent
Poids total des chargements. .	103,21	4,30
Expéditions.	312,19	13,01
Arrivages.	62,88	2,62
Transit	387,80	16,16
Trafic local.	— 24,32	— 1,01

L'augmentation des expéditions a été beaucoup plus grande
que celle des arrivages ; mais les arrivages sont beaucoup plus
importants.

Les marchandises débarquées représentent près des trois
cinquièmes de l'ensemble du tonnage : les expéditions corres-

pondent au quart de ce mouvement : le transit en prend les seize centièmes et le trafic local, les quatre centièmes.

	ARRIVAGES	EXPÉDITIONS
	Tonnes	Tonnes
1er groupe. — Combustibles minéraux.	1 690 348	41 633
2e groupe. — Matériaux de construction minéraux	2 930 340	1 547 335
3e groupe. — Engrais et amendements .	315 382	198 623
4e groupe. — Bois à brûler et bois de service	247 631	49 183
5e groupe. — Métaux et machines . . .	97 168	46 572
6e groupe. — Matières premières de l'industrie métallurgique	150 288	133 232
7e groupe. — Produits industriels . . .	163 613	132 168
8e groupe. — Produits agricoles. . . .	628 956	147 784
9e groupe. — Divers.	83 226	45 829
10e groupe. — Bois flottés.	3 909	»
TOTAL	6 310 861	2 342 359

Le caractère des arrivages et des expéditions suffit à expliquer pourquoi on apporte à Paris beaucoup plus de tonnes qu'on n'en expédie. Paris a besoin de houille pour sa consommation, il n'en produit pas. Paris a besoin de matériaux de construction, il n'en produit pas. Cependant on trouve 1 547 000 tonnes d'expéditions sous ce titre : mais ce sont des gravats et des déblais, transportés par la Seine, pour remblayer les carrières et les chambres d'emprunt situées près de la ville. C'est à leur transport qu'est due, en très grande partie, l'augmentation du chiffre des expéditions. Quant au trafic local, qui a beaucoup diminué, il consiste en transport de vidanges et doit disparaitre le plus tôt possible.

Le trafic local est de 371 000 tonnes ; les expéditions de gravats et de déblais sont de 1 547 300 tonnes, soit un total de 1 918 300 tonnes.

Si on les déduit du total, il ne reste que 424 000 tonnes pour les autres expéditions. La nature de ces expéditions en limite le parcours à un rayon très court. Par conséquent, Paris ne donne qu'un très faible fret de retour aux bateaux qui y viennent.

Cela se comprend : Paris produit des objets fabriqués, et on n'expédie pas par bateaux des modes et fleurs artificielles, des vêtements et lingerie, etc.

Il faut se rappeler la nature de ces expéditions, quand on compare le trafic des chemins de fer et de la navigation.

	EXPÉDITIONS		ARRIVAGES		ENSEMBLE	
	Tonnes	Pour cent	Tonnes	Pour cent	Tonnes	Pour cent
Voies fluviales . .	2 342 300	43	6 310 861	46	8 653 220	46
Voies ferrées. . .	3 063 800	57	7 195 304	54	10 259 087	54
	5 406 100	100	13 506 165	100	18 912 307	100

Ces chiffres n'indiquent que les quantités : si on avait les valeurs, la proportion du trafic des chemins de fer serait beaucoup plus grande, puisque 81 % des expéditions par voie d'eau comprennent des gravats et déblais et des vidanges. Les chemins de fer apportent de la houille, des objets d'alimentation, des matières premières, et emportent surtout des objets fabriqués qui, sous un poids réduit, ont une beaucoup plus grande valeur. Les débarquements par voies ferrées comptent pour 70 % et les embarquements pour 30 %. La valeur des expéditions par voies ferrées renverserait la proportion : elle ne la renverserait pas pour les voies fluviales.

Le tableau suivant montre dans quelle mesure a été utilisée la puissance de transport des bateaux qui ont fréquenté le port de Paris en 1907.

Le tonnage est calculé au maximum d'enfoncement.

NATURE DU TRAFIC	NOMBRE de bateaux chargés	TONNAGE total au maximum d'enfoncement	POIDS TOTAL des marchandises transportées	CAPA-CITÉ moyenne	CHAR-GEMENT moyen	DEGRÉ d'utilisation
	—	—	—	—	—	—
		tonnes	tonnes	tonnes	tonnes	°/o
Expéditions.	13 376	3 244 108	2 342 359	242	175	72
Arrivages.	7 883	7 380 787	6 310 861	265	226	85
Transit	7 567	2 329 696	1 793 809	308	237	77
Trafic local.	1 283	464 128	398 529	362	311	86
Totaux et moyennes .	50 109	13 418 719	10 845 558	268	216	81

Les bateaux vides n'entrent pas en ligne de compte. Ainsi les arrivages représentent 27 883 bateaux, tandis que les expéditions ne représentent que 13 376 bateaux, soit une différence de 14 507, ou de plus de 50 °/o. Cependant les bateaux qui sont venus chargés ne restent pas à Paris. Ils en repartent, mais sans aucun chargement. Les 13 376 qui ont un certain chargement, ont une capacité moyenne de 242 tonnes ; mais en moyenne leur chargement n'est que de 175 tonnes. Leur degré d'utilisation n'est donc que de 72 °/o. Si on répartissait l'ensemble de tonnes expédiées sur tous les bateaux comptés à l'arrivage, le chargement moyen de chacun ne serait que de 83 tonnes.

La statistique du ministère des travaux publics estime à 265 tonnes la capacité des bateaux à l'arrivage et leur chargement à 226 tonnes. La moyenne de capacité des bateaux venant de l'amont est de 217 tonnes ; celle des bateaux venant du Havre est de 391 tonnes ; celle des bateaux venant de l'Oise, des canaux du Nord et du Pas-de-Calais varie de 342 à 372 tonnes ; la moyenne générale des bateaux venant de l'aval est de 367 tonnes.

Le tonnage des bateaux du trafic local est de 308 tonnes,

supérieur au tonnage moyen, parce qu'il emploie une batellerie spéciale.

Pour les arrivages, la moyenne du chargement est de 186 tonnes à la descente, de 312 tonnes à la remonte, ce qui donne la moyenne de 226.

On peut résumer en ces termes le caractère du port de Paris. Il reçoit du combustible et des matériaux de construction. Il expédie des gravats, des déblais et des vidanges.

Yves GUYOT.

ABATTOIRS ET MARCHÉS

N a comparé quelquefois Paris, au point de vue alimentaire, à une pieuvre gigantesque étendant ses tentacules bien au delà de nos frontières et aspirant les produits et les denrées les plus divers et les plus exotiques.

La comparaison est vraie dans une certaine mesure et s'explique aisément par la diversité des goûts à satisfaire et la facilité des communications. Par quelles voies, à l'aide de quels instruments d'exécution, les produits et denrées alimentaires sont-ils mis à la disposition de la population parisienne ? C'est ce que nous allons examiner ici.

Marché aux bestiaux de La Villette. — Le premier marché aux bestiaux organisé a été celui de Poissy, antérieur au dix-septième siècle et qui fut supprimé, en 1667, pour être remplacé par celui de Sceaux. En 1700, celui de Poissy était rétabli et fonctionna, ainsi que celui de Sceaux, jusqu'en 1867, époque à laquelle les deux marchés furent définitivement supprimés pour être remplacés par celui de La Villette.

C'est là que se centralisent les envois d'animaux de boucherie (espèces bovine et ovine) et les porcs. Depuis trois ans, on ne compte plus guère d'apports étrangers, la production indigène (y compris, bien entendu, l'Algérie, qui fournit le dixième des moutons) étant parvenue à suffire à la consommation. Il n'y a d'exception qu'en 1907, pour 32 000 porcs et 4 000 moutons venus d'Allemagne et de Hongrie. Le dernier chiffre est insignifiant et le premier s'explique par la pénurie absolument extraordinaire de la production porcine en 1907.

L'ensemble des arrivages s'élevait, en 1906, à 2 860 000 têtes. Cet immense troupeau, transporté par chemins de fer ou venu à pied des étables de la banlieue et même de chez quelques nourrisseurs de Paris, comptait 525 000 bœufs, vaches et veaux, 1 790 000 moutons et 545 000 porcs. Ces animaux ne sont pas tous destinés à la consommation de Paris, qui n'absorbe que les trois cinquièmes des animaux de boucherie et un tiers des porcs.

Abattoirs. — Les bouchers ont eu de tout temps des tueries particulières. Ce n'est qu'au commencement du dix-neuvième siècle, en 1818, que furent construits les premiers abattoirs publics dans des communes absorbées depuis dans Paris, en 1860. Ces abattoirs sont remplacés à l'heure actuelle par l'abattoir de La Villette, contigu au marché du même nom, construit en 1867, et par celui de Vaugirard, beaucoup moins important, situé sur la rive gauche de la Seine. A signaler aussi deux abattoirs hippophagiques, l'un à Paris, actuellement rue Brancion (Vaugirard), l'autre à Pantin.

Les deux abattoirs de La Villette et de Vaugirard ont reçu, en 1906, tant du marché aux bestiaux que de la banlieue qui leur fait des envois directs, 3 105 000 têtes. Si on y ajoute les 55 000 chevaux abattus à Brancion et à Pantin, c'est un total de 3 160 000 têtes, dont 413 000 porcs.

Que représentent en viande ces trois millions d'animaux ? Environ 180 millions de kilos, dont 28 millions de viande de porc. Une faible partie de ces viandes est destinée à la province ; les 87 %, ou en nombre rond 150 millions de kilos, représentent la part réservée annuellement au Gargantua parisien, à laquelle il y a lieu d'ajouter 50 millions de kilos de viandes (y compris 3 millions et demi de charcuterie) apportées par les chemins de fer ou par les portes, soit en tout 200 millions de kilos, disponibles pour la consommation parisienne.

La création du marché aux bestiaux et de l'abattoir de La Villette a profondément modifié le quartier de ce nom. C'est d'abord l'arrivée journalière de véritables caravanes avec leurs conducteurs, normands, angevins, auvergnats, etc., poussant devant eux bœufs, moutons, porcs. A l'intérieur des bâtiments, le spectacle n'est pas moins curieux. Ici se disputent les chevillards ou marchands bouchers, achetant des animaux sur pied pour les abattre et les revendre en gros aux étaliers. Là meurent sous le couteau les veaux et les moutons, tandis que la masse abat les porcs et les bœufs, exception faite pour les animaux tués par les sacrificateurs israélites qui égorgent suivant les rites.

Halles centrales et carreau forain. — L'historique des marchés alimentaires approvisionnant Paris entraînerait tout un développement. Il nous suffira de dire qu'on peut citer, en 1416, la création d'une halle pour la vente de la viande de boucherie, dite les Halles de Champeaux. Sous François Ier et Henri II furent organisés les premiers marchés alimentaires. Bien plus tard, en 1811, furent construits un certain nombre de marchés de quartiers dont certains subsistent encore.

C'est en 1847 et en 1854 que fut étudié d'abord, puis repris, le projet de construction des Halles centrales actuelles,
qui ne furent terminées qu'en 1868. Elles forment un quadri-
latère de 3^{ha} 43^a, situé d'une part entre Saint-Eustache et la rue
Berger, d'autre part, entre la Bourse du commerce et la rue
Pierre-Lescot. Elles se composent de dix pavillons couverts et
séparés par des voies également couvertes. Dans ces pavillons
ont lieu les ventes en gros (à la criée ou à l'amiable), et certaines ventes au détail des denrées alimentaires suivantes :
viande, volaille, gibier, poisson, beurre, fromage, œufs et
aussi primeurs.

La quantité de viande vendue en gros aux Halles centrales
en 1906 s'élevait à 56 millions de kilos, dont 10 millions seulement provenaient des abattoirs. Ce sont de beaucoup les
ventes de la viande et du poisson qui sont les plus importantes,
puis celles de la volaille, du gibier et des primeurs venus de
certains départements du Midi, de l'Algérie, de l'Espagne et
de l'Italie. On peut signaler aussi comme principaux produits
venant de l'étranger : le gibier de l'Allemagne, de la Russie et
de l'Angleterre ; le poisson de l'Angleterre, de la Belgique, de
la Hollande, de l'Espagne et de l'Italie ; les œufs d'un peu
partout, même de la Chine ; les lièvres australiens de l'Angleterre, etc. En résumé, la part contributive de l'étranger dans
les apports aux Halles centrales, infime pour la viande comme
pour les animaux de boucherie, est pour le gibier de 4 %,
mais s'élève à 25 % pour le poisson et à 33 % pour les œufs.

L'expression de *carreau forain* désigne les espaces décou-
verts tels que rues, places, carrefours, situés autour des Halles
centrales dans un rayon de 1 kilomètre environ. La superficie
du carreau forain évaluée de 3^{ha} 23^a à 3^{ha} 50^a, suivant l'importance des apports, est affectée aux propriétaires de fruits et

légumes habitant les environs de Paris (jardiniers-maraichers de la banlieue), ainsi qu'aux cultivateurs de la région qui s'étend de Pontoise à Palaiseau et de Versailles à Melun. Près de 14 000 voitures et le chemin de fer d'Arpajon (banlieue sud) amènent journellement, vers 3 heures du matin, sur le *carreau forain,* les produits agricoles et horticoles, véritables montagnes de choux, de carottes, etc., dont l'amoncellement constitue un spectacle réellement curieux.

Au total, le montant de la vente en gros dans les pavillons des Halles s'élevait, en 1906, à 203 millions de kilos, auxquels les documents officiels ajoutent les 275 millions de kilos, évaluation de la quantité que représentent les ventes en gros du carreau forain, soit en tout 478 millions de kilos.

Autres marchés alimentaires. — En dehors du marché de la farine transporté à la Bourse du commerce et de la Halle aux vins, qui fonctionnent dans des conditions spéciales, Paris compte 50 marchés alimentaires de détail répandus dans tous les quartiers. Les marchands qu'on y rencontre apportent leurs produits, mais s'approvisionnent aussi aux Halles centrales. Leur nombre tend à diminuer, concurrencé qu'il est par les fruitiers, les épiciers et les marchands de comestibles. Nous devons mentionner enfin les marchands ambulants et des quatre-saisons (petites voitures), tous vendeurs de deuxième et de troisième main.

L'importance, en quantité, des ventes au détail de ces 50 marchés de quartier est impossible à connaître. Il en est de même pour les ventes en détail des Halles centrales et du carreau forain, ainsi que pour celles faites par les commerçants de produits alimentaires qui leur parviennent directement. On ne saurait, d'ailleurs, distinguer les produits et denrées vendus de seconde main, d'où impossibilité de totaliser les quantités vendues sous peine de double emploi, et, par suite, de connaitre les quantités réellement disponibles pour la consommation.

Même réflexion, à ce dernier point de vue, pour certains produits, comme le lait, le sucre et l'épicerie, dont ne sont relevés que les arrivages amenés par chemins de fer, sans qu'il soit tenu compte des stocks, des exportations et de la vente à domicile. Toutefois, à côté de la viande, des produits et denrées vendus en gros aux Halles centrales et sur le carreau forain, on peut connaitre aussi la quantité de pain fabriqué annuellement (286 920 000 kilos) et la quantité de vin consommé (6 490 804 hectolitres). Tels sont les produits alimentaires dont les quantités, rapprochées du chiffre de la population, permettraient de connaitre la consommation annuelle individuelle. Exemple : la viande, dont les 200 millions de kilos donnaient pour chaque habitant de Paris, en 1906, 71 kilos, moyenne un peu paradoxale, vu la population disparate à laquelle elle s'applique, mais moyenne utile comme instrument de comparaison d'époque à époque ou de produit à produit.

Obligé que nous sommes de nous résumer en quelques pages, nous nous arrêterons ici, en exprimant nos regrets de n'avoir pu traiter que d'une façon sommaire certains côtés seulement de la grosse question de l'alimentation parisienne.

E. FLÉCHEY.

LA CONSOMMATION DU TABAC

'ÉTAT a le monopole de la fabrication et de la vente du tabac. Les produits de ses manufactures et ceux qu'il achète à l'étranger sont mis à la disposition des consommateurs dans des bureaux de tabac, approvisionnés par des entrepôts spéciaux ressortissant à la Direction générale des contributions indirectes.

Les vingt arrondissements de Paris comptent quatre entrepôts spéciaux et 1 048 bureaux de tabac.

L'État n'intervient dans le fonctionnement des bureaux de tabac que pour en déterminer le nombre et l'emplacement, en nommer les titulaires, désignés communément sous le nom de débitants, et fixer les prix de vente au public de chaque qualité de produits.

Il reste étranger aux résultats financiers de l'exploitation, mais il en exerce le contrôle administratif.

Les débitants ont seuls le droit de vendre le tabac au détail. Leur intérêt, comme celui de l'État, est d'en vendre beaucoup. Ils s'y emploient de leur mieux et il n'est que justice de reconnaître la bonne tenue de leurs installations, l'aménité et la probité de leur personnel, leur application à satisfaire les goûts ou les fantaisies des consommateurs, leur constante égalité d'humeur, qu'il s'agisse de peser pour dix centimes de tabac ou de vendre un cigare de 3 francs.

Leurs rapports avec l'administration ne sont pas moins à louer que leurs rapports avec le public.

*
* *

L'État a employé aux produits fabriqués par ses vingt manufactures, dans des proportions sensiblement égales, les tabacs récoltés en France et les tabacs en feuilles achetés aux États-Unis (Maryland, Virginie, etc.), à la Havane, au Brésil, à Manille, en Turquie, en Hongrie, en Russie, etc.

Il s'est approvisionné en produits fabriqués à l'étranger, savoir :

Cigares : 16 506 936, soit en poids 66 027^{kg}744 de tabac.

Cigarettes : 66 098 745, soit en poids 66 098^{kg}745 de tabac.

Scaferlatis (anglais, américains, ottomans) : 4 851 kilos.

L'exploitation du monopole des tabacs a donné à l'État, en 1906, pour la France entière, un bénéfice net qui s'élève à 376 074 508^{f}45, sur un produit brut de 459 519 285^{f}07.

Par comparaison avec l'exercice 1905, l'augmentation a été de 6 254 414 francs, fournie, en totalité, par les produits en tabacs de qualité supérieure.

Ce résultat est dû surtout à la décision du 8 mai 1905, par laquelle M. Rouvier, ministre des finances, autorisait la vente au détail et par unité, dans tous les débits, des cigares de luxe, qui n'étaient, auparavant, livrés aux consommateurs qu'en boites ou paquets dans quatre entrepôts spécialisés.

La vente des tabacs ordinaires avait, en effet, diminué en 1906 de plus de 4 millions de francs sur son produit en 1905.

*
* *

Pour répondre aux critiques que les adversaires du monopole se plaisent à adresser aux manufactures de l'État, il est bon de leur opposer le soin qu'elles apportent à multiplier les produits livrés à la consommation.

La nomenclature en est intéressante.

Produits de fabrication française :

Six qualités de tabac à fumer, en paquets ou en cigarettes : Caporal ordinaire, supérieur et doux, Maryland, Levant ordinaire et supérieur ;

Trois qualités de cigarettes sans papier : Damitas, Senoritas, Ninas ;

Quinze qualités de cigares, de 5 centimes à 50 centimes le cigare ;

Produits de fabrication étrangère :

142 variétés de cigares de la Havane, de 20 centimes à 5 francs le cigare ;

15 variétés de cigares du Mexique ;

4 marques de cigares de Manille ;

63 variétés de cigarettes : algériennes, 4 ; allemandes, 3 ; américaines, 3 ; anglaises, 13 ; égyptiennes, 21 ; havanaises, 2 ; ottomanes, 7 ; roumaines, 3 ; russes, 7 ;

8 variétés de tabacs à fumer : américain, 1 ; anglais, 3 ; ottomans, 4.

Le commerce libre ne ferait pas mieux, et il faut considérer que les débitants de tabacs apportent à l'administration la collaboration la plus méritoire pour la vente de tous ses produits.

On en jugera, en ce qui concerne les débitants de Paris, par les résultats de leurs opérations annuelles.

Les 1 048 débitants, répartis dans les vingt arrondissements, et les trois débits intérieurs fonctionnant au Sénat, à la Chambre des députés et à l'Hôtel-de-Ville, ont vendu, en 1907 :

Tabacs de luxe	111 174^{kg} pour un prix de	6 308 587^f
Tabacs de vente courante.	3 542 141 — —	57 425 379
Soit ensemble. . .	3 653 315^{kg} pour un prix de	63 733 966^f

La consommation des tabacs de luxe varie de 15 864 kilos dans l'arrondissement de l'Opéra (IXe) à 527 kilos dans l'arrondissement des Buttes-Chaumont (XIXe).

Elle dépasse 10 000 kilos dans quatre arrondissements, ceux du Louvre (Ier), de la Bourse (IIe), de l'Élysée (VIIIe) et de l'Opéra (IXe).

Elle atteint encore 6 000 kilos dans le XVIe arrondissement (Passy) et le XVIIe (Batignolles-Monceau).

En tabacs de vente courante, c'est le XVIIIe arrondissement (Montmartre) qui vient en tête avec 279 155 kilos, le plus faible étant celui du Luxembourg (VIe) avec 109 029 kilos.

Les trois débits du Sénat, de la Chambre des députés et de l'Hôtel-de-Ville vendent 14 501 kilos de tabacs de luxe, d'un produit de 397 104 francs.

La recette de 63 733 966 francs est effectuée et les 3 653 315 kilos de tabacs sont reçus des manufactures, vérifiés, mis en magasin et délivrés en détail aux 1 051 débitants, avec une dépense de personnel et de frais de bureau de 72 000 francs seulement, pour les quatre entrepôts spéciaux qui en ont la charge.

Quatre autres entrepôts, dits de vente directe, ont en outre vendu aux consommateurs 49 470 kilos de tabacs de luxe, d'un produit de 4 millions de francs.

Au total, le produit du monopole des tabacs ressort, pour Paris, au septième environ de son rendement pour la France entière.

*
* *

L'histoire nous apprend que, lorsque le Nimois Jean Nicot rapporta de son ambassade en Portugal, vers l'année 1560, les premières graines de tabac, il les présenta à Catherine de Médicis comme donnant une plante médicinale merveilleuse pour la guérison de maladies réputées incurables.

Les premières applications en furent faites au soulagement des misères physiques et, grâce à ces effets, plus ou moins justifiés, qu'on lui attribuait, le tabac, ou le petun, comme on l'appela à l'origine, s'implanta en France et sa culture y prit rapidement un essor que ses autres usages ne firent que développer sans discontinuité.

Il y a un rapprochement intéressant à faire entre ces mobiles philanthropiques de l'introduction et de la vulgarisation du tabac en France et l'aide généreuse que le mode actuel de concession des bureaux de tabacs permet à l'État d'accorder, sans charge aucune pour lui, aux familles de ceux qui l'ont fidèlement servi.

On sait, en effet, que les bureaux de tabacs sont attribués gratuitement par le ministre des finances, sur l'avis conforme d'une commission spéciale, aux veuves et enfants de fonctionnaires décédés sans laisser de ressources suffisantes à leur famille.

Un nombre permanent de près de cinquante mille personnes jouissent de cette faveur de l'État.

Les unes gèrent directement leurs bureaux et en ont tous les profits ; les autres — et pour Paris c'est la presque totalité — les louent à des gérants et en partagent avec eux les bénéfices, sous la forme d'un fermage annuel, net de toutes charges.

Ce régime administratif apporte annuellement au budget de la France une recette nette de plus de 375 millions de francs et assure à cinquante mille familles la tranquillité de la vie.

M. MALZAC.

LA PETITE INDUSTRIE

PPELÉ à traiter, dans cet ouvrage collectif, la question des « petites industries de Paris », il nous eût été agréable d'envisager la matière au point de vue pittoresque, d'énumérer, à la suite de Privat d'Anglemont, les bizarres divisions du travail et spécialisations de fonctions qu'engendre une immense agglomération telle que Paris, de parler des ramasseurs de « mégots » ou bouts de cigares et de cigarettes, des trouveurs de sous, des déchargeurs de bagages de voyageurs, qui suivent les voitures de la gare au domicile, et de cent autres métiers bizarres par lesquels des spécialistes arrivent, à Paris, à se faire une maigre « matérielle ».

Mais, quelque amusant qu'eût pu être un semblable travail au point de vue du pittoresque, nous avons dû y renoncer parce qu'il nous aurait amené à dresser des types exceptionnels, et nous aurait éloigné des austérités de la statistique.

Voulant faire de la statistique, c'est-à-dire conférer des chiffres, force nous a été de nous occuper des industries qui, tout en étant petites, font nombre.

Une première difficulté s'est dressée devant nous : que doit-on appeler « petites industries » ? Celles exercées dans un petit nombre d'établissements quelle que soit l'importance du personnel y employé, ou celles dans lesquelles chaque établissement n'emploie qu'un petit nombre de personnes, ces établissements soient-ils très nombreux ?

Envisageant la tâche qui nous était demandée d'un point de vue d'utilité sociale, nous avons adopté cette dernière définition.

Il est courant, dans les milieux socialistes, d'affirmer que la petite industrie, qui fut celle d'autrefois, a disparu, tuée par la grande entreprise machino-facturière. Nous avons voulu savoir ce qu'il en était pour Paris.

Naturellement, nous ne pouvions nous livrer à une enquête sur le vif. Les compagnies disposant de grands moyens, telle la Chambre de commerce de Paris, ne procèdent elles-mêmes que rarement à de semblables enquêtes. Nous avons donc dû extraire nos chiffres de ceux contenus dans une enquête officielle, et la plus récente où nous ayons pu puiser est le recensement de la population, établi en 1901.

Ce recensement contient un certain nombre de pages relatives à la ville de Paris, et c'est là que nous avons puisé.

Les industries et commerces énumérés dans ces intéressants tableaux sont si nombreux, que nous ne pouvions y rechercher toutes celles et tous ceux qui consistent en de petits établissements ; cela aurait débordé de beaucoup la place qui nous fut allouée.

Heureusement, ces industries et commerces sont groupés, dans le rapport, à l'aide d'une communauté de caractères parfois un peu indécis, mais cependant utiles. C'est de ces groupes que nous nous sommes occupé.

Quelque bizarre que cela puisse paraître, le premier groupe qui se présente à nous est celui de l'*Agriculture*. Oui, vraiment ! on fait de l'agriculture, de l'élevage et de l'arboriculture dans l'enceinte des fortifications ; il y pousse autre chose que des maisons.

Il existe dans Paris 547 établissements adonnés à cette industrie, lesquels ont 881 chefs ; 58 de ces établissements n'emploient pas d'auxiliaires, 442 en emploient de 1 à 4, et 41 seulement de 5 à 10. C'est donc une petite industrie. Nous y trouvons en outre une catégorie dite des « travailleurs isolés », qui doivent être des cultivateurs travaillant chez eux, en famille. Ils sont, dans l'agriculture parisienne, au nombre de 379.

Ensuite, viennent les *industries de transformation de produits alimentaires*. Nous y trouvons 4 262 entreprises ayant 4 206 chefs mâles et 2 668 féminins. Il est certain que l'on a dédoublé le nombre des chefs des établissements dirigés par un mari et une femme, puisqu'il y en a plus que d'établissements. Cela donne à ces établissements les caractères de l'industrie domestique. 159 de ces établissements n'occupent pas d'auxiliaires, 3 103 en ont de 1 à 4, et 691 de 5 à 10. Cela devient, dans ce dernier cas, de l'industrie moyenne. Ajoutons 175 « travailleurs isolés ».

Les *industries dites chimiques* rentrent dans la catégorie de l'entreprise relativement grande. Pour une population de 135 614 personnes, il n'y a que 382 entreprises, ce qui fait une moyenne de 35 ouvriers pour chacune. Cependant, on en trouve 18 qui n'emploient pas de salariés, 148 qui n'en ont que de 1 à 4, et 102 qui vont de 5 à 10.

Les *industries du caoutchouc et du papier* sont dans le même cas que celles du groupe précédent. Nous y trouvons 954 entreprises dont 46 seulement n'ont pas de salariés; 510 n'en emploient que de 1 à 4, et 176 de 5 à 10. Nous trouvons, en outre, 749 « travailleurs isolés ».

La *Polygraphie,* qui comprend tout ce qui s'imprime et se dessine à la main, s'exerce dans 1 991 établissements, dont 68 n'ont pas de salariés; 1 106 en ont de 1 à 4, et 326 de 5 à 10. N'oublions pas 972 « travailleurs isolés ».

Les *industries textiles* ont 2 173 établissements, dont 97 sans auxiliaires; 1 455 en occupent de 1 à 4, et 336 de 5 à 10. A ces chiffres il faut joindre 5 886 « travailleurs isolés ».

Les *industries travaillant les étoffes,* dont la distinction avec les précédentes est sans doute un peu subtile, s'exercent dans 24 169 établissements, parmi lesquels 1 093 n'emploient pas d'auxiliaires, tandis que 19 443 en ont de 1 à 4. A ces chiffres, il faut aussi ajouter 130 078 « travailleurs isolés ».

Le groupe des *pailles, plumes et crins* se présente avec 576 établissements, dont 56 sans auxiliaires et 323 avec de 1 à 4 ouvriers et employés; plus 1 647 « travailleurs isolés ».

Les *cuirs et peaux* ont 3 547 établissements, dont 300 sans auxiliaires et 2 395, c'est-à-dire la majorité, avec de 1 à 4 salariés; plus 9 629 « travailleurs isolés ».

Les *industries du bois* possèdent 7 285 entreprises, sur lesquelles 172 n'ont pas d'auxiliaires et 5 225 en ont de 1 à 4; ici s'ajoutent encore 5 181 « travailleurs isolés ».

Les *industries travaillant les métaux ordinaires* sont exercées dans 8 725 établissements, dont 148 sans auxiliaires, 5 629 avec de 1 à 4; « travailleurs isolés » 5 961.

Pour les *métaux fins,* nous trouvons 1 856 entreprises, dont 66 sans auxiliaires, 1 129 avec de 1 à 4, et 803 « travailleurs isolés ».

La *taille des pierres et le moulage* comportent 574 établissements, dont 14 sans auxiliaires, 382 en employant de 1 à 4, plus 484 « travailleurs isolés ».

La *construction et les industries annexes,* dont les établissements sont au nombre de 3 936, n'ont naturellement que fort peu d'entreprises sans auxiliaires, soit 28 ; cependant, il y en a 2 368 n'en employant que de 1 à 4, et seulement 692 en employant de 5 à 10. Il y faut joindre 1 720 « travailleurs isolés ».

La *céramique et verrerie* est entreprise par 600 établissements, dont 21 n'employant pas d'auxiliaires, 355 en ayant de 1 à 4 et 116 de 1 à 10 ; plus 323 « travailleurs isolés ».

Nous écartons les *entreprises de manutention et transports* qui sont principalement de la grande ou du moins de la moyenne industrie, pour arriver au groupe des *commerces généraux et divers.* Ici, nous trouvons naturellement un grand nombre d'établissements : 50 857. Sur ce nombre, un cinquième environ (10 018) n'emploient pas d'auxiliaires ; 33 265 ou 65 °/₀ en ont de 1 à 4 ; enfin 4 333 en occupent de 5 à 10. Il ne reste donc, pour les catégories employant des auxiliaires aux nombres de 11 à 20, de 21 à 100, de 100 et au-dessus, que 2 169 établissements, soit 4,3 °/₀ du chiffre total, pour représenter le moyen et le grand commerce et notamment les « grands magasins » dont on parle tant. Il y a, enfin, dans cette catégorie aussi, 47 371 « travailleurs isolés », dont 23 688 hommes et 23 683 femmes, parmi lesquels se trouvent sans doute compris les commerçants ambulants ou se tenant sous les portes cochères avec permission de la préfecture de police et ne payant pas de patente.

Si, maintenant, nous considérons l'ensemble des industries et commerces, nous trouvons qu'il existe à Paris 12 900 — soit 10 °/₀ du nombre total de 123 460 — établissements industriels ou commerciaux n'occupant point d'employés, où, par conséquent, suffit le travail du chef et de sa famille ; 85 000 — environ 69 °/₀ du nombre total — n'en occupant que de 1 à 4, ce qui est encore de la petite, et même toute petite industrie ou du petit commerce. Ces deux catégories réunies représentent donc environ 80 °/₀ du total. Enfin, il existe 264 000 « travailleurs isolés », qui sont soit des façonniers travaillant chez eux avec le concours de leur famille, soit de petits commerçants ambulants, soit des ouvriers travaillant à domicile ou sans emploi régulier.

Comme on le voit, la petite industrie et le petit commerce ne sont pas morts à Paris ; il est quelque peu prématuré d'annoncer leur disparition.

Ch.-M. Limousin.

LA BOURSE

E palais de la Bourse est situé au milieu de la place qui porte son nom. Ce froid monument, qu'Alfred de Musset eût considéré, non sans raison,

Comme un grenier à foin, bâtard du Parthénon,

est en réalité une halle : la halle des fonds publics, le marché des valeurs mobilières, de tous ces chiffons de papier appelés rentes, actions, obligations, parts.

La place de la Bourse est traversée, devant le palais de la Bourse, par la rue Vivienne, qui part du Palais-Royal pour aboutir au boulevard Montmartre; derrière, par la rue Notre-Dame-des-Victoires, qui part de la place des Petits-Pères pour aboutir rue Montmartre. Plusieurs rues, la rue de la Bourse, la rue du Quatre-Septembre, celles des Filles-Saint-Thomas, de la Banque, Réaumur, traversent la place de la Bourse ou y aboutissent.

Le marché des valeurs mobilières, sous l'ancien régime, se tenait du côté des Halles, rue Quincampoix. Ce fut sous Napoléon Ier, en 1808, que l'architecte Brongniart commença le palais. Il fut terminé par Lasalle et ouvert le 6 novembre 1826.

Commencé aux frais de l'État, il fut terminé à l'aide de contributions particulières fournies par les commerçants, la Compagnie des agents de change et la ville de Paris. Mais la Bourse ayant été édifiée sur un terrain de l'État, la propriété du sol lui a fait acquérir celle des constructions par la loi du 17 juin 1829. La construction de ce monument a coûté 8 479 192 francs. Pendant soixante-quinze ans, le palais de la Bourse ne subit aucune transformation; il fut agrandi à partir de 1902 par l'adjonction des deux ailes qui ont donné au monument la forme d'une croix. Ces agrandissements furent inaugurés en décembre 1903 et définitivement terminés en 1906.

Les embellissements et agrandissements de la Bourse de Paris, dus à l'initiative et à l'activité du syndic de la Compagnie des agents de change, sont encore moins remarquables que l'accroissement prodigieux du nombre des valeurs qui se négocient sur ce marché et du capital qu'elles représentent.

En 1826, 56 valeurs étaient inscrites à la cote officielle de la Bourse de Paris; en 1908, 1 212 titres divers s'y négociaient officiellement.

Ces titres comprenaient : les rentes françaises 3 °/₀, perpétuelle et amortissable, et les obligations du Trésor à court terme; 14 emprunts de colonies et protectorats français; 12 emprunts de départements français; 48 emprunts de villes; 185 emprunts de fonds d'États étrangers; 44 titres de compagnies d'assurances, dont 2 étrangères; 40 banques et institu-

tions de crédit françaises et 30 étrangères ; 9 sociétés immo-
bilières ; 6 canaux ; 56 compagnies de chemins de fer françaises et 35 étrangères ; 22 compagnies de tramways ; 16 sociétés
de docks et eaux ; 31 sociétés d'électricité ; 25 sociétés pour
la fabrication du gaz ; 39 forges et fonderies ; 30 houillères ;
23 mines métalliques ; 19 sociétés de phosphates, engrais et
produits chimiques ; 5 ports ; 18 compagnies de transports ;
enfin 93 valeurs diverses.

Depuis 1826, le nombre de valeurs inscrites à la cote officielle et négociables à la Bourse de Paris, sans compter les
valeurs inscrites aux cotes et négociables en banque, a suivi
la progression suivante :

Années	Nombre de valeurs	Années	Nombre de valeurs
1826. . .	56	1890. . .	774
1830. . .	63	1900. . .	1 141
1840. . .	72	1902. . .	1 078
1850. . .	129	1904. . .	1 083
1860. . .	221	1906. . .	1 155
1870. . .	400	1908. . .	1 212
1880. . .	652		

Le capital représenté par ces titres divers, évalués au cours du
31 décembre 1908, titres et fonds étrangers compris, s'élevait à 133 milliards 383 millions, se décomposant ainsi :

Titres et fonds français. .   65 milliards 738 millions
Titres et fonds étrangers. .   67   —   645   —

Les pays étrangers dont les fonds d'État ou titres divers
sont cotés officiellement ou négociables à la Bourse de Paris
sont, par ordre alphabétique, les suivants :

Angleterre, Argentine, Autriche-Hongrie, Belgique, Brésil,

Bulgarie, Chili, Chine, Colombie, Congo, Cuba, Danemark, Égypte, Espagne, États-Unis, Finlande, Grèce, Haïti, Hollande, Italie, Japon, Maroc, Mexique, Norvège, Pérou, Portugal, Roumanie, Russie, Serbie, Suède, Suisse, Transvaal, Turquie, Uruguay.

Sur 133 milliards de fonds d'État et titres français et étrangers négociables à la Bourse de Paris, sur le marché officiel, près de 68 milliards s'appliquent à des fonds et titres étrangers.

En présence du nombre croissant de titres étrangers négociables à Paris, on a pu dire que pour apprendre la géographie la cote de la Bourse pourrait suffire, car presque tous les États s'y trouvent inscrits.

*
* *

La Bourse est ouverte tous les jours, excepté le dimanche et les jours de fêtes légales, de midi à 3 heures ; un coup de cloche annonce soit l'ouverture, soit la fermeture du marché.

Tous les samedis de mai et juin et tous les jours de juillet, août et septembre, la Bourse ferme à 2 heures au lieu de 3, sauf les jours de liquidation.

L'entrée de la Bourse est libre, mais elle est seulement permise aux hommes.

Sous le péristyle de la Bourse, au-dessus des marches, se tient *le marché en banque,* marché non officiel, où se négocient, par l'intermédiaire des membres des syndicats des banquiers en valeurs à terme et au comptant, les titres de mines d'or et autres valeurs les plus diverses. Les banquiers opérant à terme forment des groupes distincts de ceux opérant au comptant.

Il y a 170 banquiers ou maisons inscrites au marché des

valeurs à terme et au comptant, et 74 au marché des valeurs à terme et à la coulisse de la rente.

C'est à l'intérieur de la Bourse que se tient le *marché officiel* appelé aussi *parquet,* parce que chaque groupe est aménagé sur un plancher.

Les opérations du marché officiel sont effectuées par 70 agents de change, et par leurs commis principaux, au nombre de six par charge, appelés aussi *assesseurs* ou *teneurs de carnet.*

En entrant dans la Bourse, les quatre groupes que l'on rencontre sont : 1° le groupe dit de l'*Extérieure,* où se négocient l'Extérieure espagnole et les divers titres espagnols ; 2° le groupe dit du *Rio,* comprenant les actions Rio-Tinto, Aguilas, fonds haïtiens, portugais, actions Tabacs du Portugal, Banque Afrique du Sud, actions et obligations chemins portugais ; 3° le groupe dit du *Métro,* comprenant les actions Métropolitain, Nord-Sud, etc. ; 4° groupe dit du *Turc,* où se négocient les fonds turcs, serbes et bulgares, les actions de la Banque ottomane, etc.

Ces quatre groupes n'effectuent, sur les valeurs qui leur sont respectives, que des opérations à *terme,* et la négociation de toutes les autres valeurs du marché à terme est faite par les agents de change en personne : ils se tiennent à la *corbeille,* au centre même de la Bourse.

De chaque côté de l'allée que prennent les agents de change pour se rendre de leur *cabinet* à la corbeille, se trouvent encore deux emplacements : l'un, celui de gauche, est réservé pour les opérations à terme sur la rente française et autres fonds publics français ; à côté, se trouve également le marché de la rente française en coulisse ; l'autre emplacement, celui de droite, est réservé pour le marché au *comptant :* c'est là que se

9

négocient, au comptant, toutes les valeurs inscrites à la cote officielle.

Quand nous aurons dit que c'est dans les deux grands halls formés par les agrandissements de la Bourse que se tiennent les représentants des grandes banques et sociétés de crédit, ainsi que les banquiers, coulissiers, remisiers ; que dans la partie supérieure de la Bourse se trouvent les cabines du téléphone, nous aurons à peu près indiqué ce qui peut intéresser un visiteur de notre grande halle des fonds publics et valeurs mobilières.

Ajoutons enfin que la police, tant extérieure qu'intérieure, de la Bourse est confiée au préfet de police.

Un commissaire spécial, exclusivement attaché au palais de la Bourse, est chargé d'assister aux séances. Il transmet les cours de la rente au ministre des finances, etc.

Alfred Neymarck.

L'OR ET L'ARGENT

ES chimistes affirment que, à l'état de traces infinitésimales, l'or se rencontre dans la pierre meulière des environs de Paris. Ce n'est pas de cet or-là qu'on veut parler ici, car il est inexploitable. Les vraies mines d'or, celles dont l'abondance alimente le monde, semblent au contraire nous fuir. Il faut les aller chercher très loin des bords de la Seine, vers l'Est, vers l'Ouest, vers le Sud ou vers le Nord, en Sibérie, en Australie, à l'extrémité de l'Afrique, dans les profondeurs des deux Amériques ou jusque sous le ciel glacé du Klondyke. Et, toutes proportions gardées, n'en pourrait-on pas dire autant de l'argent ?

Cependant l'argent et l'or, traversant les mers, sont venus s'accumuler abondamment sur ce point du globe d'où la nature semblait les écarter ; et nos stocks métalliques vont croissant, plus peut-être que de raison.

Les Parisiens et les Parisiennes n'ont pas encore pris modèle sur ces peuples d'Orient qui, sous forme de colliers, bracelets, anneaux, etc., portent avec eux et sur eux une partie de leur richesse. On peut dire néanmoins qu'à Paris l'or et l'argent ouvrés courent les rues. Rares sont, même dans les faubourgs, les mains où ne brille pas une bague, une alliance. Rien n'est plus commun, chez les hommes, qu'une chaîne d'or ou d'argent, chez les femmes, qu'une broche et des boucles d'oreilles. Notre République n'a jamais rappelé les austérités de l'antique Lacédémone. Il suffit, pour s'en convaincre, d'un coup d'œil jeté sur les étincelantes vitrines de nos grands joailliers ou de nos grands orfèvres de la place Vendôme et de la rue de la Paix.

Mais c'est moins pour orner nos personnes que pour servir nos intérêts que les métaux précieux se donnent si volontiers rendez-vous à Paris. Et deux visites, dont chacune a son agrément, en donneront la preuve à nos invités.

Qu'ils aillent à l'Hôtel des Monnaies. Plus d'une surprise les y attend. D'abord son architecture même : vous vous attendiez à voir une usine et c'est dans un joli palais Louis XV que l'on vous fait pénétrer. Il est vrai que cette fabrique est aussi un musée, musée numismatique dont les riches collections complètent celles du Cabinet des médailles de la Bibliothèque nationale. Mais pour bien étudier cette multitude d'effigies anciennes ou modernes, il faudrait beaucoup d'heures. Il n'en faut qu'une pour parcourir les ateliers où, par plus de vingt opérations successives, les lingots jaunes et blancs, venus des extrémités du globe, se transforment peu à peu en « bonnes espèces sonnantes et trébuchantes », ainsi que disaient nos pères.

On travaille beaucoup dans ces ateliers-là. L'émission des gros écus d'argent a cessé en France il y a déjà trente ans : cette interruption était la conséquence forcée de la baisse

du métal blanc. Mais, sans parler des sous d'aluminium, qui
ne sont encore qu'à l'état de projet, nos presses ont à livrer
chaque année une foule de monnaies, ou nationales, ou colo-
niales, ou étrangères, monnaies d'or, monnaies d'argent,
monnaies de nickel, monnaies de bronze. L'outillage qui leur
donne leurs empreintes est un peu bruyant ; mais sa précision
égale sa puissance et il y a plaisir à voir pleuvoir dans les sébiles
de bois les belles pièces de 20 francs signées Chaplain, les
gentilles semeuses signées Roty, les larges piastres indo-chi-
noises, les ménéliks, les bolivars, les leptas de Crète et les
onces marocaines, les sapèques tonkinoises, les reis brésiliens,
les stotinkis bulgares, etc., etc.

Les barres d'argent se font parfois si nombreuses au quai
Conti qu'on les empile un peu partout ; et le visiteur s'inquiète de cette apparente imprudence, oubliant que leur
poids même les défend mieux que n'importe quelles serrures
de sûreté. On laisse moins de liberté à l'or : les armoires où
on l'enferme ne sont pas de celles dont les clefs traînent et
il faut des protections pour pouvoir y jeter un coup d'œil.
Ce qui est surtout curieux à regarder, c'est la fusion et la
coulée de l'or. Chaque creuset contient une valeur d'environ
200 000 francs et une température de 1100° est suffisante pour
rendre l'or aussi liquide que le mercure, aussi éblouissant que
la lumière électrique. Quand on le verse dans les lingotières
d'où il ressortira à l'état de lames, il se produit un vrai feu
d'artifice, dont il va sans dire que les étincelles ne seront pas per-
dues. L'ébarbage des lames, les cylindrages successifs qui en
font de longs et minces rubans, le découpage qui, à l'emporte-
pièce, extrait de ces rubans le plus de flans possible, sont des
spectacles variés et pittoresques. Le dernier mot du machinisme est dit par les fines balances automatiques chargées de

reconnaître, avant et après la frappe, si les pièces sont *droites* de poids, ou *lourdes,* ou *légères.* La pièce neuve de 20 francs doit légalement peser 6^{gr}4516. Un excédent ou une insuffisance de 13 milligrammes serait un vice rédhibitoire et, en fait, l'administration tient à honneur de réduire encore la marge de ces étroites tolérances. Les balances de cuivre qui, sans erreur possible, effectuent ce délicat triage, sont très amusantes à voir fonctionner. Enfermées dans de petites cages de cristal, elles prennent une à une les disques qu'une gouttière inclinée leur amène. Elles les interrogent sans bruit et, tout de suite, selon la réponse, elles les classent dans tel ou tel récipient. D'autres contrôles, qu'il serait trop long d'énumérer ici, précèdent ou suivent celui-là. L'un des derniers est purement acoustique. Pour s'assurer que l'or monnayé sonne bien, le sonneur projette chaque pièce, d'un geste identique, sur un petit bloc d'acier. La même note, claire et vibrante, se fait entendre 99 fois sur 100. Tout à coup survient une dissonance : c'est une pièce *pailleuse* qu'il faut éliminer et qui retournera au feu.

Pour mesurer comparativement le travail réalisé chaque année à la Monnaie de Paris, on multiplie l'un par l'autre le poids, le nombre et la valeur des pièces frappées. Le produit de ces trois facteurs a atteint son maximum en 1897 : 111 millions de pièces, pesant 905 tonnes et valant 345 millions de francs. Les roubles russes n'avaient pas peu contribué à cette activité exceptionnelle. L'établissement pourrait, au besoin, produire plus encore.

Au sortir des ateliers monétaires, le visiteur est conduit à l'atelier des médailles. C'est là que fleurissent en toute saison ces belles fleurs de bronze, d'argent ou d'or qui ont fait la réputation des graveurs français de l'École contemporaine (plus de 500 000 médailles fabriquées et vendues par la Monnaie, en 1900).

L'autre exploration que nous croyons devoir recommander à nos hôtes est celle de la Banque de France. Le gouverneur, notre aimable collègue M. Pallain, leur en facilitera certainement l'entrée. A la Monnaie, c'était par centaines de millions que se chiffraient l'argent et l'or : à la Banque, c'est par milliards. Son encaisse métallique, gage d'une circulation qui dépasse 5 milliards de francs, a pris d'elle-même d'énormes proportions. Au 31 décembre 1908, c'était 4 milliards 350 millions, dont 3 milliards 450 millions d'or. La majeure partie de cet or est emmagasinée à Paris même, dans les sous-sols de la rue de la Vrillière. Et bien des gens se persuadent que, pour pouvoir donner asile à de tels trésors, ces caves doivent être extraordinairement larges et profondes. Mais non : les milliards ne tiennent beaucoup de place que dans l'imagination des hommes, et le lecteur va en juger.

Les spécialistes, négligeant le peu d'or que se partageaient nos ancêtres au temps de Christophe Colomb, évaluent à quelque chose comme 65 milliards l'or dont les hommes ont pu se rendre maîtres, dans le monde entier, depuis la découverte de l'Amérique. Notez que, de cet or, une bonne partie est déjà perdue : le tiers ou le quart peut-être. Il s'en perd tous les jours. Mais ne tenons pas compte de cette perte et demandons-nous quel volume représenterait, à l'état massif, cette somme énorme de 65 milliards, dont Paris détient environ la vingtième partie. Eh bien, ces 65 milliards formeraient presque exactement une tour carrée de 10 mètres de côté et de 10 mètres de hauteur. Rien que cela ? Pas davantage. Le calcul est facile à faire, étant donné que la densité de l'or est presque égale à vingt fois celle de l'eau et que le kilo d'or fin vaut 3 444 francs. Un cube de 10 mètres, c'est peu de chose. Et dire que c'est pour se disputer les miettes de ce gâteau que, sous toutes les latitudes, les hommes s'épuisent, se disputent, se combattent, s'entretuent !... Il y a des siècles et des siècles que dure cette lutte pour l'or, pacifique ou sanglante, et elle n'est pas près de finir ; la soif des richesses, l'*auri sacra fames,* n'a jamais été plus ardente que de nos jours et, comme Méphistophélès dans le *Faust* de Gounod, nos arrière-neveux pourront encore chanter :

Le veau d'or est toujours debout !

A. DE FOVILLE.

L'ÉPARGNE ET LA PRÉVOYANCE
POPULAIRES

ES familles parisiennes, comme toutes les familles françaises en général, ont un penchant marqué pour la prévoyance. Alors qu'Adam Smith, dans sa *Richesse des nations,* remarquait que de son temps il y avait peu d'économie dans les principales villes de France en dehors de Bordeaux et de Rouen, la transformation apportée dans notre état social par la Révolution et l'émancipation de l'individu qui en a été la conséquence, ont donné au Français le désir de poursuivre l'amélioration de son sort au moyen de l'épargne.

Aussi, chez nous, l'économie n'est pas spécialement le fait des classes riches ou même de la moyenne ou petite bourgeoisie; la prévoyance pénètre chaque jour plus avant dans les familles les moins aisées où l'épargne est cependant plus difficile, et il est assez commun de voir des ouvriers arriver, grâce à un pécule amassé sou par sou, à s'élever au petit patronat.

Mais si le goût de l'épargne est, on peut le dire, à peu près général, les emplois donnés à cette épargne sont différents suivant les milieux.

Lorsque les revenus de la famille permettent une large économie, l'épargne qui en résulte s'emploie directement, soit en achats immobiliers, soit en valeurs mobilières. Mais dans les budgets familiaux qui présentent moins d'élasticité, dans ceux notamment de notre petite démocratie, il faut que les épargnes journalières et mensuelles s'agrègent avant de pouvoir s'employer, et elles ont alors à franchir une période redoutable durant laquelle des tentations nombreuses peuvent assaillir les intéressés. Des caisses d'épargne, toutes créées dans un but désintéressé, sont là pour offrir leur concours aux prévoyants en acceptant jusqu'aux sommes les plus minimes, en les conservant et en les faisant fructifier jusqu'à ce qu'elles soient assez importantes pour permettre l'achat d'une valeur mobilière ou d'un petit champ.

Il y a deux sortes de caisses d'épargne : d'une part, les caisses d'épargne ordinaires dont la création est due à l'initiative privée ou à celle des municipalités ; d'autre part, la caisse d'épargne postale, qui est une caisse d'État et dont la direction est confiée à l'administration des postes : elles sont soumises à peu près aux mêmes règles et sont toutes tenues de verser leurs fonds à la Caisse des dépôts et consignations chargée de les gérer.

Afin de limiter autant que possible le rôle de ces caisses à l'épargne populaire, pour laquelle elles sont faites, et dans le but d'empêcher les personnes aisées de s'en servir comme d'un moyen d'obtenir un compte courant garanti à intérêt de faveur, on a réduit à 1 500 francs le maximum des sommes qui peuvent être déposées au cours d'une année et limité à la même somme le solde maximum du dépôt ; en même temps on a institué des sanctions contre les porteurs de doubles livrets.

Malgré ces limitations légales, le montant total des comptes des déposants était, au 1er janvier 1908, de 4 976 428 830 francs pour un nombre de déposants de 12 828 547, savoir :

Caisses ordinaires. .   3 542 978 216f pour 7 793 549 livrets
Caisse nationale. . .   1 433 450 614 pour 5 034 998   —

Dans ces chiffres, Paris et le département de la Seine sont représentés :

Par. . . . .   116 887 956f pour   640 974 livrets pour les caisses
                                                    ordinaires
Et . . . .   278 100 292 — 1 156 568 — pour la caisse
                                                    nationale
                          ————————   ————————
Soit au total .   394 988 248f pour 1 797 542 livrets

En dehors des dépôts faits aux caisses d'épargne, un certain nombre de personnes versent une partie de leurs économies à des caisses d'assurances afin de constituer un capital soit pour elles-mêmes, soit pour leurs ayants droit (assurances mixtes, assurances dotales, assurances en cas de décès). C'est le cas de la petite et moyenne bourgeoisie, mais on peut dire que cette nature d'assurance n'a presque pas pénétré dans la masse du peuple ; au contraire, l'assurance de rente viagère s'y est développée largement depuis un quart de siècle et elle fait de grands progrès.

Ces rentes viagères sont servies soit par des sociétés de secours mutuels, soit par des sociétés d'assurances privées, soit par des caisses spéciales établies par des chefs d'industrie ou par des groupements d'intéressés, soit enfin par la Caisse nationale des retraites pour la vieillesse.

Les sociétés de secours mutuels s'occupent non seulement

de la retraite, mais encore de la maladie. Elles se distinguent
en sociétés libres et sociétés approuvées. Ces dernières jouissent d'avantages spéciaux, notamment de subventions et de
bonifications d'intérêts effectuées par l'État. Elles peuvent
déposer leurs fonds, au taux de 4,50 %, à la Caisse des dépôts et consignations, soit en fonds libres, soit à un fonds
commun inaliénable de retraites. Au 1er janvier 1909, les
fonds libres ainsi versés s'élevaient à 199 562 550 francs, dont
110 380 200 francs déposés par les sociétés de Paris et du
département de la Seine. Les fonds communs atteignaient
à cette même date la somme de 128 269 043 francs, dont
47 020 869 francs appartenant aux sociétés de Paris et de la
Seine. Au montant de ces fonds communs, dont les intérêts
sont affectés au service direct des pensions par les mutualités
elles-mêmes, il convient d'ajouter les capitaux provisoirement
confiés, pour la constitution des pensions à capital réservé, à la
Caisse nationale des retraites pour la vieillesse, dont nous
examinerons tout à l'heure le fonctionnement. En outre,
certaines sociétés de secours mutuels, en nombre croissant,
recourent de plus en plus largement à cette même Caisse
nationale des retraites pour la vieillesse en versant directement à cette institution, sur livrets individuels, les coti-
sations destinées à la formation des retraites mutualistes.
C'est surtout le cas des sociétés scolaires, dont le but est de
grouper en mutualité les enfants des écoles en leur demandant
une simple cotisation de 10 centimes par semaine : les cotisa-
tions, grossies des subventions allouées par l'État, sont versées
à la Caisse nationale au compte de ces enfants qui se trouvent
ainsi économiser, sans effort, une somme, minime il est vrai,
mais suffisante néanmoins, en raison de l'âge des jeunes prévoyants, pour leur laisser entre les mains un livret leur assu-

rant une petite rente et ayant de plus l'avantage de les inciter, après avoir quitté les bancs de l'école, à continuer les versements auxquels ils ont été accoutumés.

Les contrats de rentes viagères souscrits auprès des compagnies d'assurances privées ont un caractère différent et ne peuvent être que pour une petite partie rattachés à l'épargne populaire. Il n'en est pas moins intéressant de donner ici le nombre de ceux consentis par les principales compagnies d'assurances françaises, les seules dont il soit possible de donner la statistique. Ils sont, au 1er janvier 1908, au nombre de 136 829 représentant 99 411 902 francs de rentes viagères, et l'on peut estimer à 20 000 ceux de ces contrats souscrits par les Parisiens pour 33 millions de rentes viagères, si l'on tient compte de ce que certains contrats, bien que souscrits en fait à Paris, concernent des assurés habitant les départements.

Pour les caisses spéciales établies par des industriels ou par des groupements d'intéressés, il est difficile de dresser une statistique, mais nombreuses sont celles qui se sont constituées pour assurer des retraites aux ouvriers et employés, moyennant des retenues sur leurs salaires, complétées par des versements correspondants des patrons. C'est ainsi que certaines Compagnies de chemins de fer ont des caisses spéciales très importantes pour les retraites de leurs agents. Mais le plus grand nombre des caisses font leurs assurances par le moyen de la Caisse nationale des retraites.

La Caisse nationale des retraites est une institution d'État, créée en 1850 pour faciliter l'emploi des épargnes populaires. Elle a pour objet d'assurer, à l'âge de cinquante ans ou à un âge plus avancé, des rentes viagères aux personnes au compte desquelles des versements sont effectués. Comme elle se limite à l'assurance populaire, les versements annuels ne peuvent pas

dépasser 500 francs, et le montant des rentes viagères à servir
à une même personne ne peut excéder 1 200 francs.

Les versements sont effectués soit à capital aliéné, soit à
capital réservé, ce dernier mode permettant aux intéressés de
laisser un petit capital à leurs ayants droit. Si le bénéficiaire est
marié, les versements sont obligatoirement portés par moitié
sur la tête de chacun des conjoints.

Ce mode d'assurance populaire s'est beaucoup développé
depuis un quart de siècle.

Le nombre des versements annuels a été, déduction faite
des versements effectués pour la réparation des accidents du
travail :

En 1885, de   611 409 pour une somme de 40 830 964ᶠ
En 1890, de   784 578   —   30 052 721
En 1895, de 1 338 859   —   32 638 154
En 1900, de 2 795 688   —   50 524 925
En 1908, de 4 653 142   —   81 574 277

En 1890, le nombre de ceux des comptes de déposants ou
de leurs conjoints, qui avaient été alimentés pendant l'année
par des versements, n'était encore que de 280 504 ; il est de
509 901 en 1895, de 921 295 en 1900 et de 1 524 616 en 1908.

Les différents groupes d'individus compris dans ces chiffres
se sont accrus dans des proportions diverses :

Les ouvriers ou employés de l'industrie étaient : 137 893 en
1890 ; 345 355 en 1895 ; 496 362 en 1900 ; 731 375 en 1908.
Parmi eux figurent les employés ou ouvriers des chemins de
fer pour 94 839 en 1890 ; 144 982 en 1895 ; 185 608 en 1900
et 253 541 en 1908.

Les employés et ouvriers de l'État sont : 112 851 en 1890 ;
128 964 en 1895 ; 232 131 en 1900 et 248 238 en 1908.

Les mutualistes, y compris les adhérents des caisses scolaires, sont : 8 343 en 1890 ; 11 745 en 1895 ; 154 723 en 1900 et 501 218 en 1908.

Quant aux déposants individuels, ils étaient : 21 417 en 1890 ; 23 837 en 1895 ; 38 079 en 1900 et 43 785 en 1908.

Le nombre de livrets ouverts depuis l'origine est de 2 450 000.

Les réserves mathématiques atteignaient :

Au 1er janvier 1885		546 292 800^f
—	1890	656 012 944
—	1895	766 141 000
—	1900	868 737 850
—	1908	1 206 563 000

Le nombre des retraités était, au 1er janvier 1909, de 306 736, pour 40 309 167 francs ; mais ce chiffre est destiné à s'accroître très rapidement en raison de la grande progression qui a été constatée dans le nombre des versements durant les dix dernières années et qui ne réagira complètement sur les émissions de titres que dans un certain temps.

Le montant des remboursements effectués au décès des déposants qui avaient fait des versements à capital réservé, a été, durant l'année 1908, de 17 915 682 francs payés à raison de 15 125 groupes d'ayants droit.

On peut considérer que la part de Paris dans le chiffre total des versements est d'environ 43 %, attendu que, sur les 60 791 900 versements effectués depuis l'origine, 25 900 000 ont été opérés à Paris ; mais les rentes viagères qui y sont payables ne représentent guère que 28 % et le nombre des rentiers 15 % du chiffre total. Il est probable, en effet, qu'au moment de leur retraite, un assez grand nombre de travailleurs quittent Paris pour jouir en province, dans la contrée dont ils sont originaires, des petites rentes qu'ils se sont acquises par leurs économies.

Telles sont les principales formes de l'épargne populaire. Il faudrait y ajouter les emplois en habitations ouvrières, en achats directs de valeurs ou de lopins de terre, etc., etc.; mais, si incomplet que soit cet examen, nécessairement trop rapide en raison de la place restreinte impartie à cet article, il suffit, je pense, pour donner une idée du magnifique mouvement de prévoyance qui est une des caractéristiques de notre époque.

Albert DELATOUR.

L'ASSISTANCE PUBLIQUE

'ACCROISSEMENT des grandes villes est un fait bien connu et qui présente un caractère général. Partout la population urbaine gagne aux dépens de la population rurale. Entre les recensements de 1896 et de 1906, Paris a reçu un afflux de 211 102 nouveaux habitants, soit annuellement la population d'une de nos villes moyennes de 20 000 habitants, comme Épinal, Valence, Niort, Tarbes, Châteauroux. On pourrait se figurer cet accroissement annuel, en supposant que tous les ans une de ces villes se vide au profit de la capitale, devient déserte et lui envoie toute sa population, comme par un de ces exodes du passé, où des peuplades entières se déplaçaient en quête de contrées plus fertiles.

Les foules, toujours plus à l'étroit dans les capitales, ne pouvant s'y étaler en largeur, s'empilent en hauteur comme les passagers à bord des navires : elles y subissent des conditions d'entassement aussi contraires à leur santé qu'à leur bien-être et à leur moralité. Ce surpeuplement([1]), accompagné le plus souvent par l'absence d'air et de lumière, et aggravé par la désertion de la ménagère, qui va chercher à l'atelier un supplément de ressources pour équilibrer le pauvre budget de la famille, aboutit à transformer le logement en un taudis, pourvoyeur de l'alcoolisme, de la tuberculose et des autres maladies de la misère.

La situation prend une acuité particulière pour les familles nombreuses. La proportion des surpeuplés, qui est de 14 °/₀ pour les ménages de 3 personnes, atteint 17 °/₀ pour ceux de 4 ou 5 personnes; 33 °/₀ pour ceux de 6 personnes et 40 °/₀ pour ceux de plus de 6 personnes. D'après le Dr Bertillon, la population surpeuplée, correspondant à ces ménages de plus de 6 personnes, serait à Paris de 142 848 et constitue la catégorie la plus éprouvée au point de vue du logement.

Un grand contingent de misères urbaines est fourni par des paysans « déracinés », qui ont quitté leur village pour échapper au rude travail de la terre et participer aux plaisirs de la capitale, dont le mirage les a fascinés. Leur illusion n'est pas de longue durée : effarés dans cette grande ville inhospitalière, heurtant à des portes qui ne s'ouvrent pas, ils tombent bientôt à l'état de lamentables épaves.

Pour tous ces misérables, ces déracinés, ces malades, ces infirmes, ces veuves, ces orphelins, en un mot pour cette population dolente, sans ressources et souvent sans abri, il faut une organisation, qui assiste les indigents définitivement incapables de subvenir à leurs besoins et qui aide les autres par un secours opportun à traverser une crise momentanée.

Cette tâche immense demande, pour son accomplissement,

([1]) Avec le Dr Bertillon, nous entendons sous le nom de « logements surpeuplés » ceux où vivent plus de deux personnes par pièce.

le concours de l'assistance publique et de la bienfaisance pri-vée. Bien loin de les opposer l'une à l'autre, comme le feraient volontiers des intransigeances dogmatiques et contraires, il faut les combiner : car elles se complètent heureusement, l'une avec sa puissance et sa rigidité administrative, l'autre avec sa souplesse et sa chaleur. L'assistance publique dispose de ressources considérables et d'un vaste personnel ; mais elle est forcément condamnée aux solutions générales, à la for-mule, à la réglementation. « La charité privée, au contraire, disait naguère dans un document officiel le directeur de l'as-sistance publique et de l'hygiène, fournit à la fois, lorsqu'elle est donnée avec discernement, un secours matériel et un secours moral. Dans certaines œuvres, elle apporte un esprit de sacrifice, une ingéniosité dans les procédés, un tact dans l'application, qu'on demanderait vainement à l'assistance publique, qui doit surtout frayer dans les sentiers battus, laissant à l'initiative privée l'honneur trop onéreux de faire des erreurs, de tenter des innovations. »

C'est surtout quand il s'agit du relèvement que la bienfai-sance privée peut opérer des merveilles, en ranimant les cou-rages brisés, en découvrant, puis en guérissant la plaie dont souffre la famille, en lui faisant au besoin l'avance néces-saire à son salut. Elle peut aller plus loin encore et s'arranger pour empêcher même les chutes initiales de ses assistés, en les soutenant au moment où ils fléchissent et sont peut-être à la veille de tomber. C'est le système de la *prévention,* qui confine à la prévoyance, et qui a été préconisé comme l'objectif idéal par le Congrès international d'assistance, tenu à Milan en 1905 avec un grand éclat sous la présidence de M. Casimir Périer.

Je me borne à rendre cet hommage à la bienfaisance privée,

sans pouvoir m'étendre davantage à son sujet ([1]), cette notice ayant surtout pour objet d'indiquer en quelques mots l'organisation de l'assistance publique à Paris et ses principaux résultats.

Le budget de l'assistance publique à Paris a été réglé pour l'exercice 1907 en recettes et en dépenses à 62 692 582 francs. Dans ce total, son service propre figure pour 40 775 783 francs, le surplus comprenant le service des bureaux de bienfaisance et celui des fondations qui ont un revenu distinct.

Ce budget est alimenté, jusqu'à concurrence de moitié environ, par des revenus personnels mobiliers ou immobiliers, par des droits « attribués » (notamment le droit des pauvres sur les théâtres et les concessions dans les cimetières) et par divers produits intérieurs. L'autre moitié provient des subventions municipales et départementales.

Par cela même qu'elles doivent établir l'équilibre budgétaire à titre de complément, ces subventions donnent ainsi prise au conseil municipal sur la répartition des crédits et sur la marche elle-même des services.

En vingt-cinq ans, de 1882 à 1907, ce budget est passé de 34 387 930 à 62 692 582 francs, s'accroissant ainsi de 28 304 922 ou de 82 °/₀, pendant que, dans le même laps de temps, la population parisienne ne s'était accrue que de 555 869 habitants ou de 24 °/₀, ce qui a relevé la dépense par tête de 15ᶠ 32 à 22ᶠ 39 ou presque de moitié (46 °/₀).

Le nombre des lits dont dispose l'assistance est de 26 977.

([1]) On trouvera ces détails dans le volume : *Paris charitable*, publié par l'*Office central des œuvres charitables*, qui est la plus belle expression de la charité privée en France et sert de trait d'union à toutes ses œuvres. Les personnes qui s'occupent de ces questions auront grand intérêt à se mettre en rapport avec cette remarquable institution : boulevard Saint-Germain, 175.

La population indigente s'est élevée de 56 627 en 1897, à 69 116 en 1906, et la population nécessiteuse, entre les mêmes dates, de 76 788 à 98 947.

Le nombre des malades traités dans les hôpitaux en 1907 a été de 223 306, avec une durée moyenne de séjour de vingt-trois jours et demi; celui des vieillards et infirmes a été, la même année, de 17 179.

Le prix moyen de la journée en 1907 est de 4^{f}51 dans les hôpitaux et de 2^{f}38 dans les hospices, le premier de ces chiffres comprenant les frais de nourriture pour 1^{f}33 et le second pour 1^{f}02. Ces taux accusent une hausse sensible du fait de l'enchérissement général dans le coût de la vie.

La loi du 16 juillet 1905 a établi l'assistance obligatoire aux infirmes, incurables et aux vieillards indigents âgés de plus de soixante-dix ans. Le taux de cette assistance pour les pensionnaires à domicile a été fixé à 30 francs par mois ou 360 francs par an.

La mise en application de cette loi a profondément modifié certains chapitres du budget de l'assistance, qui en gère les fonds, mais en dehors et en marge de son propre budget.

Ce service, auquel la loi a donné un caractère départemental, compte pour 1907, dans ses cadres : 5 545 lits destinés aux hospitalisés et 50 000 pensionnaires à 360 francs par an ; ce qui représente une dépense de 4 160 000 francs pour les hôpitaux et de 18 millions pour les pensions, soit ensemble 22 160 000 francs.

Des services d'une telle envergure exigent le concours d'un nombreux personnel, qui comprend 1 200 surveillants et surveillantes et 5 800 infirmières et filles de service.

L'administration s'est préoccupée avec raison du recrutement et de la formation de ces infirmières et elle vient, à

cet effet, d'ouvrir en novembre 1907 à l'hospice de la Salpê-
trière une école organisée avec le plus grand soin, de manière
à présenter toutes les garanties désirables pour la formation
professionnelle et morale des élèves.

L'une des parties les plus importantes et les plus délicates
de l'assistance publique est celle qui concerne le service des
enfants assistés.

Par de généreux secours accordés à la mère pour la décider
à ne pas abandonner son enfant, on s'attache à conjurer la
rupture des liens de la famille naturelle.

Malgré cet effort, le nombre des enfants compris dans ce
service, qui était en 1882 de 26 514, a plus que doublé en
vingt-cinq ans, étant en 1907 de 55 072. C'est une grande
famille d'orphelins, vis-à-vis desquels l'administration exerce les
droits de la paternité, mais en retour est tenue d'en remplir les
devoirs. Elle a pleinement conscience de sa responsabilité et elle
assure à ces enfants, généralement peu vigoureux, parfois déli-
cats, chétifs, scrofuleux, tuberculeux, tous les soins que réclame
leur santé, en les installant, suivant les exigences de leur com-
plexion, soit dans des sanatoriums marins à Banyuls, à Berck,
à Saint-Trojan, soit dans l'hospice de Brevannes, soit dans le
sanatorium d'Angicourt, soit à l'hôpital de Forges-les-Bains,
soit dans des familles de la baie du Mont-Saint-Michel, de
l'Allier..., etc.

L'assistance physique et morale est donnée aux enfants
sous toutes ses formes, depuis leur naissance par la puéricul-
ture jusqu'à leur adolescence par l'instruction et l'éducation.

Placés en nourrice, les pupilles de l'assistance publique sont
visités périodiquement par le médecin et l'inspecteur. Les
familles des nourriciers sont choisies avec soin parmi les petits

fermiers qui les traitent affectueusement. Au contact de la
terre, l'enfant reprend de la vigueur et se refait des muscles ;
il s'attache à ses parents adoptifs, qui le traitent comme leur
propre enfant ; il s'enracine et finit par se fixer au pays. C'est
« le retour à la terre », fermant le cycle de cet exode dont je
disais plus haut les funestes effets.

Pour ceux de ses pupilles qui sont décidément réfractaires
à l'influence de la nature, du plein air et du soleil, l'assistance publique réserve d'autres placements, soit dans le Nord
et le Pas-de-Calais comme mineurs ou faïenciers, soit à Vier-
zon et à Bar-sur-Seine comme verriers, et des écoles professionnelles de jardinage, d'ébénisterie, de typographie, à
Versailles et à Lagny. Je souligne pour les filles l'école professionnelle et ménagère d'Yzeure, près de Moulins, qui compte
250 élèves.

Parmi les pupilles de l'assistance publique, il s'en trouve
d'anormaux (arriérés, idiots), que l'on distingue entre « anormaux d'école » et « anormaux d'hospice », suivant leur degré
d'anomalie. L'administration donne à ces pauvres enfants les
soins que réclame leur état et s'efforce de les instruire dans la
mesure compatible avec la paresse ou la maladie de leurs
facultés intellectuelles.

L'assistance publique ne pouvait pas ne pas se mesurer
avec le terrible problème de la tuberculose, qui épuise les
ressources des bureaux de bienfaisance et qui encombre les
hôpitaux, où l'on ne peut rien pour eux, quand la maladie est
arrivée à une certaine période de son évolution. Elle a donc
ouvert des sanatoriums, pratiqué l'isolement de ces malades
dans les hôpitaux, créé à leur intention des pavillons spéciaux ;
mais, comprenant qu'il est trop tard pour combattre ce fléau

lorsqu'il est le maitre de la place, elle commence à s'engager dans la voie de la « prévention ».

On ne peut, en effet, venir à bout des misères sociales qu'en les attaquant à leur source. Or, la source principale de la tuberculose, c'est le taudis, qui l'engendre directement par son insalubrité et lui « prépare son lit » par l'alcoolisme. C'est vouloir vider le tonneau des Danaïdes que d'entreprendre la lutte contre l'alcoolisme et la tuberculose, sans en avoir au préalable tari la source empoisonnée.

Cette constatation commande une modification profonde dans les procédés de l'assistance vis-à-vis de ces familles, que décime et démoralise le taudis. On ne peut efficacement leur venir en aide qu'à la condition de commencer par leur procurer un logement salubre et suffisamment spacieux. Si elles se trouvaient dans une maison en proie à l'incendie, tout le monde comprendrait qu'avant tout, il faut les arracher aux flammes. De même pour les habitants du bouge : tous les efforts en vue de leur sauvetage seront vains, si l'on ne débute par l'amélioration de leur logement. Au lieu de se traduire en une somme d'argent qui peut, par exemple, se liquéfier au cabaret, les secours doivent d'abord servir à payer directement au propriétaire le supplément nécessaire à loger convenablement la famille assistée. C'est seulement après cette épuration de son milieu qu'on pourra s'occuper ensuite avec succès de son relèvement et la faire progressivement passer du domaine de l'assistance à celui de la prévoyance et de l'effort personnel.

C'est là une évolution qui s'impose et que l'assistance publique de Paris a résolument affirmée en consacrant, dans le rapport qu'elle a présenté en 1905 au Congrès international de la tuberculose, un chapitre à son « *œuvre sociale* ». Elle y expose ce qu'elle a fait pour lutter contre l'alcoolisme, « pour-

voyeur inlassable des salles d'hôpital », et pour améliorer
« l'habitation ouvrière, gage le plus sérieux, le plus efficace
contre la tuberculose ».

Ce rapport conclut ainsi : « L'administration est qualifiée
autant que tout autre pour intervenir dans l'œuvre de prévention sociale et ses tentatives, pour isolées qu'elles paraissent,
n'en auront pas moins le retentissement qui s'attache à la
parole nouvelle, quand elle s'appuie sur l'autorité du corps
médical des hôpitaux et du conseil de surveillance (¹). »

Il est très désirable que les divers bureaux de bienfaisance
s'inspirent de cet exemple. Ils doivent leur patronage moral
et leur concours financier à cette évolution, qui fera prendre à
leur action le caractère éminemment désirable de la prévention et du relèvement.

Ce n'est pas seulement par ce côté que l'assistance publique
de Paris échappe à la rigidité de la formule administrative : elle
a également senti le besoin, pour sa gestion économique, de
faire des emprunts à la pratique des affaires. « Elle se livre, dit
l'un de ses chefs actuels, à des opérations commerciales ; elle
s'est faite manufacturière ; elle achète des matières premières,
conserve et agrandit ses usines ; elle établit son prix de revient
comme un industriel, si étrange qu'il paraisse et si contraire
que cela soit à nos traditions administratives. Elle y trouve le
bénéfice dû à l'importance de cette vie économique centralisée,
et peut-être, avec l'augmentation continue du coût de la vie,
sera-ce dans l'avenir une question de vie ou de mort pour les
œuvres privées, comme pour les institutions officielles (²). »

(¹) *L'Œuvre de l'Assistance publique*, p. 29.
(²) « Le Budget de l'Assistance publique », par M. André MESUREUR (*Revue politique et parlementaire*, numéro de décembre 1907).

Telle est, dans ses grandes lignes, l'esquisse de ce gigantesque organisme qu'est l'assistance publique à Paris. Si l'on ajoute à cette action considérable celle de la bienfaisance privée, on pourra mesurer l'étendue de l'effort accompli dans la capitale pour soulager la misère sous toutes ses formes.

On doit aussi applaudir à ces tendances nouvelles, qui orientent cette grande administration, d'une part vers l'organisation méthodique et commerciale de ses services, et d'autre part, vers leur rôle social par la prévention. En s'engageant de plus en plus dans cette voie neuve et féconde, l'assistance y trouvera l'avantage de tirer un meilleur parti de ses ressources, d'épargner à ses assistés, chaque fois que ce sera possible, une première chute ; s'ils sont tombés, de les relever et d'opérer leur sauvetage définitif ; en un mot, d'augmenter, avec l'étendue de ses bienfaits, leur portée sociale, leur rayonnement et leur efficacité.

L'assistance publique de Paris est toute désignée pour prendre la tête de ce mouvement : par son ampleur et la puissance de ses ressources, elle est de taille à entraîner les autres administrations et les œuvres charitables de ce pays vers cette évolution nécessaire, et ce sera un service nouveau et considérable qu'elle aura ainsi rendu à la grande cause de la charité.

E. CHEYSSON.

L'ADMINISTRATION ET LA POLICE

A ville de Paris, ainsi, du reste, que le territoire restreint qui, avec elle, forme le département de la Seine, est soumise à un régime administratif spécial. Elle possède bien, comme les autres communes de France, un conseil municipal élu au suffrage universel, qui délibère sur les affaires de la cité. Mais les décisions de l'assemblée communale sont rarement exécutoires de plein droit; la plupart du temps, il faut qu'elles soient approuvées par une autorité supérieure; dans certains cas même, par exemple en matière d'emprunts, une loi est nécessaire.

En outre, tandis que, partout ailleurs, le pouvoir exécutif communal est confié à un maire assisté d'adjoints, choisis les uns et les autres par le conseil municipal dans son propre sein, à Paris les fonctions de maire sont partagées entre des agents de l'État, nommés par le pouvoir central : le préfet de la Seine et le préfet de police, d'une part, des maires et des adjoints d'arrondissement, d'autre part.

Cette organisation, dans son principe, remonte à la période

du Consulat (L. 28 pluviôse an VIII). Les modifications que, depuis cette époque, diverses lois ont apportées, dans un sens libéral, à la conception primitive ont néanmoins laissé subsister pour Paris un régime d'exception. On a considéré que les intérêts de la capitale, siège du gouvernement et des Chambres, n'étaient pas uniquement des intérêts communaux ordinaires, qu'ils se confondaient fréquemment avec les intérêts généraux du pays. Si ce rôle spécial, a-t-on dit, constitue pour Paris un honneur et, à certains points de vue, un avantage considérable, il lui impose en retour des charges à l'égard de la France ; l'amoindrissement de ses libertés locales est compensé par les profits matériels et moraux qu'il retire de sa situation particulière.

La justesse de ces considérations a été maintes fois contestée par les représentants élus de la population parisienne, qui n'ont cessé de réclamer pour Paris le retour au droit commun. Actuellement, leurs revendications semblent devoir aboutir dans une certaine mesure.

Paris est divisé en vingt arrondissements municipaux, chaque arrondissement en quatre quartiers.

L'arrondissement municipal n'est pas seulement une circonscription administrative ; c'est encore un centre local de vie municipale. Chaque arrondissement a sa mairie, où aboutissent les principaux actes de la vie civile : naissances, mariages, décès, élections, service militaire. C'est là que sont groupées diverses institutions municipales ou patronnées par la municipalité : bureau de bienfaisance, caisse des écoles, bureau de placement gratuit, sociétés musicales, de secours mutuels, etc.

Ajoutons, pour ne plus avoir à revenir sur ce sujet, que les maires d'arrondissement sont légalement chargés des fonctions d'officier de l'état civil ; ils président le bureau de bienfaisance, le comité de la caisse des écoles. Par délégation permanente du préfet de la Seine, ils remplissent en outre un certain nombre de fonctions municipales.

Le conseil municipal est composé de 80 membres, élus au scrutin individuel à raison d'un par quartier. Il siège à l'Hôtel-de-Ville qui est en même temps la résidence du préfet de la Seine, et doit tenir par an quatre sessions ordinaires, pour lesquelles il est convoqué par le préfet. Au début de chaque session, il nomme son président, ses vice-présidents et ses secrétaires ; mais, pour assurer à son bureau une permanence très utile dans la pratique, il a depuis longtemps l'habitude de ne le renouveler qu'une fois l'an et de le renommer par acclamation au commencement des autres sessions.

D'une manière générale, le conseil municipal règle par ses délibérations toutes les affaires de la ville. L'approbation peut être refusée à ses décisions, mais, sauf dans certains cas tout à fait exceptionnels, le pouvoir central ne pourrait se substituer à lui et décider à sa place.

Parmi les objets les plus importants de ses délibérations il faut mettre au premier rang le budget et les comptes.

Le budget est l'acte par lequel sont prévues et autorisées les recettes et les dépenses ; il est préparé par les deux préfets, chacun en ce qui le concerne, présenté par le préfet de la Seine, voté par le conseil municipal et approuvé par décret du président de la République. Il renferme un certain nombre de dépenses d'un intérêt général tel que, si l'assemblée communale refusait absolument d'y pourvoir ou même si elle n'inscrivait qu'une somme insuffisante, le chef de l'État aurait le droit d'ouvrir d'office les crédits nécessaires. Ces dépenses sont dites obligatoires ; telles sont, par exemple, celles qui sont afférentes aux services de police.

Les comptes soumis au conseil municipal sont de deux sortes :

Le compte rendu par chacun des deux préfets, en tant qu'administrateur des revenus communaux et ordonnateur des dépenses. C'est au conseil qu'il appartient de s'assurer que les taxes et revenus ont été mis en recouvrement conformément à ses décisions et que les crédits ont bien été employés suivant leur destination.

Le compte du receveur municipal, au sujet duquel l'assemblée doit vérifier si toutes diligences ont été faites pour l'encaissement des recettes et si les paiements ont été effectués entre les mains des véritables créanciers.

Ce serait sortir du cadre de cette notice que d'esquisser les attributions du préfet de la Seine et du préfet de police en tant qu'agents de l'État ou administrateurs du département de la Seine. Quant à leurs fonctions municipales, outre celles que nous venons d'indiquer à propos du budget, nous mentionnerons les suivantes.

Chacun d'eux, dans sa sphère, est le chef des services municipaux ; il nomme et révoque les fonctionnaires et employés, à l'exception de ceux, d'ailleurs en petit nombre, pour lesquels un décret est nécessaire. Chacun d'eux édicte des règlements obligatoires non seulement pour les agents municipaux, mais encore pour tous les habitants dans la mesure où la loi a délégué aux maires le pouvoir réglementaire, par exemple en matière de salubrité, de circulation sur la voie publique, de police des lieux publics, des théâtres, des halles et marchés.

Spécialement, le préfet de la Seine a dans ses attributions la conservation et l'exploitation du domaine communal, les cimetières et les inhumations, les beaux-arts, l'enseignement, l'entretien et l'éclairage de la voie publique, le service des eaux et des égouts. Le personnel auquel il commande, administration centrale, services techniques, enseignement, représente environ 27 000 fonctionnaires, employés et ouvriers, non compris le personnel de l'assistance publique, ce service constituant une administration autonome placée seulement sous sa surveillance.

Le préfet de police a sous ses ordres les commissaires de police, la police municipale (officiers de paix et gardiens de la paix, environ 7 900 personnes), le service de surveillance des voitures et tramways, de la navigation et des ports, l'inspection des halles et marchés, le régiment des sapeurs-pompiers (1 800 hommes). Il peut réquisitionner la légion de la garde républicaine, sorte de gendarmerie urbaine à pied et à cheval, dont les dépenses sont partagées par moitié entre l'État et la ville de Paris.

Le budget de la ville de Paris est aussi important que celui de certains États. Pour l'exercice 1909, le budget primitif a été arrêté aux chiffres suivants :

Recettes et dépenses ordinaires		364 788 145^{f}04
— — extraordinaires		1 717 600 00
— — sur fonds spéciaux . .		2 167 482 00
TOTAL		368 673 227^{f}04
Y compris une réserve de		1 428 377 21
pour dépenses imprévues du service ordinaire.		
Et une réserve de.		6 166 67
pour dépenses imprévues du service extraordinaire.		

Les recettes ordinaires peuvent se classer en quatre grandes catégories : les taxes directes (centimes additionnels aux impôts d'État, taxes municipales spéciales, etc.) qui donnent 89 659 700 francs ; les taxes indirectes (octroi, taxes d'abatage, etc.) qui fournissent 132 752 467 francs ; les produits du domaine communal (exploitation du gaz, redevance du concessionnaire de l'éclairage électrique, location des propriétés communales, etc.), pour 113 258 864 francs ; les remboursements par divers : 29 117 114 francs.

Parmi les principales dépenses, nous citerons : le service de la dette municipale, qui absorbe 136 081 080 francs ; l'administration générale de la préfecture de la Seine (administration centrale : 11 149 794 francs ; services techniques : 6 511 726 francs) ; les frais de perception de l'octroi : 12 420 830 francs ; l'entretien de la voie publique : 22 440 510 francs ; les promenades et plantations, l'éclairage de la voie publique : 13 197 281 francs ; les eaux et égouts : 14 784 615 francs ; les services d'enseignement : 34 813 229 francs ; les services d'assistance : 46 296 797 francs ; enfin les dépenses de la préfecture de police : 39 594 503 francs.

Dans le courant de l'année, le conseil municipal vote un budget supplémentaire par lequel il rectifie, au besoin, les évaluations de recette de l'exercice courant, ouvre les crédits complémentaires reconnus indispensables à la marche des services, règle l'emploi de l'excédent de recettes de l'exercice précédent ou pourvoit au contraire à l'excédent de dépenses qu'aurait laissé cet exercice. De cette façon chaque exercice budgétaire n'est pas isolé ; il s'établit entre les budgets successifs une liaison étroite qui donne à la gestion des finances communales la continuité nécessaire.

Au 31 décembre 1908, la dette totale de la ville de Paris se montait en capital à 2 516 705 000 francs.

E. Desroys du Roure.

LES TRIBUNAUX

'EST aux lois des 27 ventôse an VIII, 20 avril 1810 et 30 août 1883 qu'il faut se reporter pour trouver les sources de notre organisation judiciaire actuelle.

Ces lois ont assuré l'unité de notre justice civile et pénale ; elles ont créé les tribunaux d'arrondissement, ouvert et élargi la voie de l'appel, établi une étroite hiérarchie entre les diverses autorités judiciaires et fortifié l'indépendance du juge en consacrant définitivement le principe de l'inamovibilité.

En graduant les traitements des magistrats par classes, d'après l'importance de la population, le législateur de 1883 s'est énergiquement défendu de vouloir créer une hiérarchie officielle « dont l'effet eût été de surexciter cette fièvre d'avancement » qui a été et sera toujours considérée comme le plus grand danger de la justice.

En fait, cette hiérarchie existe. Elle offre même au magistrat, par la multiplicité de ses degrés et l'inégalité des traitements, des occasions successives de solliciter des grades et d'obtenir des faveurs.

Les postes privilégiés de la magistrature parisienne sont précisément ceux qui, en raison de leurs avantages extérieurs, attirent le plus les regards. Ils constituent, non pas une juridiction supérieure, mais un degré d'honneur, auquel aspirent tous ceux qui rêvent de terminer leur carrière dans la capitale.

A Paris, le personnel judiciaire se compose de 293 magistrats (soit 4 % du total). Or, c'est par plus de 200 000 (le huitième de l'ensemble) que se chiffre le montant annuel des affaires réglées par la cour d'appel, le tribunal de première instance, les tribunaux de simple police et les justices de paix.

La tâche de la magistrature parisienne est, on le voit, très lourde à tous les degrés.

Depuis longtemps déjà, cependant, le nombre des affaires civiles et commerciales litigieuses a cessé de croître. Ainsi, les progrès de l'industrie, de l'aisance, du crédit, de la richesse mobilière, n'ont pas fait naître un développement parallèle des contestations judiciaires. Il faut en conclure que la bonne foi toujours croissante des contractants, l'observation plus scrupuleuse des formalités de la loi, l'assiette plus fixe de la propriété, ont été des causes d'extinction des procès. D'autre part, le mouvement des affaires a subi les effets de la révolution qui s'est accomplie dans l'emploi des capitaux. L'épargne s'est tournée de préférence, on le sait, vers l'achat de titres mobiliers ; dès lors, les causes de différends sont devenues moins fréquentes ; l'intérêt des litiges étant moins élevé, les parties n'hésitent pas à abandonner les chances d'un procès plutôt que de s'exposer à des frais peu en rapport avec l'importance de la demande.

Seules, les procédures de divorce et les instances relatives aux accidents du travail progressent sans interruption chaque année.

Mais, c'est le service des assises et celui de la police correctionnelle qui occupent le plus les magistrats.

Le nombre des arrestations opérées dans la capitale et dans la banlieue est de 30 000 environ par an. Ce chiffre a peu varié depuis dix ans.

Il est possible, toutefois, que l'échec plus fréquent des recherches, l'indulgence plus grande du parquet, l'adoucissement progressif de la répression aient pu, dans ces derniers temps, produire, à l'insu de la statistique, une légère augmentation de la criminalité réelle ; mais il ne faut pas perdre de vue que la moyenne des arrestations était, il y a vingt ans, de plus de 40 000. Même en tenant compte d'une recrudescence possible, la situation reste moins grave qu'elle n'était alors.

La vraie cause du mal est toujours la même : c'est le récidivisme. Mais ce qui distingue aujourd'hui, à Paris, et sans nul doute ailleurs, le monde des récidivistes, c'est l'esprit d'association et de solidarité qui l'anime. La criminalité est devenue un métier, une carrière, une industrie, un art, dont la pratique est commune aux malfaiteurs du monde entier, et dont les procédés dénotent parfois l'existence d'une véritable organisation internationale, ayant son siège dans les grandes villes.

En attendant que les codes pénaux s'occupent de ce criminalisme international et qu'un traité universel d'extradition et de police permette de combattre avec succès ce fléau nouveau, chaque État a le devoir d'adapter ses moyens de défense à la tactique des malfaiteurs, c'est-à-dire de s'organiser pour la lutte, comme eux-mêmes s'organisent pour l'accomplissement de leurs exploits, et de tirer, comme eux, le plus grand profit de toutes les inventions et de tous les progrès modernes.

A ce point de vue, les améliorations scientifiques apportées chaque jour en France, tant à l'établissement de l'identité des récidivistes qu'aux procédés techniques d'instruction et à l'éducation professionnelle des magistrats, secondent favorablement l'action de la justice. La création récente de la police mobile et le perfectionnement du service central des recherches donneront à la découverte des crimes une sûreté plus grande.

Si ces mesures, d'ordre général, doivent avoir quelque effet sur le mouvement de la criminalité, leur influence se fera plus particulièrement sentir à Paris, qui contient le quart environ des récidivistes de France; et l'on sait que sur 100 inculpés de crimes ou de délits, 50 sont des repris de justice. La répression sera d'autant plus rapide et plus sûre que le mal se trouve localisé et limité.

*
* *

C'est au régime de l'emprisonnement en commun qu'on attribue, en général, une des causes des progrès de la récidive. Aussi se préoccupe-t-on, à Paris, de la transformation de nos établissements pénitentiaires et de la mise en pratique définitive du régime cellulaire.

Les vieilles prisons du département de la Seine, Dépôt, Conciergerie, Santé, Saint-Lazare, Petite-Roquette, sont insuffisantes au double point de vue de l'hygiène et du relèvement moral des condamnés.

Le Dépôt, qui contient d'ailleurs un quartier cellulaire, n'est pas à proprement parler une prison, mais plutôt un immense « violon » central, c'est-à-dire un local où l'on reçoit, à titre provisoire, les détenus les plus divers, individus arrêtés et contre lesquels un mandat du juge d'instruction n'a pas encore été décerné, extradés, expulsés, enfants coupables, filles soumises, etc.

Déjà la maison de justice de la Conciergerie et la maison

d'arrêt de la Santé ont été aménagées en vue de l'application du régime cellulaire et il est question, depuis longtemps, de démolir Saint-Lazare et la Petite-Roquette. A l'égard de ces deux établissements se pose la question de savoir si, d'une part, les femmes détenues au quartier administratif de Saint-Lazare ne devraient pas être placées dans un établissement entièrement distinct et séparé, et si, d'autre part, une partie de la population de la Petite-Roquette ne pourrait pas trouver place dans l'une des divisions de la prison de Fresnes.

Seule, la maison de Fresnes, dont l'installation a été comprise selon le vœu de la loi, offre le type le plus parfait de la prison modèle.

C'est le 2 juillet 1898 que le Conseil supérieur des prisons a donné son approbation au classement de cette prison, et le 19 du même mois que le préfet de la Seine et le président du conseil général en ont fait la remise solennelle à l'administration pénitentiaire.

La prison de Fresnes est située à 1 500 mètres de la station de Berny (Seine). Le groupe de bâtiments qui la composent est formé de constructions assez élevées, s'imposant beaucoup plus par leur dimension que par leur architecture, à la fois correcte, simple et massive.

La construction de cette grande cité pénitentiaire a eu pour but de réunir dans les mêmes murs le plus de détenus possible. C'est là du moins le plan dont le conseil général de la Seine poursuit la réalisation. Nous ne discuterons pas le principe qui a donné naissance à ce projet. Faisons seulement remarquer le danger qu'il peut y avoir, pour la récidive, généralement proportionnelle à l'agglomération des détenus, à déposer plus de 2 000 condamnés dans le même établissement.

Quoi qu'il en soit, les conditions hygiéniques, disciplinaires, économiques et morales de ces palais pénitentiaires ont été combinées en vue d'associer le condamné, par l'application d'un régime protecteur, à l'œuvre de son relèvement.

Il appartenait à notre époque humanitaire de donner tout le confort moderne à l'asile où sont enfermés les condamnés. Ces dispositions ont provoqué quelques railleries. En vérité, elles semblent à l'abri de toute critique, si, par des conditions d'hygiène bien comprise, elles sont de nature à relever le physique et le moral de délinquants vraiment intéressants. Elles iraient à l'encontre du but que poursuit la science pénitentiaire si, par l'effet d'une répression aveuglément indulgente, le bénéfice en devait être accordé aux malfaiteurs d'habitude, aux récidivistes endurcis, aux incorrigibles, contre lesquels on ne saurait trop multiplier les mesures de correction, d'intimidation et de défense.

Maurice YVERNÈS.

L'ENSEIGNEMENT

'HISTOIRE de l'enseignement public à Paris remonte par delà le treizième siècle.

Dès le commencement du douzième, quelques maîtres s'établirent hors de la Cité, sur la rive gauche de la Seine ; Abélard y attira une foule considérable de disciples. C'est l'origine du Quartier latin.

Dans une lettre de 1174, le pape Alexandre III parle du *Regimen Scolarum parisiensium*. En 1208, Innocent III, dans une lettre écrite : *Universis doctoribus sacre pagine, decretorum et liberalium artium Parisiis commorantes,* parle d'*anciens* usages de l'Université auxquels il aurait été dérogé : l'Université de Paris existait donc depuis longtemps.

Elle s'est organisée peu à peu avec ses quatre facultés : théologie, décret (ou droit), médecine, arts.

La Faculté des arts, quoique étant la faculté inférieure, ne tarda pas à prendre une importance prépondérante, grâce au nombre de ses élèves. C'était elle qui élisait tous les trimestres le recteur de l'Université, chef de l'administration universitaire.

Des collèges furent fondés par de charitables personnes pour loger et héberger, gratuitement ou moyennant finance, les étudiants et même les maitres. Un des plus anciens, la Sorbonne, fondée par Robert Sorbon en 1250, devint au dix-septième siècle, après la construction ordonnée par Richelieu, le siège de la Faculté de théologie. La Sorbonne de Richelieu a été remplacée, sous le rectorat de Gréard, de 1884 à 1889-1901, par la nouvelle Sorbonne, dont l'architecte est M. Nénot.

Les collèges finirent par donner eux-mêmes un enseignement. Au seizième siècle, les jésuites, dont le premier collège, celui de Clermont, ouvert en 1562, obtint de Louis XIV la faveur de prendre le nom de Louis-le-Grand, introduisirent une méthode nouvelle et professèrent un enseignement complet jusqu'en 1762, date de leur expulsion. Le lycée Louis-le-Grand devint alors le siège de l'administration universitaire.

A l'époque de la Révolution, Paris possédait, outre Louis-le-Grand, neuf collèges de plein exercice.

*
* *

La Révolution supprima l'Université. La plupart des autres établissements d'instruction publique, privés de leurs ressources, se fermèrent. Deux ont subsisté, le Collège de France et le Jardin des Plantes.

Le premier date de François Ier (1530). Le bâtiment qu'il occupe actuellement, projeté sous Henri IV, a été construit sous Louis XV.

Beaucoup d'écoles ont été fermées pendant la Révolution; mais, d'autre part, de grandes créations ont été faites par la Convention.

Au Consulat sont dus les lycées, établissements d'enseignement secondaire. Il y en eut d'abord quatre à Paris (Napoléon [aujourd'hui Henri IV], Charlemagne, Impérial [aujourd'hui Louis-le-Grand], Bonaparte [aujourd'hui Condorcet]). L'Empire créa, en 1808, l'Université de France, corps nouveau et privilégié qui n'avait de commun que le nom avec les anciennes universités. Elle embrassait et régissait, sous l'autorité d'un grand maitre, tous les établissements d'instruction publics et privés de la France.

Dans l'enseignement supérieur, quatre facultés remplacèrent les anciennes facultés de l'Université de Paris : la Faculté des lettres et la Faculté des sciences qui n'ont pris possession de la Sorbonne qu'en 1822 (avec la Faculté de théologie créée par la Restauration), la Faculté de médecine ayant pour siège le bâtiment construit sous Louis XVI et la Faculté de droit établie dans le bâtiment construit par Soufflot, sous le règne de Louis XV. Ces bâtiments ont tous été considérablement agrandis sous la troisième République. Les facultés n'étaient qu'un embryon d'université ; cependant d'illustres professeurs : Guizot, Cousin, Villemain, y attirèrent un très nombreux public sous la Restauration.

* * *

L'organisation de l'enseignement primaire public à Paris est presque entièrement l'œuvre du dix-neuvième siècle. Il n'y avait que 20 écoles primaires publiques en 1806 ; il y en avait 132 en 1826 ; mais la plupart étaient de petites écoles de charité.

Le premier Empire ne s'occupa presque pas de l'instruction primaire. Le gouvernement de la Restauration s'en occupa peu ; cependant des écoles, mutuelles et congréganistes, furent fondées à Paris.

Le progrès en cette matière date surtout de la loi du 28 juin 1833, qui a été la première charte constitutive de l'enseignement primaire en France. En 1844, on évaluait à 21 000 le nombre des élèves des 108 écoles primaires publiques à Paris.

De 1838 à 1855, le nombre des écoles publiques a peu changé ; mais, sous l'influence de la loi de 1833, le nombre des élèves de ces écoles a augmenté de 60 °/₀ de 1830 à 1855.

De 1855 à 1869, l'augmentation a été beaucoup plus considérable ; le nombre des élèves des écoles publiques a plus que doublé (31 264 en 1855, 71 790 en 1869). Durant cette période et durant les premières années de la République, l'organisation des écoles et les méthodes d'enseignement ont été très améliorées sous la direction de Gréard.

La troisième République a donné une nouvelle constitution à cet enseignement en France par trois lois, celle du 16 juin 1881 qui a établi la gratuité absolue dans toutes les écoles primaires publiques, celle du 28 mars 1882 qui a rendu l'instruction primaire obligatoire, et celle du 30 octobre 1886 qui a organisé l'enseignement en écoles maternelles, écoles primaires élémentaires, écoles primaires supérieures, et a établi en principe la laïcité de toutes les écoles publiques.

A ces trois lois organiques, s'est ajoutée la loi du 7 juillet 1904, qui a supprimé l'enseignement congréganiste.

Sous la troisième République, la Ville a fait de grands efforts pour développer les moyens d'instruction, et le progrès des écoles publiques a continué. En 1877, elle avait 285 écoles publiques, 973 écoles privées, total 1 258 ; en 1907, 405 écoles publiques et 628 écoles privées, total 1 033. Ces 1 033 écoles avaient 5 100 classes et 6 279 maitres et maitresses.

Le nombre des élèves de l'enseignement primaire a passé, dans le même temps, de 168 729 à 236 415, tout au profit des écoles publiques qui ont gagné 81 755 élèves pendant que les écoles privées en perdaient 14 069.

En ajoutant aux 236 415 élèves des écoles primaires ceux des écoles maternelles (65 715), on trouve pour 1906-1907 un total de plus de 300 000 enfants recevant à Paris l'instruction primaire dans 1 250 établissements.

Paris possède les deux écoles normales primaires du département de la Seine, l'une pour les instituteurs (fondée en 1872), l'autre pour les institutrices (fondée en 1873).

Grâce à l'augmentation des ressources budgétaires, de grands changements ont été opérés dans l'organisation scolaire.

Le nombre des maîtres a beaucoup augmenté, parce qu'à l'enseignement mutuel, auquel suffisait un personnel restreint, mais qui ne donnait que de médiocres résultats, a été substitué l'enseignement simultané. Cette transformation a commencé sous la direction de Gréard.

La ville de Paris a dépensé depuis 1871 plus d'un milliard de francs pour la construction de ses écoles.

L'enseignement primaire supérieur est organisé à Paris sur un type particulier, celui de l'école Turgot, créée sous Louis-Philippe. Il y a aujourd'hui 7 écoles primaires supérieures, 5 pour les garçons : Turgot, Lavoisier, Colbert, Jean-Baptiste-Say et Arago ; 2 pour les filles : Sophie-Germain et Edgard-Quinet ; en outre, le collège Chaptal (fondé en 1847-1875), qui est en même temps un établissement d'enseignement secondaire. A l'enseignement primaire supérieur se rattachent 51 cours complémentaires d'enseignement général des écoles primaires et 27 cours complémentaires professionnels.

On peut y rattacher aussi les écoles professionnelles municipales, 7 pour les garçons : écoles Germain-Pilon (dessin pratique), Bernard-Palissy (application des beaux-arts à l'industrie), Diderot (industries du fer), Boulle (ameublement), Estienne (industries du livre), Dorian (petite mécanique), École de physique et de chimie ; 8 pour les filles, dont 6 sont des écoles professionnelles et ménagères. Étant des écoles d'apprentissage théorique et pratique, elles relèvent du ministère du commerce. Elles avaient 2 258 élèves en 1906.

Pour donner une idée plus complète des moyens et ressources dont dispose l'enseignement primaire, il y aurait à citer, en outre, les 155 cours d'adultes, les 200 caisses des écoles qui entretiennent des cantines scolaires, font des distributions de vêtements et ont dépensé 2 727 000 francs en 1906, les classes de garde, les études surveillées, les bibliothèques scolaires et pédagogiques dépendant des écoles, les voyages et colonies de vacances ; les 51 cours commerciaux, les cours et conférences des associations subventionnées, qui comptent ensemble plus de 38 000 élèves ou auditeurs et qui donnent, au-dessus du niveau primaire, des enseignements variés. Les principales associations sont : l'Association polytechnique fondée en 1830, l'Association philotechnique en 1848, l'Union française de la Jeunesse, la Société d'enseignement général moderne, fondées sous la troisième République.

*
* *

Les établissements d'enseignement secondaire ont augmenté aussi en nombre, toutefois dans des proportions bien moindres que les établissements d'enseignement primaire. Aux quatre lycées du début se sont ajoutés le lycée Saint-Louis (1822), le collège municipal Rollin (1827) et cinq lycées fondés sous la troisième République à Paris (Montaigne, Janson-de-Sailly, Buffon, Voltaire, Carnot) ; en outre, dans la banlieue, Michelet et Lakanal.

L'enseignement secondaire des filles, organisé par la loi du

21 décembre 1880, est donné à Paris dans cinq lycées : Fénelon, Lamartine, Molière, Racine, Victor-Hugo.

En 1906, le nombre total des élèves, internes et externes, des lycées (y compris ceux de la banlieue) et du collège Rollin était de 13 329 garçons et de 2 447 filles.

L'enseignement commercial moyen est représenté par l'École supérieure pratique de commerce et d'industrie, par l'École commerciale et par divers établissements privés.

L'enseignement supérieur a été transformé sous la troisième République et a reçu un très grand développement. Les deux Facultés de théologie, catholique et protestante, ont été supprimées. Les quatre autres Facultés ont été réunies en corps en 1896 par la création de l'Université de Paris. L'École normale supérieure a été fondue dans l'Université en 1904. L'École supérieure de pharmacie fait partie de l'Université de Paris.

En 1887-1888, le nombre total des étudiants inscrits à l'Université de Paris était de 9 085. Au 15 janvier 1909, il s'élevait à 17 311, dont 3 072 étrangers et étrangères. Le nombre total des femmes était de 2 010. La Faculté de droit était celle qui comptait le plus d'étudiants (8 029). La médecine en comptait 3 723, les lettres 2 732, les sciences 2 016, la pharmacie 820.

Pour répondre aux besoins plus variés de l'enseignement, il a fallu augmenter le personnel enseignant (320 professeurs en 1907).

L'École pratique des hautes études, fondée en 1867 par Duruy et composée aujourd'hui de cinq sections, est installée dans les bâtiments de la Sorbonne.

Nous avons cité deux autres grands établissements d'enseignement supérieur, le Collège de France et le Muséum d'histoire naturelle, qui ont leur siège à Paris.

Sont à citer, en outre, nombre de grands établissements publics qui donnent un enseignement spécial : École supérieure de guerre, École polytechnique, Conservatoire des arts et métiers, École des mines, École des ponts et chaussées, École des chartes, École spéciale des langues orientales vivantes, École du Louvre, École des beaux-arts, Conservatoire de musique, École centrale des arts et manufactures, Institut agronomique, École coloniale, École des hautes études commerciales, École des sourds-muets, École des jeunes aveugles, École supérieure d'électricité, École des arts décoratifs, etc.

Quelques établissements privés d'enseignement supérieur complètent la liste : l'École libre des sciences politiques fondée en 1871 par Boutmy, l'Institut catholique, l'École des hautes études sociales, le Collège des sciences sociales, l'École spéciale d'architecture.

Les divers établissements, publics et privés, susmentionnés ajoutent des milliers d'élèves, d'étudiants et d'auditeurs aux 16 935 étudiants inscrits à l'Université de Paris.

Cette énumération de chiffres et de noms est loin d'être complète. Toutefois elle suffit pour donner une idée de l'importance et de la variété des moyens d'instruction de Paris, ainsi que de son activité intellectuelle, et pour faire apprécier le développement que ces moyens ont reçu sous la troisième République.

E. Levasseur.

LES ÉTABLISSEMENTS SCIENTIFIQUES

ARIS est un foyer intense d'activité intellectuelle, non seulement par ses établissements d'instruction, mais aussi par un grand nombre d'institutions scientifiques, telles que l'Observatoire, le Bureau des longitudes, par ses bibliothèques, par ses musées.

Au-dessus de toutes s'élève l'*Institut de France,* institution unique en son genre, qui groupe en une compagnie composée de cinq académies les sommités des lettres, des sciences et des arts. La plus ancienne académie, l'Académie française, a été fondée en 1635 par Richelieu ; les autres datent : l'Académie des beaux-arts (autrefois Académie d'architecture, Académie de peinture et de sculpture) de 1644-1671, l'Académie des inscriptions et belles-lettres de 1663, l'Académie des sciences de 1666. Depuis la Révolution, l'ancien Collège Mazarin (quai Conti) est devenu le Palais de l'Institut.

La Convention supprima les académies (1793) et les rem-

plaça (article 295 de la Constitution du 5 fructidor an III-
22 août 1795) par « l'Institut national, chargé de recueillir
les découvertes, de perfectionner les arts et les sciences », et
composé de trois classes. Bonaparte modifia cette organisation et supprima la classe des sciences morales et politiques
(Décret du 3 pluviôse an XI-23 janvier 1803). La Restauration a rétabli les noms des quatre anciennes Académies (Ordonnance du 31 mars 1816). L'Académie des sciences morales et
politiques a été reconstituée sous le règne de Louis-Philippe,
en octobre 1832. Chaque académie se compose de 40 membres titulaires (sauf l'Académie des sciences, qui en a 68);
chacune (excepté l'Académie française) comprend, en outre,
un nombre déterminé de membres libres, d'associés étrangers
et de correspondants qui sont, comme les membres titulaires,
élus au scrutin secret.

Chaque académie tient une séance par semaine et une séance
solennelle une fois l'an. Les séances hebdomadaires de plusieurs académies sont publiques.

L'Académie de médecine, qui ne fait pas partie de l'Institut,
mais qui est une institution nationale, fondée en 1820, comprend onze sections.

La Société nationale d'agriculture, fondée en 1761, est aussi,
avec ses huit sections, ses associés nationaux et étrangers, ses
correspondants, une sorte d'académie relevant du gouvernement.

L'Institut Pasteur, fondé en 1886 sur le vœu de l'Académie
des sciences, a été, grâce à des souscriptions qui se sont tout
d'abord élevées à près de 3 millions de francs, installé dès
1888 dans le bâtiment qu'il occupe rue Dutot. Dirigé d'abord
par Pasteur, puis par Duclaux, il l'est aujourd'hui par le
Dr Roux. Il comprend un laboratoire de recherches, un ensei-

gnement de chimie biologique, de fermentation, de microbie et des services pratiques pour le traitement de la rage et pour l'administration des vaccins. Le tombeau de Pasteur est dans une chapelle souterraine.

 Les sociétés savantes sont en grand nombre à Paris. Citons, entre autres, la Société des Gens de lettres, la Société d'Encouragement à l'industrie nationale, la Société de Géographie, la Société de Géographie commerciale, la Société d'Économie politique, la Société de Statistique, la Société de l'Histoire de France, la Société de l'Histoire de Paris et de l'Ile-de-France, la Société des Agriculteurs de France, la Société de Physique, la Société des Ingénieurs civils, la Société Asiatique, l'Académie des Goncourt (ou des Dix), la Société des Amis des monuments parisiens, la Société d'Anthropologie, la Société des Artistes français, la Société de Biologie, la Société d'Études pratiques d'économie sociale, la Société de Mathématiques, la Société de Sociologie, etc., etc.

*
* *

Les quatre grandes bibliothèques de l'État sises à Paris sont : la Bibliothèque nationale, la Bibliothèque de l'Arsenal, la Bibliothèque Mazarine, la Bibliothèque Sainte-Geneviève.

La Bibliothèque nationale a pour origine la collection des manuscrits de Charles V au Louvre; un inventaire de 1373 nous apprend qu'elle se composait de 910 volumes. Mais elle fut dispersée après la mort du roi. Louis XI la reconstitua. Transportée successivement à Blois par Louis XII, puis à Fontainebleau par François Ier, qui ordonna le dépôt légal de tous les ouvrages imprimés en France, elle l'a été à Paris par Henri IV (au collège de Clermont d'abord). Elle a été installée en 1721 dans l'ancien hôtel de Nevers (rue de Richelieu), augmenté de l'hôtel Mazarin. Elle s'était enrichie sous les règnes successifs, depuis François Iᵉʳ, de nombreuses et importantes collections de livres et de manuscrits. La suppression des éta-·blissements religieux pendant la Révolution lui valut de très précieuses collections amassées pendant des siècles par des chapitres et des couvents.

Elle a continué depuis à s'enrichir par des achats et par des dons. On peut citer, entre autres collections d'imprimés que possède aujourd'hui la Bibliothèque nationale, les Aldes, les Estienne, les Elzévirs; entre autres œuvres artistiques, les belles reliures du Moyen Age, celles de Grolier du dix-huitième siècle. La « Réserve », qui contient environ 80 000 volumes d'une très grande valeur, imprimés du quinzième siècle, reliures historiques et reliures artistiques, etc., ne peut être consultée que sous une surveillance spéciale. Plus rares encore sont les volumes enfermés dans l'armoire dite *l'Enfer,* qu'on ne com-munique que sur autorisation particulière.

Sous le second Empire les bâtiments ont été en partie reconstruits et agrandis par les soins de l'architecte Labrouste; de nouveaux bâtiments ont été et sont encore ajoutés sous la troisième République.

La bibliothèque renferme aujourd'hui près de 6 millions et demi de pièces (en 1908, 3 763 900 imprimés, 2 764 000 es-tampes, 169 000 manuscrits et incunables). Elle est divisée en quatre départements : département des imprimés, cartes et collections géographiques ; département des manuscrits, chartes et diplômes ; département des estampes ; département des médailles et antiques. La section des médailles, celle de la géographie, celle des estampes, ainsi que la galerie Mazarine, ont des musées ouverts au public les lundis et jeudis; celui de la galerie Mazarine contient une exposition, unique dans le monde, de manuscrits rares et de reliures anciennes. Une salle de lecture est entièrement publique ; la grande salle de travail est ouverte tous les jours aux personnes munies d'une autorisation ; elle peut tenir 344 personnes assises ; 10 000 volumes environ sont placés dans des casiers autour de cette salle. Derrière se trouve le magasin qui contient environ 1 200 000 volumes. Les autres volumes sont classés dans les salles des étages supérieurs.

Le nombre des lecteurs en 1906 a été de 38 000 dans la salle publique et de 156 000 dans la salle de travail.

La Bibliothèque de l'Arsenal, créée par le marquis de Paulmy, puis achetée par le comte d'Artois (plus tard Charles X), est devenue propriété nationale sous la Révolution. Elle possède 610 000 imprimés, 7 907 manuscrits, 120 000 estampes, une collection complète d'œuvres théâtrales, les papiers de la Bastille, etc. Nombre des lecteurs en 1906 : 20 866.

La Bibliothèque Mazarine (au Palais de l'Institut), formée par Mazarin et léguée par lui au collège des Quatre-Nations, possède 300 000 volumes et 6 500 manuscrits. Nombre des lecteurs en 1906 : 9 280.

La Bibliothèque Sainte-Geneviève, formée par le cardinal de La Rochefoucauld à l'aide des collections de l'abbaye de Sainte-Geneviève, renferme 350 000 imprimés, 10 000 estampes, 4 735 manuscrits. Nombre des lecteurs en 1906 : 198 929.

Les grands établissements d'instruction et plusieurs grands corps, Sénat, Chambre des députés, Institut, Conservatoire des arts et métiers, Conservatoire de musique, Louvre, Société d'Encouragement à l'industrie, Sorbonne, Muséum, Écclé normale supérieure, École de droit, École de médecine, École de pharmacie, École des beaux-arts, Musée social, École des mines, École des ponts et chaussées, Imprimerie nationale,

Société de Géographie, etc., etc., ont d'importantes bibliothèques dont l'accès, sur demande, est facile pour tout travailleur.

La ville de Paris possède une grande bibliothèque installée dans l'hôtel Saint-Fargeau. Elle a créé, en outre, 80 bibliothèques municipales qui ont prêté 1 million et demi de livres en 1906, 20 bibliothèques professionnelles qui ont prêté, sur place ou à domicile, plus de 260 000 volumes.

Les Archives nationales, installées dans l'hôtel de Rohan-Soubise sous la Révolution, sont un dépôt de pièces et documents manuscrits· d'une richesse incomparable pour l'histoire, depuis l'époque mérovingienne jusqu'à l'époque contemporaine. Les documents y sont répartis dans trois sections : 1° section législative et administrative moderne ; 2° archives des juridictions et administrations de l'ancien régime ; 3° trésor des chartes, titres domaniaux et fonds ecclésiastiques avant 1789. Elles possèdent un très intéressant musée de pièces manuscrites.

La ville de Paris possède aussi un riche dépôt d'archives.

E. Levasseur.

MUSÉES ET EXPOSITIONS

os grandes métropoles européennes ne sont pas seulement de gigantesques amoncellements d'êtres vivants et travaillants, enfermés dans d'innombrables logements ou circulant dans un nombre infini de rues ou de boulevards : ce sont aussi de précieuses collections de choses inanimées, auxquelles les hommes attachent un grand prix et qu'ils réunissent dans de vastes monuments, soit parce qu'elles sont belles et qu'ils veulent les empêcher de périr et pouvoir les contempler à leur aise, soit parce que leur rapprochement constitue une étude utile au progrès des sciences et de l'industrie. Il y a ainsi dans chaque grande ville vivante comme une « ville morte » qui sert à la vie et qui embellit la vie. C'est un lien du passé au présent et à l'avenir.

Est-il besoin de dire la place que tient dans Paris cette ville morte, chère à l'artiste, au savant et même aux simples amateurs des œuvres de l'art et de la civilisation ? Elle n'a qu'un défaut, c'est d'être tellement immense, complexe et dispersée

qu'elle décourage un peu, par ses proportions et son éparpille-
ment, l'explorateur étranger, ou même national, qui ne dispose pour la visiter que d'un temps limité. Plusieurs — même
parmi nos concitoyens — prétextent l'impossibilité de tout
voir pour voir fort peu de choses dans nos galeries ou nos musées. C'est une justice à rendre aux étrangers qu'en général ils
ne quittent pas notre capitale sans avoir fait visite au Louvre
et au Luxembourg. Ils y trouvent habituellement pas mal de
Français assis sur des bancs et se chauffant en hiver, ou prenant
le frais en été. Qu'ils n'attribuent pas leur présence à un
exceptionnel amour des arts. Nos musées sont en général gra-
tuits, par esprit démocratique, et malgré de nombreuses propo-
sitions de faire payer un modique droit d'entrée, sauf un ou
deux jours par semaine. Il en résulte un grand afflux de personnes embarrassées de passer leur temps agréablement ailleurs.
Nos visiteurs étrangers voudront bien tenir compte du motif
philanthropique qui nous fait conserver un usage aboli à peu
près partout et qui n'est pas sans inconvénients.

Ils remarqueront aussi que plusieurs de nos musées (notamment le Louvre) sont installés, non dans des galeries construites exprès pour les recevoir, mais dans des palais où logeaient
nos rois, et qui sont souvent plus fastueux comme architecture
que bien éclairés pour faire valoir des tableaux et des statues.
Le cadre est magnifique, mais non toujours adapté à l'œuvre
d'art. Il est honorable pour celle-ci d'être domiciliée là où
l'étaient les souverains, et on peut faire là-dessus toute espèce
de réflexions philosophiques ; mais il faut bien se garder, si
on veut voir réellement certaines galeries du Louvre, de choisir, comme on le fait souvent pour parcourir les musées, des
jours de pluie, sous prétexte qu'on ne peut ces jours-là se promener en plein air. On risque, quand le ciel est sombre, de

n'apercevoir guère que les cadres des tableaux et la dorure des plafonds.

A ce point de vue, Paris peut envier Berlin, Vienne, Londres, et bien d'autres grandes villes d'Amérique ou d'Europe où on a construit, pour y placer les collections artistiques ou scientifiques, des demeures spéciales bien éclairées, bien aménagées, bien distribuées, où quelquefois même le luxe des décorations est poussé trop loin et donne, par exemple aux vestibules et aux escaliers, trop d'importance.

Il faut donc — et c'est pour cela que nous insistons sur ce point — en général choisir un temps clair pour visiter les palais où sont enfermés nos objets d'art ou de curiosité. On y trouvera beaucoup plus d'attraits et on s'évitera beaucoup de fatigue. La recommandation est surtout à retenir pour le célèbre « salon carré » du Louvre où sont réunis d'incomparables chefs-d'œuvre, et qui est à lui seul comme une synthèse de l'histoire de la peinture.

On remarquera, en parcourant le salon carré et les autres galeries de notre grand musée, qu'on y a à la fois donné satisfaction à deux *desiderata* opposes des amis des arts, desiderata contradictoires et qui soulèvent de vives controverses. Faut-il ranger rigoureusement les œuvres par époque, par écoles, par maîtres, ou faciliter la comparaison en mettant ensemble, dans une même salle, des représentants de tous les temps et de toutes les écoles? La logique voudrait qu'on s'enfermât dans une des solutions, et on l'a fait dans certaines collections étrangères nouvellement réorganisées. A Paris, on a adopté un système intermédiaire qui peut se défendre, et qui consiste à respecter à peu près l'ancien salon carré, tout en rangeant par ordre chronologique, par écoles et maîtres, le reste du musée. Le seul inconvénient est que chaque peintre se voit, dans l'ensemble de son œuvre, décapité d'un de ses chefs-d'œuvre qu'il faut aller chercher assez loin de la paroi où figurent ses tableaux.

Serait-il possible de donner quelques indications sur le temps qu'il conviendrait de consacrer à nos musées permanents, et sur l'ordre dans lequel il faudrait les visiter, ou explorer chacune de leurs parties et comme de leurs quartiers ? C'est là évidemment question de goûts et de forces personnelles. Chacun choisira suivant ses prédilections ou ses ressources en puissance musculaire et cérébrale, en se souvenant que le temps matériel nécessaire pour explorer toutes les salles du Louvre sans s'arrêter est, paraît-il, de deux heures de marche; qu'il est impossible de tout voir dans d'aussi vastes collections; que la première chose à apprendre en les parcourant avec des personnes expérimentées, est de choisir rapidement ce qui est digne d'être vu et ce qui peut être négligé sans trop d'inconvénients par le simple amateur. A ce point de vue, les *astérisques* du *Bædecker* sont une première indication non sans valeur. Les catalogues abrégés et illustrés qu'on vend maintenant dans plusieurs de nos galeries, et qui, pour égaler ce qui se fait ailleurs, devraient être encore bien plus nombreux, fournissent également des renseignements précieux sur les sélections à faire et sur la valeur artistique ou historique des œuvres signalées. Je n'oserais recommander l'intervention des guides-interprètes qui s'offrent à l'entrée des musées : ils font évidemment gagner beaucoup de temps aux visiteurs, mais j'ai plus d'une fois observé, en écoutant leurs explications données à des étrangers, combien elles étaient superficielles ou erronées, ou s'appliquaient à des œuvres mal choisies : ce qui ne veut pas dire qu'il ne puisse y avoir d'heureuses exceptions et que quelques véritables connaisseurs ne se soient glissés dans la corporation : les rencontrer serait un idéal pour un étranger pressé ; mais toute indication précise est ici impossible. En tout état de cause, il vaut mieux s'en tenir (quand ils existent) aux catalogues rédigés par les conservateurs éminents auxquels est confiée la garde de nos collections et qui sont presque tous des savants de haute compétence dans leur spécialité.

Quand le voyageur aura, même rapidement, parcouru l'ensemble de nos galeries d'art, exploré la préhistoire au musée de Saint-Germain (qui est à une demi-heure de Paris); l'antiquité — depuis les époques les plus reculées — au Louvre et à la Bibliothèque nationale; le Moyen Age et la Renaissance encore au Louvre, au musée de Cluny, au Trocadéro; l'Orient et l'Extrême-Orient aux musées Guimet, Cernuschi, au Louvre; le seizième, le dix-septième et le dix-huitième siècles à Cluny, au Louvre, au musée Carnavalet, à Versailles, à Chantilly; le dix-neuvième au Luxembourg, au Louvre, au Petit-Palais; les arts militaires et maritimes aux Invalides; les manuscrits à enluminures à la Bibliothèque nationale, aux Archives, à l'Arsenal; les médailles à la Bibliothèque nationale et à la Monnaie; la céramique au Louvre, à Cluny, à Sèvres; les tapisseries dans les palais nationaux, à Cluny, au Louvre, aux Gobelins; l'art industriel aux Arts et Métiers, au musée des Arts décoratifs, — il songera, s'il n'est pas mort de fatigue, que notre capitale, si réputée pour ses plaisirs brillants, est le centre d'un travail de classification, de comparaison et d'enquête à la fois scientifique et artistique fait pour dérouter l'imagination et auquel il manque seulement quelques conditions d'installation plus pratique et un budget plus abondant pour achever de le mettre en pleine valeur.

A côté des musées permanents, il y a les expositions passa-

gères qui, en différentes saisons, représentent à Paris une flo-
raison magnifique et variée. C'est surtout là que l'étranger
peut suivre l'art contemporain dans ses manifestations les plus
éclatantes, parfois un peu paradoxales, mais toujours intéressantes par les tendances qu'elles révèlent dans les jeunes générations, par les promesses ou les déceptions d'avenir qu'elles
annoncent. C'est sur les tendances et les tentatives des écoles
nouvelles que portent les discussions les plus vives dont on
retrouve l'écho dans les revues, les journaux et les conversa-
tions. Les salles de vente et les galeries des grands marchands
de tableaux offrent encore de nombreux échantillons des œuvres les plus controversées, et sur lesquelles chaque curieux des
choses d'art a le devoir de se former *de visu* une opinion
personnelle, sans trop se laisser influencer par les jugements
souvent passionnés ou intéressés des écrivains ou des amateurs.
Les condamnations ou les glorifications ont été si souvent
démenties dans le passé — même dans un passé récent — par
la fortune définitive des œuvres et des artistes, qu'on doit
toujours se défier, en face des nouveautés, des affirmations
trop absolues de ce qu'on appelle la *critique*. Il ne faut pas,
de ce que Th. Rousseau, Manet et d'autres ont été un jour
exclus de nos Salons, conclure que n'importe quel barbouilleur
est un génie méconnu. Il ne faut pas non plus proscrire par
des déclarations de principe toute nouveauté, fût-elle auda-
cieuse et déconcertante tout d'abord. Les nombreuses expositions parisiennes, qui éclosent surtout à la fin de l'hiver et
au printemps, donnent à chacun l'occasion facile et le moyen
de voir, de comparer et de fixer son goût. Même erronée,
l'appréciation personnelle vaut mieux, en pareille matière,
que la répétition machinale d'un jugement, tout formulé,
recueilli dans les gazettes, et qui généralement, dix ou vingt

ans après, est contredit par des jugements aussi tranchants,
mais en sens opposé. L'art, aussi bien plastique que musical,
n'a jamais échappé à ces revirements de l'opinion. Nous ne
sommes pas sûrs d'éviter nous-mêmes ces fluctuations dans
notre goût : elles sont excusables si elles succèdent à une étude
impartiale des œuvres ; à Paris, nous n'avons pas le prétexte
que celles-ci soient difficiles à voir : on nous les montre avec
profusion.

Il y a dans cette profusion beaucoup d'efforts perdus. On
n'a jamais calculé, je crois, les kilomètres carrés de toile peints
chaque année, ni les tonnes de matière pétrie, taillée ou fondue par nos sculpteurs, et c'est dommage pour la statistique.
Il est vrai que parmi les peintures, plusieurs sont, dit-on, des
toiles de Pénélope, en ce sens que la toile peinte une année
est l'année suivante recouverte d'une autre image ; mais, si le
tissu n'est pas perdu, le temps et l'activité de l'artiste l'ont été,
et il aurait pu mieux les employer pour le bien social. Que
d'artistes auraient dû rester artisans ! En outre, le désir de se
distinguer dans cette cohue d'œuvres exposées entraine souvent les exposants à des extravagances en fait de dimensions,
de couleur ou de composition : c'est le coup de pistolet tiré
pour se faire remarquer. La nécessité de se retrouver au milieu
de ce chaos oblige le visiteur à de longues recherches, avant
de trouver, après bien des fatigues, des protestations, des indi-
gnations, des bâillements, ou des éclats de rire, l'œuvre qui
vaut la peine d'être regardée et retenue. Mais ce sont là les
inconvénients d'une production trop abondante et non filtrée
par des jurys assez rigoureux. Comment canaliser l'une, et
recruter les autres ? Comment décourager et stimuler, en ne
se trompant pas ? Ce n'est pas ici le lieu d'aborder ces délicates et peut-être insolubles questions..... En attendant, que

nos hôtes nous pardonnent de leur servir une table chargée de trop de mets : nous avons confiance dans leur goût pour faire personnellement leur choix, et la longueur même de ce choix les retiendra peut-être — ce dont nous nous réjouirons — un peu plus longtemps parmi nous.

Eugène d'Eichthal.

L'ART DÉCORATIF

ES renseignements contenus dans ce chapitre se rapportent à l'ornementation des maisons, au mobilier, et à la parure des personnes. Nous laissons de côté l'architecture, les monuments, les tableaux et les statues, pour ne considérer que les meubles, les vases, les papiers peints, les tentures, les tapisseries, les tapis, la joaillerie et l'orfèvrerie, les dentelles et broderies, les cuirs et reliures.

L'art décoratif pénètre dans tous les musées, et toutes ses merveilles ne sont pas dans les musées spéciaux.

Le *Louvre,* en particulier, offre au visiteur les collections les plus variées et les plus riches : bijoux étrusques, trésor de Bosco Réale dans la salle des bijoux ; un musée admirable de céramique antique (étrusque, grecque, italo-grecque), où l'on trouve des documents de premier ordre sur la vie antique, tout en savourant la grâce mesurée et l'harmonie des formes, des figures, des gestes, des danses ; le Musée des Antiquités asiatiques, le Musée Chinois, la très riche collection Grandidier (por-

celaines chinoises et japonaises), etc. Toutes ces sections offrent
un grand intérêt; mais au point de vue de l'art décoratif français, la plus importante du musée est celle du mobilier des
dix-septième et dix-huitième siècles (meubles, tapis, bronzes,
tapisseries, vases, miniatures, etc.); elle contient des pièces
capitales du mobilier royal établies par les grands ébénistes
français. Au même point de vue, on visitera le Musée des
objets d'art du Moyen Age et de la Renaissance, et, enfin, on
admirera, dans la galerie d'Apollon, avec des merveilles de
l'orfèvrerie et de la bijouterie, une collection d'émaux réputée
parmi les plus belles du monde.

Le *Musée de Cluny,* dans le cadre harmonieux d'un vieil hôtel
gothique-renaissance, présente des chefs-d'œuvre du Moyen
Age, de la Renaissance, et même du dix-septième siècle. On
y trouve du mobilier, des autels et retables, des ivoires, des
ornements d'église, des broderies et dentelles, des tapisseries;
de l'orfèvrerie, des bijoux, surtout de l'orfèvrerie d'église; de
très beaux émaux; une riche collection de faïences, de Palissy
notamment; des bronzes, des serrures, clefs, coffrets, etc.

Le *Musée Carnavalet* est un musée historique, riche en
souvenirs de la Révolution française. Signalons en passant :
une collection de tabatières, de montres, d'éventails; des
insignes; des faïences et porcelaines très curieuses de l'époque
révolutionnaire (de Nevers, en général).

Le musée du Palais de la Ville de Paris (*Petit-Palais*), aux
Champs-Élysées, contient une intéressante collection de céramique contemporaine : celle du sculpteur céramiste Carriès,
dont les grès témoignent d'un génie original. On y trouve aussi,
dans la collection Dutuit, des pièces décoratives peu nombreuses, mais de valeur : Chine et Japon; émaux de Limoges,
faïences de Palissy, de Delft; faïences italiennes, verres de

Venise; porcelaines de Sèvres; pièces d'orfèvrerie; quelques statuettes, notamment de Clodion.

Le musée de sculpture comparée ou des moulages, au *Trocadéro*, est un véritable musée d'art décoratif. Les moulages qu'il contient reproduisent un nombre considérable de détails ornementaux des monuments depuis le Moyen Age, principalement des monuments gothiques. Le classement parfait des objets exposés, la richesse des collections, en font un musée dont l'intérêt didactique est aussi grand que le charme.

Le *Musée Guimet,* musée des religions de l'Extrême-Orient, est très riche en objets servant à la décoration des temples. Signalons aussi une belle collection de céramiques japonaises.

Le *Musée Cernuschi* contient une merveilleuse collection de bronzes, porcelaines, grès, faïences, émaux cloisonnés de la Chine et du Japon. Les vases de bronze sont très nombreux. La collection a un intérêt puissant pour l'art décoratif.

Le *Musée Galliera* s'est fait une spécialité des expositions temporaires d'art décoratif, et tout particulièrement d'art moderne; elles méritent le vif succès qu'elles ont eu. Les collections permanentes sont peu abondantes. On verra avec plaisir une vingtaine de tapisseries anciennes, quelques-unes très belles, de Beauvais, de Lille, des Gobelins, etc.

Le *Musée des Arts décoratifs,* aux Tuileries, pavillon de Marsan, a été fondé par l' « Union centrale des Arts décoratifs »; il est installé depuis 1905 dans son local actuel. Il embrasse toutes les formes d'art décoratif et contient des modèles de tous les pays, de toutes les époques. Il a pour objet la formation d'ouvriers, d'artistes décorateurs et un renouveau des arts décoratifs. Il offre un intérêt considérable au public et aux professionnels. Il s'enrichit par de continuels achats comme par la générosité des collectionneurs; parmi ceux-ci, il faut citer tout spécialement Émile Peyre. Au rez-de-chaussée sont installées les collections d'art moderne (dix-neuvième siècle) ; au premier étage, les collections d'art gothique, de la Renaissance, des époques Louis XIV et Louis XV ; à l'entresol, les collections de l'époque Louis XIV ainsi que celles d'art d'italien, d'art allemand, d'art espagnol ; les collections d'étoffes, de ferronnerie ; au second étage, les collections de l'art oriental et de l'Extrême-Orient. Souvent aussi des expositions temporaires sont agencées dans les salles du musée.

Il est impossible en quelques lignes de donner un aperçu des collections ; il faudrait reprendre la nomenclature de tous les objets se rattachant à l'art décoratif et rappeler les noms des grands artistes décorateurs, les ateliers et manufactures célèbres. Seule une longue visite renseignera et satisfera l'amateur. Les tapisseries, très nombreuses et très diverses, offrent un intérêt éducatif tout particulier. Les produits céramiques français, et notamment ceux de Sèvres sont dans le même cas : on doit signaler les pâtes tendres Louis XVI et la salle des Sèvres du dix-neuvième siècle. Très curieux aussi, au rez-de-chaussée, le grand salon moderne où furent exposées en 1900 les œuvres de nos décorateurs les plus connus, salon reconstitué dans le musée et qui permet d'apprécier l'originalité de notre art contemporain : peintures et vitraux d'Albert Besnard et Henri Martin ; céramiques de Carriès, Delaherche, Dalpeyrat, Bigot, Dammouse, Hœntschel, Moreau-Nélaton, Lachenal ; verreries par Gallé, Rousseau, Daum ; pâtes de verre de Cros ; orfèvrerie de Falize, Christophle, Cardeilhac, Gaillard ; bijoux de Lalique, Vever, Falize, Gaillard, etc.

Une bibliothèque très importante contient des dessins de broderies et dentelles ; on a la permission d'y faire des calques.

M. Follot, fabricant de papiers peints, avait donné une collection à l' « Union des Arts décoratifs » et, pendant quelques
années, plusieurs fabricants remirent des échantillons de tous
les papiers qu'ils fabriquaient. Cette collection est déposée à
la bibliothèque, où elle peut être consultée.

A [la Manufacture de *tapisseries des Gobelins,* qui intéresse
l'art décoratif par son passé merveilleux et par l'effort actuel
de son directeur, est annexé un musée du plus haut intérêt ;
c'est là aussi que se fabriquent les tapis de la Savonnerie. Les
ouvriers disposent, pour le travail, de plus de 14 000 tons de
laine. Cette richesse a permis malheureusement de copier
avec exactitude les tableaux en renom ; mais on revient aux
bonnes traditions décoratives, aux cartons spéciaux peints en
vue d'une œuvre de tapisserie. Le musée contient des tapisseries de toutes époques depuis la fondation de la manufacture
au seizième siècle.

La Manufacture nationale de *porcelaine de Sèvres,* aussi
célèbre que les Gobelins, peut également être visitée par le
public. On sait les grands services que Sèvres a rendus à la
céramique, par ses études sur les pâtes (on n'a pas retrouvé la
pâte tendre du dix-huitième siècle, on a cependant maintenant
une porcelaine tendre), par ses études sur les couleurs et les
couvertes, par ses procédés de fabrication des grandes pièces.
On pourra voir à la manufacture (et aussi à Paris, boulevard
des Italiens) une exposition des produits actuels de Sèvres ; on
jugera de l'effort tenté dans les dernières années et consacré
par le succès de l'Exposition de 1900. On visitera aussi avec
fruit le musée céramique de la manufacture qui contient des
poteries, des faïences, des porcelaines, des grès de tous les
temps et de tous les pays. Les guides signalent de « magni-
fiques reproductions de tableaux ». L'amateur préférera les

vases, les assiettes, les tasses, tous les trésors charmants d'un art décoratif conscient de son objet.

Peu nombreux encore sont les musées établis par les chambres syndicales ; ils devraient avoir plus d'importance. La « Réunion des fabricants de bronze », 8, rue Saint-Claude, a constitué des collections formées des premiers prix du concours de ciselure ; de dons de fabricants (parmi lesquels des œuvres de Barye) ; de modèles en plâtre, de travaux des élèves des cours professionnels. La « Chambre syndicale de la bijouterie » a constitué des collections analogues au siège du syndicat, 2, rue de la Jussienne. On peut également visiter, 25, rue Chapon, les travaux exécutés depuis vingt-cinq ans par les élèves de la « Chambre syndicale de la bijouterie *imitation* ». Dans beaucoup d'autres chambres syndicales, les collections sont à l'état embryonnaire. Le « Cercle de la librairie » a décidé d'installer un musée des arts graphiques, mais ce n'est encore qu'un projet.

Ces énumérations sont loin de faire connaitre les richesses de l'art décoratif contemporain à Paris. C'est aux vitrines des joailliers et des orfèvres, des céramistes, des fabricants et marchands de meubles que l'on peut se rendre compte de l'effort original des artistes français au cours des dernières années. Une visite aux expositions, la flânerie dans les rues animées ou sur les boulevards, réservent à chaque pas des surprises, des tentations à l'amateur qui sait se promener.

Arthur FONTAINE.

LA MODE

UEL pinceau délicat, quelle plume athénienne il faudrait pour décrire les caprices charmants, les variations inattendues, mais toujours harmonieuses, de cette mode qui se décrète chaque année dans je ne sais quels conseils mystérieux, ou plutôt qui jaillit d'un milieu de femmes et d'hommes également affinés, artistes, à la fois au courant des désirs de leur clientèle d'aujourd'hui et prescients des exigences de celle de demain ! Comment rechercher, à travers les longues étapes d'un atavisme maintes fois séculaire, les origines de ce goût qui semble l'apanage de toute une population ? Élevées les unes après les autres dans le culte du beau, les générations se transmettent, ainsi qu'un précieux héritage, l'art du vêtement féminin, qui se modifie sans cesse, mais qui reste fidèle à un même idéal et qui constitue proprement ce qu'on appelle la mode parisienne.

Elle n'est point aisée à définir ; elle est changeante, un peu trop de nos jours, au gré même de ceux qui passent pour la diriger, qui la subissent dans une certaine mesure, et qui sont parfois emmenés plus vite qu'ils ne le souhaiteraient vers de nouveaux rivages, où le caprice de leurs clientes et aussi de certains confrères les fait aborder, et d'où il ne tarde pas à les entrainer à d'autres aventures. Comment nait-elle ? On a souvent cité la jolie anecdote de Mlle de Fontanges, courant un cerf à cheval, voyant ses cheveux se dénouer au vent, les relevant avec un ruban ; le Roi lui fait compliment sur cette coiffure improvisée, et le lendemain les femmes de la cour étaient coiffées « à la Fontanges ». A toute époque, l'esprit d'imitation, qui est inné chez l'individu comme il se propage au milieu des foules, a conduit les humains à suivre l'exemple d'autrui, à copier, dans leur façon de se vêtir, ceux que leur situation sociale mettait en vue. La plupart des pays étant encore sous le régime monarchique, c'est vers les souverains et leur cour que les regards se tournent : il suffit de traverser la Manche pour savoir comment, même en ce qui concerne le vêtement masculin, un monarque sert de modèle aux gentilshommes d'Angleterre et à nombre d'étrangers ; ailleurs, certaines femmes reconnues comme les arbitres de l'élégance remplissent ce rôle, et les autres s'inclinent devant cette royauté.

Il n'y a point là toujours de concert préétabli, d'entente formelle, de décisions prises après discussion : un inventeur plus audacieux que ses confrères dessine un costume, en revêt un *mannequin,* c'est-à-dire une de ses employées dont le rôle est de montrer, sur un corps fait à souhait, l'effet de la création nouvelle, l'envoie dans quelque lieu public, sur un champ de courses, dans une salle de théâtre un soir de première représentation ; si une actrice en vue la porte sur la scène, l'effet est encore plus certain. La toilette frappe par sa grâce, son étrangeté, la disposition des étoffes, des couleurs. Souvent elle n'est qu'un retour à des modes d'antan, qu'elle ne repro-

duit pas servilement, mais dont elle s'est plus ou moins ins-
pirée : car en cette matière, plus qu'en aucune autre peut-
être, il est permis de dire qu'il n'y a rien de nouveau sous le
soleil : nous n'en voulons d'autre preuve que les statuettes
mises à jour dans les fouilles de l'île de Crète, et qui nous
montrent des femmes grecques vêtues de jupes à volants plus
compliquées que les paniers du dix-huitième siècle. Le Théâtre-
Français les a reconstituées dans la *Furie,* le drame antique
joué en février 1909. Parmi les femmes dont la curiosité aura
été éveillée par ces vêtements nouveaux, plusieurs vont aus-
sitôt les imiter ; sans doute, plus d'une, avec l'aide d'un habile
couturier, les améliorera : les éditions successives d'un même
modèle pourront différer, mais se rapprocheront du type lancé
dans la circulation et qui va, pour quelque temps, pour une
saison, une année peut-être, constituer ce qu'on appellera la
dernière mode. Ce n'est pas la forme seule qui varie : les
matériaux, les ornements, les couleurs changent ; on passe
de la soie au velours, du velours au drap ; tantôt les rubans
garnissent les robes, tantôt ce sont les fourrures, le jais, les
broderies. Une année, le bleu se voit partout, et encore les
élégantes n'en admettent-elles qu'une nuance déterminée :
bleu de roi, bleu de ciel, gros bleu. Plus tard ce sera le rouge,
le rouge amarante, le rouge cerise, le rouge pourpre. L'année
suivante, le vert dominera, et ainsi de suite, sans qu'il soit
possible d'assigner une cause ni une origine précise à ces in-
cessants caprices.

Comme toute chose, la mode a subi la loi d'accélération
qui domine le monde moderne : ses évolutions sont bien plus
rapides qu'autrefois. Les pères de famille le déplorent : ils
pensent aux époques lointaines où des robes d'apparat se trans-
mettaient d'une génération à l'autre et où les filles allaient au

bal en portant les vêtements dont leurs mères s'étaient parées vingt ou trente ans plus tôt. D'ailleurs, la fragilité des matériaux dont on se sert aujourd'hui, la légèreté des tissus, abrègent d'elles-mêmes la durée des toilettes, alors même que la loi non écrite, mais inexorable, de la mode n'en imposerait pas le constant renouvellement.

Quel que soit le jugement que le moraliste porte sur elle, cette mode est un des éléments de la vie parisienne, non seulement de la vie brillante qui se manifeste dans la rue, dans les restaurants, les concerts, les théâtres, les salons, mais de la vie laborieuse de la capitale, où des milliers de travailleurs des deux sexes sont occupés par elle et grâce à elle.

L'industrie de la mode féminine comprend deux branches : la couture qui fait les robes et les manteaux sur mesure ; la confection qui les fabrique en gros. Sous cette forme, elle est moderne et ne remonte guère qu'au milieu du dix-neuvième siècle, alors que naquit l'idée de centraliser la triple opération de l'achat de l'étoffe au fabricant, de la revente de l'étoffe aux clientes et de la confection du vêtement. Les maisons ainsi constituées obtinrent un succès remarquable à Londres à l'Exposition de 1851 et un plus grand encore à celle de Paris en 1855. Un nombre croissant d'étrangères, en même temps que de Françaises, commandèrent leurs toilettes à Paris. Ce mouvement favorisa l'industrie lyonnaise, à qui les couturiers demandaient, en quantités toujours plus grandes, les beaux tissus de soie et de velours. De 1840 à 1872, le nombre de métiers dans cette ville doubla, passant de 57 000 à 120 000. Ce ne fut pas le seul centre qui ressentit les bienfaisants effets de la vogue de la mode parisienne : les fabriques de laine reçurent une impulsion au moins égale, sans compter celles de Saint-Étienne et autres villes.

En 1850, le nombre des couturières à Paris était de 158 ; 67 maisons, sous la rubrique *Nouveautés confectionnées,* vendaient les objets de toilette les plus variés : vêtements, garnitures de robes, chemises, linge. En 1863, on compte 494 maisons de couture, 237 maisons de nouveautés confectionnées, 79 fabriques de jupons, qui s'étaient alors constituées en une branche spéciale. En 1872, malgré la guerre et la Commune, le nombre de maisons de couture est de 684, de nouveautés 307, de jupons 99. En 1895, il y a 1 636 couturières et 296 maisons de nouveautés, en dehors des petites couturières occupant de 1 à 3 ouvrières. On évalue à 65 000 les ouvrières, réparties comme suit :

6 maisons occupant de 400 à 600 ouvrières, soit.		3 000 ouvrières
50 —	— 100 ouvrières, soit	5 000 —
50 —	— 50 — — . . .	2 500 —
1 530 —	— 15 — —	22 950 —
296 —	de nouveautés confectionnées, ayant chacune, en moyenne, 10 entrepreneuses qui occupent chacune environ 10 ouvrières, soit. .	29 600 —
	Au total. . . .	63 050 ouvrières

auxquelles il faut ajouter les passementières, les brodeuses, les fleuristes, qui travaillent pour la couture et la confection. Beaucoup de couturières patronnes, aidées de 2 à 5 ouvrières, ne figurent pas dans ce relevé, qui ne comprend pas non plus un grand nombre d'ateliers de broderie où des centaines de femmes tirent l'aiguille pour les couturiers.

En France, la branche de l'habillement et de la toilette compte 81 000 patrons et 144 000 patronnes, soit ensemble 225 000 chefs de maisons, autour desquels se groupent 136 000

hommes et 564 000 femmes. Voilà près d'un million d'individus occupés à cette industrie, dont 600 000 au moins à la
toilette féminine.

On évalue à 1 milliard de francs les matières premières qui
entrent dans le vêtement, soie, laine, coton, dentelles, passe-
menteries, broderies, fourrures, fleurs, plumes, mercerie : une
moitié en est utilisée par le travail domestique, l'autre par la
confection et la couture. Une grande maison de Paris nous
indique la répartition suivante de ses affaires :

Vente à Paris pour la consommation française . . .	37 %
— à des étrangers.	38
— à des commissionnaires	8
Expédition à l'etranger	17
	100 %

Les exportations annuelles sont de 100 millions de francs;
mais ce chiffre ne comprend que l'exportation visible : il faut
le majorer fortement pour tenir compte des exportations
occultes, c'est-à-dire des toilettes que les clientes étrangères
emportent dans leurs malles.

Les maisons de couture peuvent se classer en deux catégories : celles où la besogne est divisée, et celles où le chef de
maison participe lui-même au travail manuel. Le personnel
d'une maison de la première catégorie comprend les chefs et
les vendeurs ou vendeuses assistés de jeunes femmes qui revê-
tent les modèles à montrer aux acheteurs. Le costume, une
fois commandé, donne lieu à une série d'opérations, au cours
desquelles des manutentionnaires remettent aux coupeuses les
tissus et accessoires nécessaires; celles-ci apprêtent le corsage,
la jupe ou le manteau, puis le livrent aux ateliers de garnitures.

Les maisons de confection en gros se divisent en trois catégories, selon qu'elles vendent le modèle le plus cher par unité, la série, c'est-à-dire le modèle dont on commande plusieurs exemplaires de tailles différentes, ou enfin uniquement la série à bas prix. Celles de la première catégorie créent les modèles : les fabricants, les couturières et les négociants étrangers s'approvisionnent chez elles.

La modiste est puissamment aidée par ce qu'on appelle en termes techniques « le 4 Septembre », c'est-à-dire l'ensemble des fabricants de soieries, de fleurs, de plumes, d'étoffes et accessoires de toute sorte, qui sont groupés autour de la rue de ce nom et se tiennent en communication constante avec les femmes intelligentes et avisées dont l'esprit, toujours en éveil, crée les modèles nouveaux. Si ces modistes n'avaient pas auprès d'elles cette élite d'industriels qui sont, eux aussi, des artistes, qui exécutent leurs conceptions, qui les complètent, les améliorent, qui sont prêts à toutes les dépenses, à tous les sacrifices pour arriver au but désiré, elles n'atteindraient pas les résultats auxquels elles arrivent. Il leur faut ce fonds inépuisable d'articles, d'ornements de tout genre, sans cesse renouvelé, duquel elles tirent à leur tour des idées, des inspirations. D'un autre côté, ces fabricants du « 4 Septembre » ont une clientèle considérable à l'étranger, qui vient s'approvisionner chez eux de tous les objets qu'ils fournissent aux modistes parisiennes, et dont un débit énorme leur est par là-même assuré.

L'ouvrière parisienne se distingue par la grâce et l'harmonie des garnitures. Ces articles, constamment modifiés, ne sauraient être fournis par une industrie mécanique ; ils ont un côté artistique et ne peuvent s'obtenir que par une main-d'œuvre personnelle. C'est là le point sur lequel il convient d'insister. L'industrie de la mode ne peut se comparer à aucune de celles qui chiffrent leurs résultats par millions de tonnes ; elle contient, s'il est permis de s'exprimer ainsi, une part d'idéalisme infiniment plus forte qu'aucune autre. Ces milliers d'ouvrières que l'on voit, aux clairs matins de Paris, descendre en fredonnant, caquetant, riant, des faubourgs, pour venir remplir les ateliers de la rue de la Paix, sont les auxiliaires de leurs chefs ; dans l'air lumineux de l'Ile-de-France, dans les horizons harmonieux du fleuve et de l'incomparable cité, elles puisent un renouveau constant de goût, qui guide leurs doigts agiles et leur fait mettre de la grâce et du charme dans le moindre détail des toilettes auxquelles elles travaillent.

Ce goût est l'apanage de la race, mais il ne se préserve que dans la capitale, où un effort incessant vers le beau, sous toutes ses espèces, l'entretient et le renouvelle. C'est un fait bien connu, que l'ouvrière la plus habile, transplantée sous d'autres cieux, perd au bout de six mois une partie de ses moyens. Celles que nos grands couturiers envoient les représenter à l'étranger ont besoin de revenir, à de fréquents intervalles, se retremper dans l'atmosphère parisienne, sous peine de déchoir et de n'avoir plus le même coup d'œil, ni la même sûreté de main. Il semble que le sceptre de la mode ne puisse être arraché à Paris : les étrangers le pensent comme les Français et lui rendent hommage en venant s'alimenter à la source qui, des bords de la Seine, se répand sur le monde en flots de soie, de gaze, de dentelles, de drap, de velours, apprêtés par des milliers d'artistes incomparables, dont l'infatigable et ininterrompue collaboration crée et entretient cette chose indéfinissable et que pourtant chacun comprend : la mode de Paris.

Raphaël-Georges Lévy.

THÉATRES ET CONCERTS

ARIS a toujours aimé passionnément les spectacles. Depuis le dix-septième siècle qui, aux farces du Théâtre de la Foire et des tréteaux du Pont-Neuf, substitua un véritable théâtre, épuré et discipliné, l'art dramatique est devenu peu à peu une des grandes affaires de la vie parisienne. Quarante-huit théâtres, sans compter les music-halls, les spectacles-concerts, les cafés chantants, les cabarets artistiques et les brasseries lyriques, débitent journellement, sous des formes qui varient du grave au doux, du plaisant au sévère, la distraction la plus recherchée des Parisiens. Un disciple de Jean-Jacques Rousseau serait tenté de plaindre « tous ces gens ennuyés qu'on amuse avec tant de peine ».

Suivons-les tout au moins dans les principaux théâtres.

Le premier sera l'Opéra ou, plus exactement, l'Académie nationale de musique et de danse. Après un souvenir donné aux salles anciennes, à celle du Palais Cardinal (1673), à celles des Tuileries et du Palais-Royal (1763-1781), rappe-

lons que l'Opéra, en 1795, occupait, place Louvois, le
théâtre qu'y avait fait bâtir la Montansier, lequel fut fermé,
en 1820, à la suite de l'assassinat du duc de Berri. Installé,
l'année suivante, rue Le Peletier, l'Opéra y demeura cinquante-
deux ans. La salle actuelle a été ouverte le 5 janvier 1875.
Œuvre de Charles Garnier, l'édifice — manifestation grandiose
de la renaissance de l'architecture italienne qui a marqué la fin
du second Empire — s'élève sur un emplacement qui forme
le centre du Paris le plus brillant et le plus animé. Une salle
somptueusement décorée contenant 2 200 places, une vaste
scène, d'immenses dégagements, un escalier monumental et
un foyer que des peintures de Baudry ont rendu célèbre font
de l'Opéra un théâtre à peu près unique au monde. L'orchestre
comprend 106 instrumentistes, la troupe du chant et de la
danse 208 artistes. Avec le personnel administratif et secondaire, l'effectif total atteint 1 012 personnes.

L'histoire de l'opéra français, à la prendre depuis Lulli,
exigerait des volumes. Pendant la période qui s'est écoulée
depuis l'installation de l'Académie nationale dans sa demeure
présente, *Guillaume Tell*, la *Muette*, la *Juive*, la *Favorite*,
Robert le Diable, les *Huguenots*, le *Prophète*, *Hamlet*, *Faust*,
Rigoletto, *Aïda*, *Sigurd*, *Salammbô*, *Samson et Dalila*, le *Cid*,
ont fait successivement triompher les noms déjà illustres de
Rossini, d'Auber, d'Halévy, de Donizetti, de Meyerbeer et
ceux d'Ambroise Thomas, de Verdi, de Gounod, de Reyer,
de Saint-Saëns et de Massenet. Rameau, Gluck, Mozart,
Weber, ont représenté les plus grandes époques de l'art classique, avec de belles reprises d'*Hippolyte et Aricie*, d'*Armide*,
de *Don Juan*, du *Freischütz*, etc. Richard Wagner, enfin, a
conquis notre première scène lyrique. *Lohengrin*, puis la
Walkyrie, *Tannhäuser*, les *Maîtres chanteurs*, *Siegfried*, *Tristan*

et Ysolde, le *Crépuscule des Dieux,* ont peu à peu converti Paris à la religion wagnérienne, avec des artistes de premier ordre comme le ténor Van Dyck, la basse Delmas et les admirables tragédiennes lyriques que sont Mme Caron et Mlle Bréval. Si les *laudatores temporis acti* invoquent encore les noms des Nourrit, des Roger, des Duprez, des Faure, de Mmes Viardot, Sass, Gueymard, Nilsson, Carvalho, Krauss, nos dilettantes d'aujourd'hui n'ont pas lieu de se croire moins favorisés. Et, dans les délicieux ballets de Léo Delibes ou de Lalo, des étoiles de la danse comme Mlles Mauri, Subra, Zambelli, n'auront pas brillé d'un moindre éclat que leurs devancières, les Beaugrand et les Sangalli.

Le budget d'une entreprise aussi vaste que l'Opéra est nécessairement considérable. Les recettes, dont le maximum est de 23 000 francs et la moyenne de 17 000 francs par représentation, atteignent un total annuel d'environ 3 millions ; elles resteraient insuffisantes à couvrir les frais et à rémunérer le capital engagé si l'État ne contribuait aux dépenses d'exploitation par une subvention, qui est actuellement de 800 000 francs. N'oublions pas qu'il s'agit de frais qui, pour la mise à la scène d'un seul ouvrage nouveau, peuvent s'élever jusqu'à 150 000 francs. N'oublions pas surtout les émoluments des artistes. Il y a des premiers ténors qui sont payés jusqu'à 100 000 et 150 000 francs par an. Théophile Gautier n'a-t-il pas dit avec raison que la musique est le plus dispendieux de tous les bruits ?

De l'Opéra, passons à la COMÉDIE-FRANÇAISE. La Maison de Molière, comme on se plaît à l'appeler, est, elle aussi, une manière d'académie et comme un conservatoire des grandes traditions classiques. Elle n'en est pas moins ouverte aux productions des auteurs contemporains. Sa fondation remonte à 1658, époque à laquelle la troupe de Molière fut installée au Palais-Royal. En 1689, la Comédie-Française se transporte rue des Fossés-Saint-Germain, puis, en 1770, aux Tuileries. De 1782 à 1793, elle emprunte la nouvelle salle de l'Odéon. Le premier Consul, en 1803, l'installe rue de Richelieu, dans la salle bâtie pour elle par l'architecte Louis, et c'est là que nous la retrouvons aujourd'hui, après la reconstruction qui a suivi l'incendie de 1900.

La Comédie-Française est une institution nationale subventionnée par l'État et placée sous l'autorité d'un adminis- *240.* trateur nommé par le gouvernement. La troupe est recrutée soit parmi les lauréats du *Conservatoire national de musique et de déclamation,* soit parmi des artistes venus d'autres scènes. Elle se compose de sociétaires, directement intéressés aux bénéfices, et de pensionnaires qui reçoivent des traitements fixes. L'entreprise est régie par le fameux décret de Moscou, signé par Napoléon Ier pendant la campagne de Russie.

La tragédie, la comédie et le drame alternent sur l'affiche. Les chefs-d'œuvre de Molière, de Corneille et de Racine n'ont pas cessé de figurer au répertoire, avec quelques-unes des tragédies de Voltaire, des comédies de Regnard, de Marivaux et de Beaumarchais. Le romantisme y est entré avec Victor Hugo qui, après ce qu'on a appelé la bataille d'*Hernani* (1830), et malgré l'opposition passionnée de l'*école du bon sens,* dont Ponsard fut le chef, a fini par prendre possession du Théâtre-Français, excluant pour longtemps à peu près toute tentative nouvelle de tragédie classique. Avec Victor Hugo étaient venus Alfred de Vigny, Alexandre Dumas père, Alfred de Musset. Parmi les poètes dramatiques contemporains, citons Henri de Bornier, Alexandre Parodi, Jean Richepin. Héritiers éloignés de Molière et de Regnard, Labiche, Meilhac et Halévy représentent la comédie. Le répertoire des pièces dites modernes, comédies de mœurs et de caractères, se réclame des noms d'Émile Augier, d'Alexandre Dumas fils, de Pailleron, d'Henry Becque, de Victorien Sardou, auxquels s'ajoutent ceux de François de Curel, de Paul Hervieu, de Jules Lemaitre, de Maurice Donnay, de Porto-Riche, d'Henry Lavedan, etc. D'après le dernier rapport parlementaire sur les beaux-arts, le Théâtre-Français a joué, en 1907, 105 pièces de 68 auteurs; celles du répertoire ancien ont eu, au total, 149 représentations; celles du répertoire moderne, 370; les nouveautés, 306.

Que ce soit dans le répertoire comique ou tragique, des artistes de premier ordre n'ont cessé de se transmettre de période en période, depuis l'origine du théâtre, les traditions des Champmeslé et des Baron. Au début du dix-neuvième siècle, ce sont Talma, Mlle Mars, Mlle Rachel. Puis viennent Bressant, Delaunay, Got, Coquelin, Mme Arnould-Plessy, les sœurs Brohan, Sarah Bernhardt. A cette liste, forcément écourtée, des illustrations de la Comédie-Française, nous pouvons ajouter sans hésitation Mounet-Sully et la parfaite artiste que ses admirateurs, qui sont légion, appellent *la divine,* Mlle Bartet.

Après des fortunes diverses, la prospérité de la Comédie-Française a pris depuis une trentaine d'années un essor et une stabilité remarquables. On se rappelle l'hyperbole attristée d'Alfred de Musset :

> J'étais seul, l'autre soir, au Théâtre-Français,
> Ou presque seul...

Aujourd'hui la Comédie-Française, qu'elle donne le *Misanthrope,* ou *Phèdre,* ou *Cinna,* ou *Hernani,* une adaptation du théâtre antique comme *Œdipe roi,* une adaptation d'un des chefs-d'œuvre du théâtre étranger comme *Hamlet,* ou bien encore telle pièce du répertoire contemporain, fait invariablement salle comble. Les recettes, qui dépassent annuellement 2 millions, se maintiennent d'une façon à peu près constante aux environs du maximum. D'après un journal enclin, lui aussi, à l'hyperbole, la recette du Théâtre-Français, avec le *Monde où l'on s'ennuie* de Pailleron, aurait même, certain soir, — affirmation bien faite pour surprendre un statisticien — dépassé le maximum !

Nous retrouvons la musique à l'Opéra-Comique. Depuis sa fondation (1714), notre second théâtre de chant a changé maintes fois d'emplacement. En 1783, il est à la salle Favart, puis il prend le nom de théâtre Feydeau ; il occupe ensuite la salle Ventadour, puis, en 1832, la salle des Nouveautés, alors place de la Bourse. La salle Favart, en 1840, lui donne asile à nouveau pendant de longues années presque toutes signalées par des succès. Après l'incendie de 1887, l'Opéra-Comique émigre au théâtre des Nations, place du Châtelet. La salle actuelle a été inaugurée en 1898.

L'Opéra-Comique est une entreprise privée subventionnée par l'État. Une direction habile, au cours de ces dernières années, a porté au plus haut degré la prospérité de ce théâtre où, sur un espace restreint, elle a réalisé des merveilles de mise en scène. De 1 700 000 francs en 1886, les recettes ont passé à 2 300 000 francs en 1906.

Une évolution profonde s'est produite dans le genre. Depuis la *Dame blanche* (1825), jusqu'à la plus récente production saluée par un grand succès, *Pelléas et Mélisande* (1902), cette évolution est complète. L'opéra-comique comme l'entendaient nos pères, genre mixte, tenant à la fois de l'ancien vaudeville et de l'opéra, semble avoir fait son temps. L'emploi du dialogue parlé a peu à peu disparu ; le poème et la musique forment maintenant un ensemble inséparable et les œuvres nouvelles, que la fable en soit dramatique comme celle du *Werther* de Massenet, ou franchement comique comme celle du *Falstaff* de Verdi, constituent presque toutes de véritables drames lyriques.

Pourtant, la *Dame blanche* n'a guère cessé d'être jouée et, depuis sa première représentation jusqu'à ce jour, il n'y a pas eu pour ainsi dire d'année où elle n'ait été reprise. Il en a été de même de la plupart des grands succès d'autrefois, le *Pré aux Clercs,* le *Domino noir,* le *Chalet,* la *Fille du Régiment,* les *Noces de Jeannette, Mignon.* Aux noms de Boieldieu, d'Hérold, d'Auber, d'Adam, de Donizetti, de Victor Massé et d'Ambroise Thomas se sont ajoutés ceux de Gounod avec *Mireille,* de Bizet avec *Carmen,* de Lalo avec le *Roi d'Ys,* de Massenet avec *Manon* et *Werther.* A la suite d'Alfred Bruneau qui, avec le *Rêve,* marque nettement la transition, de jeunes et remarquables talents, comme Gustave Charpentier, Debussy, Dukas, ont affirmé les formules nouvelles avec *Louise, Pelléas et Mélisande, Ariane et Barbe-Bleue,* cependant que des reprises de *Don Juan,* de *Fidélio,* d'*Orphée,* d'*Alceste,* des deux *Iphigénie,* etc., ont fait revivre, dans tout l'éclat d'une mise en scène incomparable, les chefs-d'œuvre des maitres du passé.

A l'ODÉON, quatrième théâtre subventionné par l'État, nous retrouvons un répertoire analogue à celui de la Comédie-Française. Notons que c'est dans la salle de l'Odéon, construite en 1782 pour la troupe du Théâtre-Français, que fut représenté pour la première fois le *Mariage de Figaro.* En 1825, l'Odéon recevait, avec sa première subvention, le nom de second Théâtre-Français, qu'il ne devait pas cesser de porter.

L'Odéon a été le théâtre de Picard, de Casimir Delavigne,

14

de Ponsard, de Louis Bouilhet. Émile Augier et Balzac y ont fait représenter leurs premiers ouvrages. En 1872, Victor Hugo y faisait reprendre *Ruy Blas,* avec Sarah Bernhardt, alors à ses débuts. Le répertoire moderne y obtenait ensuite plusieurs succès retentissants, comme les *Danicheff* d'Alexandre Newsky, pseudonyme qui cachait deux collaborateurs dont l'un était Alexandre Dumas fils, la *Maîtresse légitime* de L. Davyl et, plus tard, la triomphante *Arlésienne* d'Alphonse Daudet, avec musique de scène de Bizet. François Coppée, après y avoir débuté comme auteur dramatique, en 1869, avec le *Passant,* y a donné plusieurs drames en vers, *Severo Torelli, Pour la couronne,* etc. Jean Richepin y a fait applaudir le *Chemineau.*

M. Antoine, le créateur du Théâtre libre, dirige actuellement l'Odéon. Il y a monté de belles représentations du *Roi Lear,* du *Jules César* adapté par M. de Gramont. Ses matinées-conférences, dont le répertoire classique fait le fonds, sont très suivies.

Après les théâtres subventionnés par l'État, mentionnons les théâtres subventionnés par la Ville de Paris ou affermés par elle.

Avec le premier d'entre eux, la GAÎTÉ, nous revenons à l'art lyrique. Ce théâtre, qui fut d'abord, du nom fameux de son fondateur, le Théâtre de Nicolet, puis, suivant un caprice de la Dubarry, le Théâtre des Grands-Danseurs du Roi, représenta ensuite des mélodrames, des féeries, des opéras, des opéras-comiques, des opérettes, des drames en vers et des comédies. Renouant aujourd'hui la chaine de ses représentations d'opéra et d'opéra-comique, il est devenu le refuge des œuvres que le répertoire moderne a fait passer à l'arrière-plan sur les scènes de nos deux grands théâtres de chant.

Autre théâtre municipal, le THÉÂTRE SARAH-BERNHARDT

occupe l'ancienne salle des Nations. C'est là qu'entre deux tournées à l'étranger, la grande tragédienne, « reine de l'attitude et princesse du geste », interprète, soit des pièces nouvelles comme l'*Aiglon* d'Edmond Rostand, la *Vierge d'Avila* de Catulle Mendès, soit des reprises des principaux succès de sa carrière, depuis *Phèdre* jusqu'à la *Dame aux camélias,* depuis les drames de Victor Hugo jusqu'à ceux de Victorien Sardou.

En face du Théâtre Sarah-Bernhardt, nous trouvons le théâtre municipal du CHATELET, le plus vaste de Paris (3 400 places), où des féeries, comme les *Sept Châteaux du Diable* et des pièces à grand spectacle, comme le *Tour du monde en 80 jours,* attirent un nombreux public d'enfants et d'écoliers.

Au VAUDEVILLE, où se succédèrent jadis les comédies d'Alexandre Dumas fils, d'Émile Augier, de Théodore Barrière, d'Octave Feuillet, de George Sand, de Sardou, de Meilhac et Halévy, nous applaudissons aujourd'hui des œuvres de François de Curel, de Paul Hervieu, de Maurice Donnay, d'Henry Bataille. Ancien Théâtre de Madame, longtemps voué au répertoire de Scribe, le GYMNASE, comme le Vaudeville et avec un répertoire alimenté à peu près par les mêmes auteurs, se consacre à la comédie de mœurs.

Le mélodrame est un genre à peu près aboli. Après avoir fait longtemps les beaux soirs du boulevard du Temple, surnommé alors le boulevard du Crime, à cause des sept ou huit théâtres de drame qui s'y partageaient la foule des spectateurs, il ne se retrouve plus guère qu'à l'AMBIGU et, de temps à autre, à la PORTE-SAINT-MARTIN, avec des reprises, de plus en plus espacées, des succès légendaires d'autrefois, le *Courrier de Lyon,* la *Closerie des Genêts,* les *Deux Orphelines.* Mais les acteurs et actrices qui donnaient la vie à ces ouvrages plus adroits que solides, les Frédérick-Lemaitre, les Bocage, les

Mélingue, les Dorval et les Georges, n'ont pas été remplacés. Enfin, en dépit de la vogue momentanée des *Sherlock Holmes* et des *Raffles* sur d'autres scènes, reconnaissons que le grand public, devenu plus cultivé, moins naïf, exige à présent plus de littérature et plus d'observation que par le passé. C'est ainsi que la Porte-Saint-Martin est redevenue un théâtre littéraire du jour où Coquelin, le grand comédien récemment enlevé à l'art dramatique, y a fait applaudir, pendant une série de représentations d'une durée à peu près inconnue jusqu'alors, l'étincelant, lyrique, héroïque *Cyrano de Bergerac* d'Edmond Rostand. Et c'est encore à la Porte-Saint-Martin que sera donné le *Chantecler* tant attendu du même auteur, avec Guitry dans le rôle du Coq.

L'ancien Théâtre Libre, devenu le Théâtre Antoine, du nom du robuste comédien qui fut son fondateur, est actuellement exploité par un autre directeur-acteur, M. Gémier. De 1888 jusqu'à ce jour, cette intéressante entreprise, grâce au prix modeste de ses places, a fait connaître au grand public de nombreuses pièces d'avant-garde, des études de mœurs souvent amères, mais vigoureuses, signées par des écrivains indépendants se réclamant plus ou moins directement de l'auteur de la *Parisienne*, Henry Becque. Les plus applaudis ont été MM. de Porto-Riche, Ancey, Émile Fabre, Descaves, de Curel, Brieux. Le Théâtre Antoine s'est également signalé par de nombreuses adaptations d'œuvres modernes de l'art dramatique étranger.

A ce dernier point de vue, M. Antoine et, dans une certaine mesure aussi, M. Lugné Poë, créateur du Théâtre de l'Œuvre, peuvent revendiquer le mérite d'avoir acclimaté à Paris les œuvres d'Ibsen, de Tolstoï, de Bjornstierne Bjornson, d'Hauptmann, de Sudermann, d'Annunzio, etc.

Le THÉATRE RÉJANE ncus ramène à la comédie. La presti-
gieuse artiste qui a donné son nom au Nouveau-Théâtre, en
en prenant la direction, y interprète elle-même, entre deux
reprises de la comédie plusieurs fois centenaire de Victorien
Sardou, *Madame Sans-Gêne,* des pièces nouvelles d'Hènry
Bernstein, d'Abel Hermant, etc. La RENAISSANCE, autrefois
théâtre d'opérette, s'est adonnée également à la comédie et
fait applaudir, avec Guitry et Jeanne Granier pour protago-
nistes, des œuvres d'Alfred Capus, de Maurice Donnay, de
Bernstein, etc.

Les VARIÉTÉS, le PALAIS-ROYAL, les NOUVEAUTÉS sont des
théâtres gais. Héritier du vieux Théâtre de la Foire, le Palais-
Royal, avec des maîtres du rire dont le plus illustre est
Labiche, a eu des succès mémorables comme le *Chapeau de
paille d'Italie* et la *Cagnotte.* Aux Variétés, le rire s'accom-
pagne de musique légère. Au répertoire bouffe de Meilhac
et Halévy, aux spirituelles partitions d'Offenbach, à la *Belle
Hélène* et à la *Vie parisienne,* ont succédé toutefois des comédies, des revues, voire des satires politiques. Les Nouveautés
n'ont pas rompu la tradition du vieux vaudeville et de la comédie bouffe, avec *Champignol malgré lui,* la *Dame de chez
Maxim,* etc.

Aux BOUFFES-PARISIENS, à l'ATHÉNÉE, aux FOLIES-DRA-
MATIQUES, à CLUNY et à DÉJAZET, c'est encore le genre gai
qui domine. Les deux premiers de ces théâtres donnent aujourd'hui des comédies légères. Les Folies-Dramatiques, où
les succès prolongés de la *Fille de Madame Angot* et des *Clo-
ches de Corneville* ont autrefois porté à son comble la vogue
de l'opérette, ne jouent plus guère que des vaudevilles et des
comédies bouffes, genre auquel sont restés fidèles Cluny et Déjazet, théâtres des premiers grands succès de Léon Gandillot.

Si riche que soit le répertoire dramatique français, si nombreuses que soient les adaptations françaises d'œuvres étrangères que nous avons déjà rencontrées sur l'affiche de plusieurs théâtres, cela ne suffit pas encore à l'avidité et à
l'éclectisme du public parisien. C'est avec autant de sympathie
que d'intérêt qu'il accueille jusqu'aux représentations en
langue étrangère des œuvres les plus diverses des autres pays.
C'étaient, hier, les représentations du Schauspielhaus de Dus-
seldorf. Nous avions eu auparavant la troupe sicilienne, avec
de curieux et puissants artistes comme M. Grasso et Mme Agu-
glia. On se rappelle les belles représentations de la Duse, les
chanteurs russes de *Boris Godounow,* miss Pauline Chase dans
Peter Pan, la *Salomé* de Richard Strauss au Châtelet, la troupe
d'opéra italien du Théâtre Sarah-Bernhardt, la tragique Sada
Yacco dans ses drames japonais, etc. Après avoir acclamé la
Loïe Fuller dans ses originales et éblouissantes créations,
Paris, tout récemment encore, applaudissait Isadora Duncan
dans les danses où elle restitue, de plastique si pure, les nym-
phes et les bacchantes des peintures pompéiennes.

Un exposé, si incomplet soit-il, des manifestations de l'art
dramatique à Paris, ne saurait passer sous silence l'ŒUVRE
DES TRENTE ANS DE THÉÂTRE, entreprise de bienfaisance qui
alimente sa caisse de secours en organisant dans les faubourgs
de Paris de belles représentations des chefs-d'œuvre du théâtre
classique et du théâtre lyrique, avec les premiers artistes de
nos grandes scènes, réalisant ainsi, sous la direction de son
président-fondateur M. Adrien Bernheim, en même temps
qu'une œuvre des plus utiles pour les artistes malheureux, la
meilleure application du théâtre populaire.

Nous ne pouvons donner qu'une simple mention aux grands
concerts symphoniques, dont le créateur à Paris fut Seghers

et dont le succès est dû surtout à Pasdeloup. Ces entreprises, dont les principales sont aujourd'hui la Société des Concerts du Conservatoire (M. Messager, chef d'orchestre), la Société des Concerts Colonne, celle des Concerts Lamoureux, dirigée par M. Chevillard, ont rendu d'incontestables services à la musique et mériteraient assurément des monographies détaillées. Alors que le public d'autrefois, avec son éducation rudimentaire, ne comprenait que la musique théâtrale et ne la comprenait guère que selon la formule des livrets de Scribe, le public d'aujourd'hui, formé par la fréquentation des concerts symphoniques et élevé à une notion supérieure de la musique, aime et comprend les chefs-d'œuvre de Bach, de Beethoven, de Haydn, de Mozart, aussi bien que ceux de Schumann, de Berlioz et de César Franck. C'est à ces entreprises que revient le mérite d'avoir initié Paris, avant les représentations intégrales de l'Opéra, aux pages les plus riches de Wagner. Elles font, dans leurs programmes, une part importante aux auteurs vivants ; aux Français : Fauré, Vincent d'Indy, Debussy ; aux étrangers : Rimsky Korsakoff, Richard Strauss, etc.

Les recettes annuelles des théâtres parisiens sont, d'une manière générale, en constante progression. D'après notre savant confrère, M. J. Bertillon, elles ont plus que quadruplé depuis un demi-siècle. Elles étaient, en 1850, de 8 206 818 francs. Elles avaient passé à 15 907 006 francs en 1865. En 1875, elles atteignaient 20 907 391 francs ; en 1885, 25 590 077 francs ; en 1895, 29 661 331 francs. Elles s'élevaient, en 1905, à 42 684 476 francs. — En 1900, année d'exposition, elles avaient atteint près de 58 millions. — Encore ces chiffres ne comprennent-ils pas les recettes des bals, panoramas, *cinémas*, théâtres intermittents, etc. En les comprenant dans le total, on arrive, pour 1907, à 48 millions et demi, sur lesquels 4 millions, représentant le *droit des pauvres,* sont entrés dans les caisses de l'Assistance publique. Sans doute la population urbaine et suburbaine a beaucoup augmenté depuis 1850, mais le goût des spectacles s'est aussi développé. M. Bertillon a calculé que la somme annuellement dépensée au théâtre par un habitant du département de la Seine, laquelle était de 5^f77 en 1850, s'est élevée à 7^f39 en 1860, à 8^f06 en 1880, à 7^f32 en 1890, à 15^f80 en 1900, année d'exposition, et qu'elle était, en 1905, de 10^f90.

Le prix des places a d'ailleurs suivi le renchérissement de toutes choses. Les places de loge qui, sous Louis XIII, coûtaient 3^f50, coûtent aujourd'hui, dans les grands théâtres, 10, 12, 15 et 17 francs ; les fauteuils d'orchestre et de balcon, de 8 à 14 francs.

Les droits d'auteur, qui varient de 8 à 12 % suivant les théâtres, sont, comme les recettes, en progression constante. Le nombre des auteurs inscrits à la *Société des Auteurs et compositeurs dramatiques* est d'environ 4 500 (300 sociétaires et 4 200 stagiaires). Mais il y a auteur et auteur. M. le vicomte d'Avenel, dans une de ses études si documentées, exposait récemment que, sur les 500 auteurs les plus qualifiés, 7 ont gagné, pendant la dernière année connue, plus de 100 000 francs ; 8 ont gagné de 50 000 à 100 000 francs ; 27 de 20 000 à 50 000 francs ; 68 de 5 000 à 20 000 francs et 390 de 500 à 5 000 francs. Si, aux sommes perçues et distribuées par la Société, on ajoutait les droits touchés hors de France par les auteurs qui ont directement traité avec des scènes étrangères, on constaterait des gains qui, pour certains d'entre eux, représentent, en quelques années et souvent avec une seule pièce, de véritables fortunes. On dit communément que *Cyrano de*

Bergerac aurait procuré à son auteur des droits qui dépassent le million. Cela n'a rien que de parfaitement vraisemblable. Et tout le monde sait que l'opéra de *Faust,* — dont le cinquantenaire coïncide avec celui de la Société de Statistique, — aurait rapporté à Gounod, pendant de longues années, des revenus de millionnaire.

Les chiffres que nous venons de citer montrent combien Paris s'entend à fêter le talent et combien, même en ce siècle utilitaire, il sait rester fidèle aux œuvres, dramatiques ou lyriques, où se reflète l'éternelle beauté de l'Art.

G. PAYELLE.

TABLE DES MATIÈRES

Nancy, impr. Berger-Levrault et Cⁱᵉ

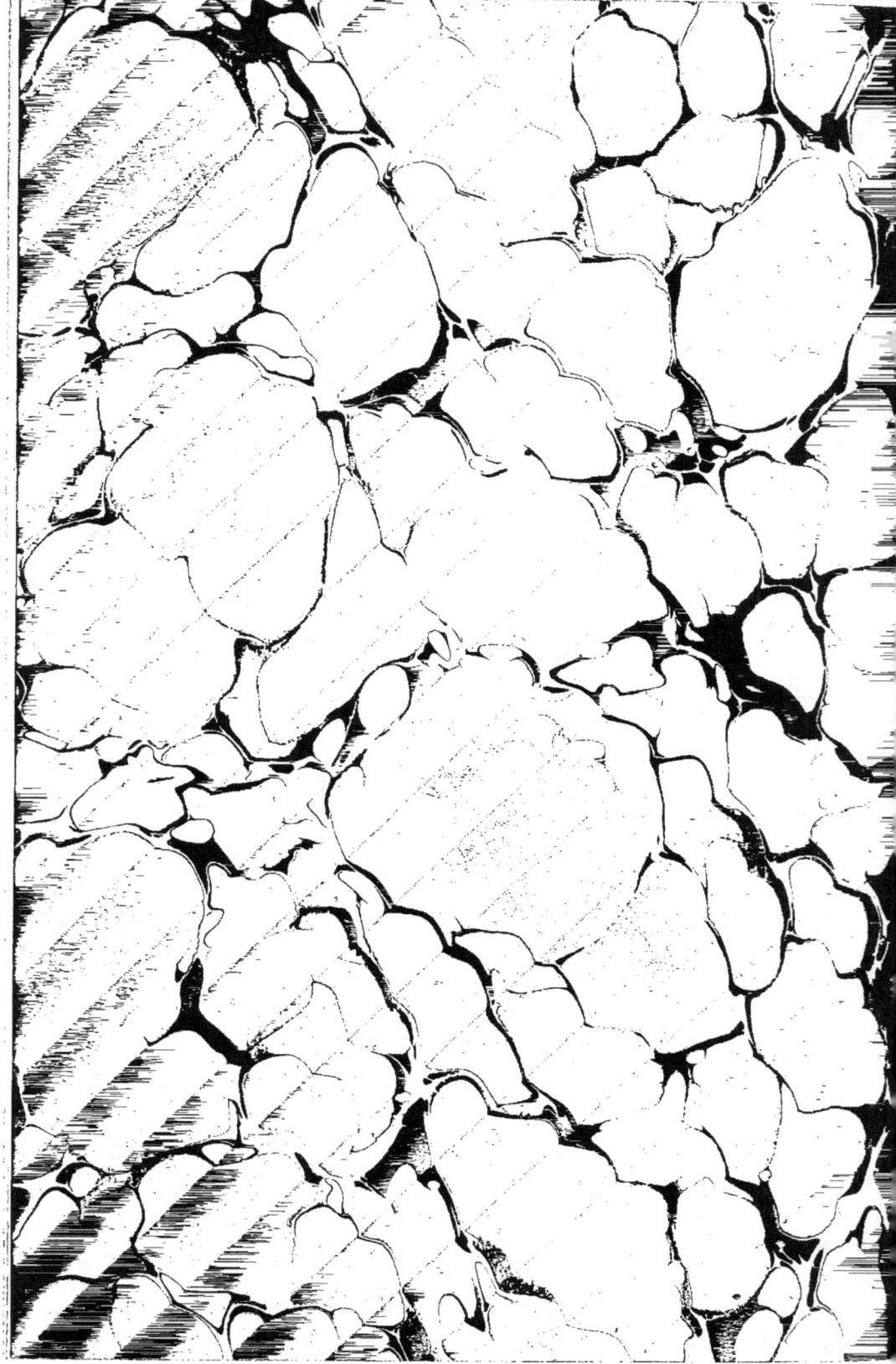

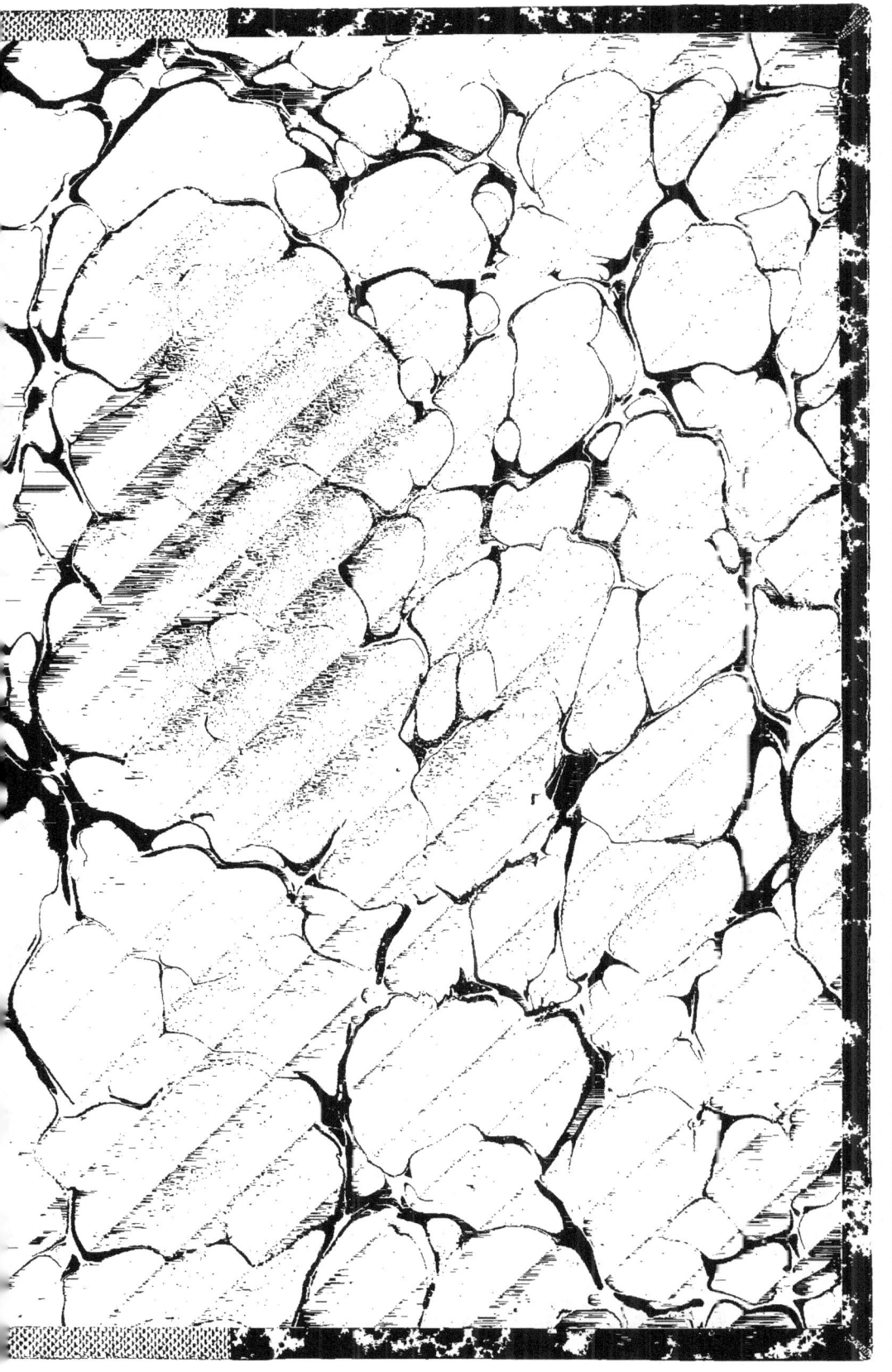

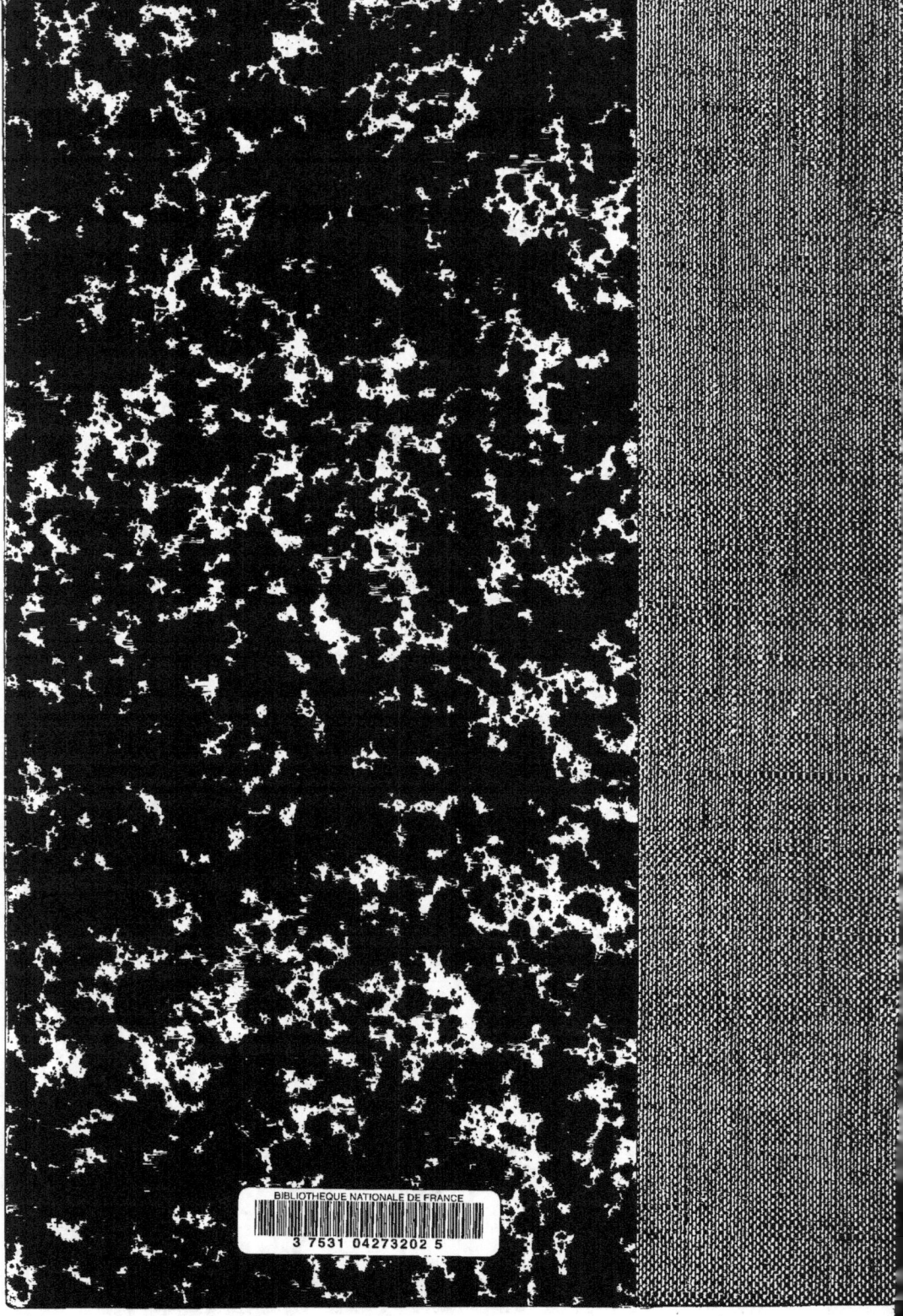